Kay Fischer

DAS WELLHORNBOOT

Kay Fischer

DAS

WELLHORNBOOT

Roman

Anmerkung

„Das Wellhornboot" erschien zuerst 2003 im Nora-Verlag, Berlin.
Die vorliegende Ausgabe ist die überarbeitete Fassung von 2007.

Kay Fischer veröffentlichte außerdem 2006 „Zeit im Sand".

Weitere Informationen unter www.kayfischer.de

Bibliografische Information der Deutschen Nationalbibliothek:
Die Deutsche Nationalbibliothek verzeichnet diese Publikation in der
Deutschen Nationalbibliografie; detaillierte bibliografische Daten sind
im Internet über
< http://dnb.d-nb.de > abrufbar.

© 2007 Kay Fischer
Umschlagdesign: Nora-Verlag
Herstellung und Verlag: Books on Demand GmbH, Norderstedt
ISBN: 978-3-8334-8237-3

Für Charlie

Ich komme vom Meer …

Die Stadt wurde vom Vollmond in ein milchiges Licht getaucht, als die Zeiger der Kirchenuhr die Ziffer Zwölf erreichten. Es war Mitternacht.

Die verwinkelten Gassen mit ihren kleinen, unterschiedlichen Häuschen waren von gespenstischen Schatten durchtränkt. In manchen Häusern brannte Licht durch die mit vielen Sprossen versehenen Fensterscheiben, hin und wieder rauchte ein Schornstein. Vereinzelt gingen Leute durch diese Gassen, eingepackt in langen Mänteln, denn es war Herbst. Sie verließen Kneipen und gingen nach Hause.

Die Stadt lag am Meer. Im Hafen ruhten viele Schiffe, die meistens nur ein paar Tage dort blieben. Oft gab es Reparaturen zu erledigen, Frachter warteten auf eine Ladung, die sie dann wochenlang über das weite Meer zu einer Insel oder zu einem anderen Kontinent brachten. Die Kähne waren meist aus Holz oder Stahl – manche waren übergroß, andere wirkten so winzig, daß man ihnen eine weite Reise nicht zutraute.

Die Stadt hatte einen Leuchtturm. Er war aus braunen Backsteinen gebaut und schon viele Jahrzehnte alt. Der Wärter dieses Turms machte gerne seine Arbeit, jede Nacht überwachte er die Signalanlage und hielt nach neuen Schiffen Ausschau. Hatte er dann einen solchen Pott entdeckt, notierte er sich seine Ankunft in ein kleines, graues Notizbuch, das er sich selbst gebastelt hatte. Er sammelte Pflanzen aus seinem Garten, und da sein Sohn eine kleine Werkstatt führte, stellte er dort seine Papierbögen selber her. Dann nahm er alte Pappe und eine lange Schnur, lochte die Seiten und fädelte alles zusammen.

In dieses Notizbuch also schrieb er sich jedes Schiff, das ankam. Die Schiffe, die abfuhren, notierte er sich allerdings nicht. Er sagte immer, daß auslaufende Schiffe die Sicherheit dieses Hafens verlassen und er sich für ihr Schicksal nicht verantwortlich fühlte. Einlaufende Schiffe aber würden hier ihre Ruhe finden, und das wollte er für immer dokumentieren. Es war sein Hobby.

Hin und wieder fuhr ein Lotsenboot aufs Meer hinaus, um ein größeres Schiff, meist einen Frachter, durch die Enge in den Hafen zu bringen. Manchmal tuckerte das Lotsenboot auch ohne Ziel im Hafen umher, um zu kontrollieren, ob alles in Ordnung blieb. In jener Nacht aber kam tatsächlich ein großer Öltanker, dessen Schiffsrumpf arg verrostet war. Seine Reise ging um die ganze Welt, um allerorts das begehrte Öl abzuliefern.

Der Tanker wurde an einer Stelle vertäut, an der man ihn gut sehen konnte. Alle anderen Liegeplätze waren belegt, und da der Tanker sehr groß war, konnte er nur an diesem Platz ankern.

›Tanker Oila ZA-Q7‹ notierte sich der Leuchtturmwärter in sein graues Buch und lächelte zufrieden. Ein solch großes Schiff gab es lange nicht in ›seinem‹ Hafen. Er erinnerte sich an ein großes Passagier-Schiff, das weiß gestrichen war und einen mächtigen gelben Schornstein hatte. Es war geschwungen geformt und überstrahlte majestätisch den ganzen Hafen. Jedes andere Boot ergraute in Gegenwart dieser Übersee-Perle – und wenn nachts der Hafen von den Laternen erleuchtet war, wirkte dieser Dampfer wie ein feierlich geschmückter Eisberg.

Der Tanker aber war anders. Er war dreckig und verrostet. Aus den Fenstern der Brücke stierte die kühle

Dunkelheit, nur aus dem einen Fenster in der Mitte kam Licht, in dem sich das Profil des Kapitäns abzeichnete. Die Maschinen rumpelten gequält, als wollten sie sagen, daß sie aufs Altenteil gehörten, und aus dem Schornstein quoll rabenschwarzer Rauch, der das Abbild der Schiffsseele zu sein schien.

Nun also lag dieser Tanker an der Stelle, an der man ihn gut sehen konnte. Sein Rumpf bewegte sich im ständig kabbeligen Wasser, und dabei stöhnten die Rumpfwände so stark, als wollten sie dem Hafen sämtliche Reiseabenteuer erzählen.

Keine Menschenseele war im Hafen unterwegs. Ruhig lagen die asphaltierten Wege und Plätze in der tiefen Nacht, nur das leise Schlagen der Seile an die Masten einiger Segelboote erinnerte an ein Konzert. Das Wasser klatschte gegen die Schiffswände, und ab und zu jaulte ein Pott vor sich hin, als plagten ihn Alpträume von einem Untergang.

Der Kapitän des Öltankers ›Oila‹ ließ das Licht in dem mittleren Fenster brennen. Natürlich hatte er noch andere Lampen außenbords brennen gehabt, doch vom Inneren des Schiffes drang nur dieses eine Licht von der Brücke.

Der Kapitän ging in seine Kajüte und blickte in den Spiegel. Er sah ein abgearbeitetes Gesicht, das mit vielen Bartstoppeln übersät war. Seine Haare wirbelten sich zu einem Häufchen Elend, seine Augen stachen müde über den Wangenknochen hervor. Einen tiefen Seufzer ließ er dann durch seine Lungen fahren und legte sich in die Koje. Allerdings zog er sich zum Schlafen nie um. In den

Klamotten, die er tagsüber auf der Brücke anhatte, ließ er sich jede Nacht in seine Koje fallen und schlief darin wie ein schwerer Stein. Und nach einiger Zeit hatte es den Anschein, daß die Oila sich dem Atem des Kapitäns anpaßte – im selben Rhythmus, wie er seine Luft ein- und wieder ausstieß, schwankte der Tanker in den Wogen des Hafenwassers, bis die morgendliche Sonne der Nacht ein Ende bereitete.

Aber noch war es Nacht. Mitternacht. Und die Stadt wurde vom Vollmond in ein milchiges Licht getaucht.

Hin und wieder passierte es, daß der Leuchtturmwärter einschlief. Zwar liebte er seine Arbeit, doch war das Alter auch an ihm nicht spurlos vorübergegangen, und so schlummerte er auf einem hölzernen Klappstuhl. Das sich drehende Leuchtfeuer, das den Horizont kitzelte, ließ den Wärter zwar manchmal aufwachen, doch an besonders schlechten Tagen nützte das nichts – für zwei Stunden etwa versank er in das Land der Träume.

Um dieses Einschlafen aber künftig zu verhindern, hatte er sich diesmal einen Wecker mitgebracht, den er jede Stunde neu einstellte – immer, wenn die volle Stunde erreicht war, sollte der Wecker ihn aus dem Schlaf klingeln. Zufrieden, diesen Trick bereit zu haben, machte er sich dann wieder an die Arbeit, kontrollierte die Geräte und blickte aufs Meer hinaus.

Eine Möwe durchflog die Nacht. Zwar hatte sie solche Ausflüge nur tagsüber zur Pflicht, um sich Nahrung zu suchen, in dieser Nacht aber muß die Oila sie aus dem

Schlaf gerissen haben. Die Möwe umkreiste im Flug den Tanker, stierte skeptisch auf die Brücke und auf den gesamten Schiffskörper. Ihre Augen blickten scharf und streng, als wäre sie die oberste Instanz im Hafen, die die endgültigen Entscheidungen zu treffen hätte. Dann wollte sie auf dem Tanker landen, brach aber den Landeanflug ab, weil das dunkle, traurige Schiff ihr nicht vertrauenswürdig genug schien. Die Möwe miaute wie eine Katze, als sie wieder in die Höhe stieg und strengen Blickes die Oila musterte. Dann flog sie am mittleren Fenster vorbei und riskierte einen Blick. Da aber niemand zu sehen war, wurde ihr angst und bange, und sie glaubte, der Tanker sei ohne Besatzung in den Hafen gekommen. Deshalb flatterte die Möwe noch einmal an dem mittleren Fenster vorbei und guckte lange in das Licht des Fensters – aber es war noch immer niemand zu sehen. Sie drehte ab, flog über das ganze Hafengelände und krächzte undefinierbare, schrille Laute in die Dunkelheit, dann machte sie kehrt und eilte zum Leuchtturm.

Der Leuchtturmwärter staunte nicht schlecht, als er einen weißen Vogel um seinen Leuchtturm kreisen sah. Die Möwe flog genau vor dem Strahl des Leuchtfeuers, so daß es aussah, als ob der Lichtstrahl sie jagen würde, als ob sie in einem Karussell fuhr. Immer wieder blickte sie in das Fenster des Leuchtturms und fixierte die Augen des Wärters, der lächelte und der Möwe zuwinkte. Das weiße Federvieh aber stierte ernst in das Gesicht des Wärters und miaute nochmals wie eine Katze, als ob es einen Warnschrei ausstoßen wollte. Dann drehte die Möwe wieder ab und ließ sich auf einer Fahnenstange nieder. Der Leuchtturmwärter suchte mit dem Fernglas nach ihr, fand sie aber nicht und widmete sich wieder seinen Geräten und spähte zum Horizont.

Der Kapitän der Oila wachte in dieser Nacht hin und wieder auf und bewegte sich unruhig im Bett. Zwar ruhte er anfangs wie ein schwerer Stein in seiner Koje, doch irgend etwas mußte ihn aus dem Schlaf gerissen haben. Zunächst dachte er sich nichts dabei. Dann, nach einiger Zeit, grübelte er doch darüber nach. Denn hier und jetzt, wo er doch im sicheren Hafenwasser weilte, müßte er doch um vieles besser schlafen als draußen auf hoher See. Keine schweren Stürme und kein hoher Seegang unterbrachen das Abtauchen in das Land der Träume – trotzdem fühlte sich der Kapitän so unruhig wie noch nie.

Vielleicht war es gerade die Ruhe, die ihn umschlang? Vielleicht war er diese Ruhe nicht gewöhnt und sein Körper brauchte die blechernen Geräusche seines Tankers, die auf dem Meer um vieles stärker waren als in einem Hafen …

Oder waren es Hafenarbeiter, die durch Alkohol ihren Verstand verloren und durch die Dunkelheit brüllten? – Vielleicht aber waren es auch Tiere, große Fische zum Beispiel, die gegen den Schiffsrumpf stießen und so den Bootskörper, der wie ein Resonanzkasten vibrierte, in Wallung brachten?

Der Kapitän konnte sich seine Fragen nicht beantworten, und so beschloß er, nicht mehr nachzugrübeln und sich in den Schlaf zu wiegen. Er fand seine Fragen unrealistisch. Also schloß er die Augen und stellte sich vor, als alter Mann auf dem Land ein Häuschen zu besitzen, in dem er pfeiferauchend seine Winterabende verbringt. Diese Vorstellungskraft kostete ihn viel Energie, denn als alter Mann eines Tages ein Heim zu besitzen, in dem er untätig herumgammelt, widerstrebte ihm. Er war zwar schon in einem gewissen Alter, in dem die Haare von der grauen Farbe in die weiße übergingen, doch wollte er trotz aller Resignation über seinen Alltag noch lange aktiv arbeiten. Ein Kapitän auf einem Öltanker zu sein, das war doch etwas!

Diese Energie, die er bei seinen Visionen verbrauchte, ließ ihn dann so müde werden, als hätte er die Minuten zuvor schwere Holzbalken geschleppt. Schließlich hatte er tatsächlich einen harten Tag – eine harte Reise – hinter sich.

Es war schon *nach* Mitternacht – und die Stadt wurde vom Vollmond in ein milchiges Licht getaucht.

Der Leuchtturmwärter hatte den weißen Vogel längst vergessen und überprüfte abermals die Geräte in seinem Turm. Manchmal kam es vor, daß die Justierung neu eingestellt werden mußte, damit der weite lange Strahl des Leuchtfeuers auch präzise seine Arbeit tun konnte. Und das war ihm wichtig! Zwar hatte er seine Leidenschaft, einlaufende Schiffe in seinem selbstgebastelten Buch festzuhalten, nie vergessen, doch war ihm sein Ruf als vertrauenswürdiger Leuchtturmwärter wichtiger als alles andere auf dieser Erde. Viele Jahre schon verrichtete er seine Arbeit, und wenn er tagsüber Freizeit hatte, grüßten ihn die Bürger der Stadt auf der Straße, manche klopften ihm sogar auf die Schulter und luden ihn zu einem Bier ein.

Auch dieser Mann konnte sich kein anderes Leben vorstellen als dieses eine Dasein, das er führte und das ihn ausfüllte. Andere brauchten große Namen oder viel, viel Geld – er wußte, was er hatte und war in seinem ›Höhenreich‹ zufrieden. Er sei so jede Nacht näher bei dem lieben Gott, wenn er oben im Turm seine Arbeit tat, sagte er, wenn er von den anderen gefragt wurde.

Der Wärter putzte sein Fernglas. Ihm war der Vogel wieder eingefallen, und weil sich kein Schiff näherte und seine Geräte eingestellt waren, suchte er nochmals mit dem Feldstecher die Umgebung auf der Landseite ab. Schon bald fand er die Möwe, die noch immer auf der Fahnenstange ruhte. Sie schlief sehr fest, doch manchmal glaubte der Leuchtturmwärter, daß der Wind den weißen Vogel etwas zum Schwanken brachte. Aber der Wärter wußte, daß der Möwe dies egal war. Sie war der beste Windbeutel, den es gab. Wenn der Wind ihr zu stark ins Gefieder blasen würde, sie sogar umpustet – dann könnte sie sich geschickt auffangen und mit ihren leisen Schwingen eine neue Bleibe suchen. Zufrieden, die Möwe entdeckt zu haben, stellte er das Fernglas auf die Fensterbank und durchwühlte sein Notizbuch, das in seiner Schreibtisch-Schublade immer griffbereit lag. ›Tanker Oila ZA-Q7‹ hatte er sich zuletzt mit blauer Tinte in das Buch eingetragen.

Am Horizont schoben sich dichte schwarze Wolken zusammen und zogen in Richtung Stadt. Als würde ein riesiges Handtuch über die Erde gelegt werden, verdunkelte sich das Leben im Hafen und im Stadtgebiet. Aber es wehte kein Wind, der stärker als der bisherige war. Auch schien es, daß die schwarzen Wolkenmassen nicht abregnen würden.

Der Leuchtturmwärter war überrascht. Diese Wolkenwand war weder vom Wetterdienst angekündigt worden noch hatte er sie von weitem erkannt. Er, der doch den besten Überblick hatte! Überraschend waren die Wolken da und zogen mit einer affenartigen Geschwindigkeit über den Himmel hinweg.

War deshalb der Kapitän der Oila von Schlaflosigkeit geplagt?

War aus diesem Grund die Möwe in Unruhe versetzt?

Tiefschwarz war der Himmel nun, und die Lampen, die überall in der Stadt leuchteten, schienen um einiges heller zu sein als in der Stunde zuvor.

Der Leuchtturmwärter wurde das dumpfe Gefühl nicht los, daß diese schwarze Wolkenwand eine gewisse Vorankündigung sein könnte. Obwohl er sehr gläubig war und Aberglaube für Waschweiber-Logik hielt, beschlich ihn eine Angst, die sich wie ein Flattervogel in seinem Magen umherbewegte.

Hatte jemand in der Stadt etwas Verbotenes getan? Oder hatte *er* etwas getan, das einen Weltuntergang rechtfertigen würde? Ist die Zeit der Stadt gar abgelaufen wie der Sand in einer Sanduhr?

Der Wärter schüttelte seinen Kopf und schlug sich die seltsamen Gedanken aus dem Schädel. Vielleicht waren die vielen Nachtstunden in seinem Tower doch zuviel für ihn geworden. Vielleicht war er sogar krank, angeschlagen und hatte sich nicht konzentrieren können und deshalb die dunkle Wand so spät bemerkt?

Er setzte sich auf seinen Stuhl und registrierte im Gedankennebel den Strahl seines Leuchtfeuers, der sich jede Stunde zigmal im Kreis drehte. Er blickte zum Boden, der aus alten Schiffsplanken bestand und leichte Risse hatte. Er war müde. Nein, nein – er war im richtigen Beruf und er fühlte sich ausgezeichnet. Es war eben Zufall, daß die Wolkenwand auf die Stadt zukam und er sie nicht gleich gesehen hatte. Schließlich war er nur Leuchtturmwärter, der die Technik zu kontrollieren hatte, und kein Wetterfrosch!

Glücklich, sein Weltbild zurechtgebogen zu haben, blätterte er in seinem Notizbuch und erinnerte sich an die vielen Schiffe, die die Stadt heimgesucht hatten. Das Buch war dick und fast vollgeschrieben. Aber das beunruhigte ihn nicht – zu Hause war schon der nächste Band in Arbeit und als Nachfolger seiner mit Eselsohren versehenen Schwarte bestimmt.

Der Vollmond war durch die dicke Wolkenwand ebenfalls verdunkelt, seine Leuchtkraft durchbrach den Vorhang nicht. Nur der Strahl des Leuchtturmes brachte das Licht zum Horizont – gleich einer Brücke, die in die Zuversicht führte.

Es war schon lange nach Mitternacht – und die Stadt wurde durch die Dunkelheit in eine pechschwarze Gruft verwandelt. Kein Mensch sah den anderen. Die Zeiger der Kirchenuhr waren nicht mehr zu erkennen, und jeder Bürger, der diese Nacht aus dem Fenster lugte, hoffte heimlich, daß die Kirchenglocken läuteten, damit die Hoffnung emporwuchs. Denn diese Dunkelheit waren die Bürger, obwohl sie an der See wohnten und schwere Unwetter erlebt haben müßten, nicht gewohnt. Diese Nacht – diese Dunkelheit – war anders. Sie war schwärzer, tiefer, trauriger. Sie war wie eine Drohung, deren Konsequenz abzuwehren nicht möglich war.

Die Dunkelheit hielt an, und für einen Moment schien es, als würde die Wolkenwand still stehen und für immer über der Stadt verharren wollen. Es war, als würde schwarzer Nebel an den Dächern der verwinkelten Häuschen kleben bleiben und sich mit dem Rauch aus den Schornsteinen vereinigen wollen – ja, es schien, als wollte diese grottentiefe Dunkelheit durch die Schornsteine in die Seele der Bürger Einzug halten.

Genau in diesem Augenblick stiegen im Wasser des Hafenbeckens sehr große Luftblasen auf. Sie blubberten an die Wasseroberfläche und kamen an der Luft frei. Immer und immer wieder quollen sie, eine größer als die andere, hervor und versetzten das kabbelige Wasser in eine noch größere Unruhe. Es war unheimlich. Zwar verging auch eine Pause, dann aber schnellten mit starkem Getöse mehrere Luftblasen auf einmal nach oben, und dabei schien es, als würde das Wasser umgegraben.

Genau neben dem Tanker Oila geschah das Szenario, und nach einiger Zeit wurde ein topfähnlicher Aufbau sichtbar. Am vorderen Ende dieses ›Topfes‹ war ein Rohr befestigt, dessen Ende angewinkelt hervorstach. Die Oberfläche dieses Aufbaus hatte eine kreisförmige Scheibe, auf der ein Handrad befestigt war.

Der Topf wuchs. Langsam fraß er sich aus dem Wasser in die Luft hinauf. Dann wurden fingerdicke Seile und

Streben sichtbar. Noch immer blubberte es um diesen Topf, der nur etwas schwankend, meist kerzengerade in sich ruhend aus dem Wasser lugte. Weiter hinten kam eine dicke Metallwand hervor, die senkrecht montiert war. Dann wich das Wasser um den Topf herum einer Wölbung, die sich zu beiden Seiten gleichmäßig abzeichnete. An dieser Wölbung waren leistenartige Streifen montiert, die, so schien es, die Wölbung zusammenhielten. Diese Leisten hatten runde, bergartige Gebilde, in einer Reihe zu beiden Seiten – es waren Nieten. Zwischen diesen Leisten leuchteten runde Fenster, die ebenfalls mit einer vernieteten Umrandung versehen waren. Auch der Topf ganz oben hatte Fenster, gleichsam rund und vernietet.

Das Licht aus diesen Fenstern war dumpf. Das Geblubber wurde noch von einem Surren begleitet, als ob ein Motor seine Arbeit verrichten würde. Dieses fischähnliche Gebilde, dessen Farbe so schwarz wie die Wolkenwand am Himmel war, ließ sämtliches Wasser wie bei einer Ente abperlen. Schnaufend schaukelte es im Hafenwasser neben der Oila und bugsierte sich an einen Steg, an dem es sich von ganz alleine festmachte.

Ein Unterseeboot war angekommen.

Das Surren hörte auf. Etwas schwankend lag das U-Boot neben der Oila an dem Steg, und der Gegensatz zwischen zwei Schiffen hätte nicht größer sein können als bei diesen beiden.

Auf der einen Seite der massige abgearbeitete Tanker Oila, dessen Wände wellig und verrostet waren. Das schwere Schiff stöhnte noch immer im brackigen Hafenwasser. Daneben dann das im Gegensatz dazu sehr kleine U-Boot, das wie ein Ei aussah und schwarz lackiert war – nicht eine Stelle zeigte Verschleiß. Wie nagelneu blitzte dieses U-Boot aus dem Wasser und stöhnte nicht, sondern blieb still in sich ruhend – wie eine geheimnisvolle Macht, die den Hafen heimgesucht hatte.

Genau in diesem Augenblick krochen die schwarzen, schweren Wolken am Himmel weiter und verließen langsam – sehr langsam – die Stadt und ihren Hafen. Der Wind hatte nicht zugenommen, sondern blies in der Stärke wie schon die ganze Zeit zuvor. Trotzdem lösten sich die Wolken aus ihrer Verharrung und zogen in die Unendlichkeit, in der sie dann immer kleiner werdend keine Gefahr mehr ausstrahlten. Der Mond schien wieder sichtbar am Himmel auf die Stadt, und die verwinkelten Gassen waren mit gespenstischen Schatten durchtränkt. So wurde die Stadt in ein milchiges Licht getaucht, und über allem lag wieder Friedfertigkeit.

Nun konnte man sehen, daß sich einige Bürger aus den Fenstern gelehnt hatten, um beim Wolkenspiel Zeuge zu sein. Aber die Dunkelheit war so groß gewesen, daß außer der Schwärze nichts zu erspähen war, und nur der Sorge wegen gingen die Bürger nochmals an ihre Fenster und versuchten die Gefahr einzuschätzen. Diese Gefahr war nun vorüber, und die Bürger schlossen nicht nur ihre Fenster, sondern auch die Fensterläden. Sie verriegelten diese besonders sorgfältig, damit sie in Ruhe weiterschlafen konnten, falls sich der schwarze Nebel wiederholen sollte.

Niemand hatte das U-Boot bemerkt. Klammheimlich war es gekommen und schien ein Geheimnis mitgebracht zu haben. Das dumpfe Licht aus den runden Fenstern blieb eingeschaltet. Geräuschlos schwamm das Boot im Hafenwasser, neben der Oila, die immer wieder stöhnte.

Es war lange nach Mitternacht. Und die Stadt wurde vom Vollmond in ein milchiges Licht getaucht.

*

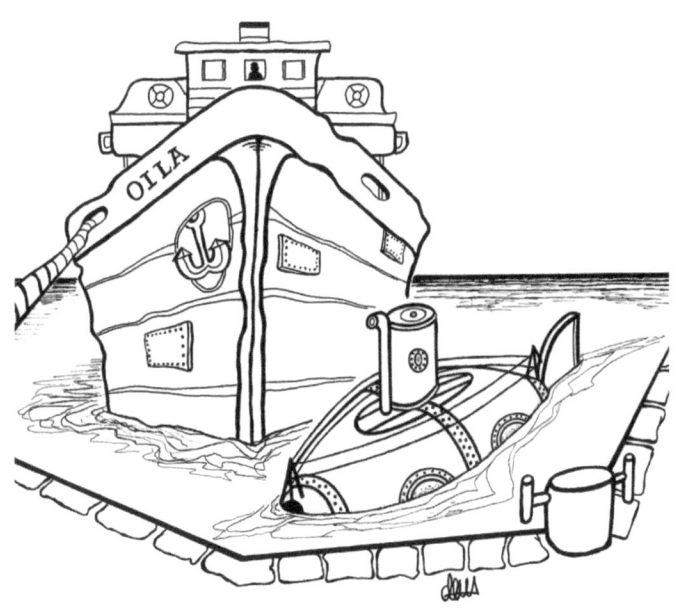

Am nächsten Morgen erzählten sich die Bürger aufgeregt das Ereignis der Nacht. Die Dunkelheit hatte alle verwirrt, und auf den Märkten und in den Kneipen hatten alle nur dieses eine Gesprächsthema. Manche witzelten darüber, obwohl auch sie ein Unbehagen in der Nacht gefühlt hatten, andere waren außer sich und ängstigten sich vor der nächsten Schlafenszeit.

Der Pfarrer der Stadt sprach von einem Wetter, das immer von Gott käme. Er erzählte die Geschichte der Arche Noah, er berichtete von den Tieren, die auf einem Boot gerettet wurden und der Sintflut entflohen.

»Das glauben wir nicht! Wir sind doch keine Arche!« sagten die Bürger und mißtrauten dem Pfarrer.

Dieser aber beruhigte sein Volk und sprach davon, daß man diese Nacht als Warnung verstehen könnte – aber nicht müßte.

»Dann werden wir alle untergehen!« orakelte ein Mann mit dickem Bauch und Schnurrbart, dessen Gesicht ernsthaft besorgt wirkte. »… wir werden schon sehen, wohin das führt!«

»Wohin soll denn was führen?« fragte eine Frau mit Kopftuch, die aussah, als lebte sie wie eine Bäuerin auf dem Land.

»… na wissen Sie denn nicht? Unsere Erde wird doch mißbraucht, und wir schlagen uns die Bäuche voll!«

»Ach, was erzählen Sie denn da!? Das sind doch alles geschwätzige Reden, die die Leute verunsichern sollen! Ich mißbrauche nichts und niemanden! Und den Bauch vollschlagen tue ich schon seit zehn Jahren nicht mehr – heute will doch jeder abnehmen!« Die Frau rief ihre Worte energisch dem Mann entgegen, der nur kopfschüttelnd die Kopftuchträgerin betrachtete. War denn diese Frau, so dachte er, wirklich so naiv? Informierte sie sich nicht über das Weltgeschehen?

Eine junge, hübsche Lady betrat das Geschehen. »Was ist denn hier los?« erkundigte sie sich mit einem Lächeln.

»Ja, haben Sie in der Nacht nichts gemerkt?« erwiderte ein Fleischverkäufer.

»Nein – was soll ich denn gemerkt haben?«

»Die Dunkelheit in der Nacht!«

»Ach – sagen Sie bloß, daß das nicht mehr normal ist, wenn es nachts dunkel ist …!«

»Das finde ich jetzt nicht witzig, was Sie da sagen! Natürlich ist es nachts dunkel, aber wir hatten Vollmond! Dadurch war es trotz der Nacht hell in der Stadt! Und dadurch konnte man die dunkle Wolkenfront sehen! Davon reden wir alle hier!«

»Sie konnten durch das Mondlicht am dunklen Himmel eine dunkle Wolkenfront sehen?« stichelte die junge Lady, und in ihrem Gesicht war deutlich zu erkennen, daß sie ihre schalkhafte Freude nicht verbergen konnte.

»Vielleicht haben Sie ja mit Ihrem Freund ein Schäferstündchen gehabt und sind dann fest eingeschlafen – sonst hätten Sie beim Rausgucken aus dem Fenster die Zeiger der Kirchenuhr vermißt! … Ja, wenn Sie überhaupt rausgeguckt hätten!« meinte der Fleischverkäufer.

»Erstens kann ich aus meinem Fenster die Kirche gar nicht sehen, und außerdem habe ich keinen Freund – ich bin verheiratet!«

»Was denn, Sie können aus Ihrem Fenster die Kirche nicht sehen?« fragte besorgt der Pfarrer.

»Nein, unser Haus liegt um die Ecke an der Brücke. Die Sicht auf die Kirche ist versperrt!«

»Na, dann müssen Sie umziehen!« forderte der Geistliche mit einem augenzwinkernden Lächeln.

»Soso, umziehen soll ich!«

»Umziehen?!« polterte ein alter Mann mit Hörrohr. »Wieso soll sich denn diese Frau umziehen? Sie ist doch nett angezogen!«

Da nahm der Pfarrer diesen Mann beiseite und ging mit ihm an den Rand der Gruppe, damit er ihm alles ganz genau erklären konnte.

»Ja, also, ich meine, daß diese Verdunkelung nicht die letzte sein wird!« brabbelte im beleidigten Tonfall der Mann mit dem dicken Bauch und dem Schnurrbart.

»Sie sind ja sowieso Berufsskeptiker! Wenn es nach Ihnen ginge, wäre die Stadt schon ewig tot!« rief aufgewühlt ein Herr in Anzug und Krawatte. Er war Unternehmer und hatte drei Geschäfte in der Stadt, die alle gut gingen.

»Nein, ich denke da auch wie der Herr, auch ich glaube, daß diese Dunkelheit wieder kommt!« brachte sich eine andere Frau in das Gespräch ein.

»… wenn man es genau nimmt, hatten wir eine solche Nacht noch nicht, und die Zeiten sind ja wie gesagt angespannt. Überall auf der Welt kommen Naturkatastrophen! Warum sollten wir verschont bleiben!? Nur – was sollen wir dagegen tun?«

»Auf Gott vertrauen und Besserung geloben!« beschwichtigte der Pastor, der den Mann mit dem Hörrohr auf eine Parkbank geschoben hatte.

»Besserung geloben!«äffte ein anderer nach und verließ mit Kopfschütteln die Runde.

Auch andere verkrümelten sich aus dem Gesprächskreis, der zufällig auf dem Markt entstanden war. Jeder hatte eine Arbeit zu verrichten oder eine Besorgung zu erledigen, und gerade diese Beschäftigungen waren es, die die Leute in ihren Alltag zurückkehren ließen. Dann, nach einiger Zeit, als auch die Letzten sich ausgesprochen hatten, verfloß die Angst vor der Nacht und ihrer besonderen Dunkelheit, und so ging jeder Bürger zu seiner Tagesordnung über.

Die Nacht war vorüber. Die Angst und die Sorge waren ebenfalls passé. Die Menschen vergessen schnell. Sie vergessen, um zu überleben, doch wer zu stark verdrängt, läuft Gefahr, nicht zu überleben.

Das Tageslicht umhüllte die Stadt und ließ die Lebensfreude wachsen. Überall pulsierte das Leben. Die Menschen lachten und gingen ihrer Dinge nach. Auch im Hafen war der Alltag zurückgekehrt. Die Arbeiter verrichteten ihre Arbeit, und als die Sonne ihren Mittagsstand erreicht hatte, aßen sie ihre Pausenbrote.

Aber niemand bemerkte das U-Boot.

Es war auch kein Wunder, daß das U-Boot unbemerkt blieb. Die große Wucht der Oila verdrängte das kleine Tauchboot rein optisch so stark, daß man glauben konnte, es gäbe auf der ganzen Welt nur diesen einen Öl-Tanker. Die Häßlichkeit dieses Tankers, die außergewöhnlich wirkte, zog somit viele Menschen in den Bann und ließ die Blicke an ihr verharren. Vor allem Männer

konnten sich nicht satt sehen an dem von Spuren ge-
kennzeichneten Schiff. Die wellige Außenwand und der
viele Rost ließen die Fantasie der Männer aufleben, und
sie überlegten, wie alt das Schiff war und wo es überall
gewesen sei.

Deshalb also bemerkte niemand das Unterseeboot, das
zufrieden neben der Oila lag und keinen Mucks von sich
gab. Das Licht aus den runden Fenstern brannte nicht
mehr. Es hatte den Anschein, daß niemand an Bord war
und es für immer hier im Hafen bleiben wollte.

Kinder spielten auf dem Hafengelände, manche fotogra-
fierten und andere spielten Ball. Etwas ältere Jugendliche
nahmen einen Block Papier und zeichneten mit Bleistift
irgendein Schiff. Sie malten einen Seenotrettungskreuzer,
einen Schlepper, eine Barkasse – und die Oila.

»Paßt bloß auf, daß euch euer Ball nicht ins Wasser
fällt!« mahnte eine Frau die Kinder und lächelte.

»Das kriegen wir schon hin!« riefen sie ihr zu und kon-
zentrierten sich voll auf ihren Ball, der oft genug sehr
dicht an den Beton-Rand kullerte und tatsächlich ins
Wasser zu fallen drohte.

»Ey, Jumbo paß doch auf, was du mit dem Fußball
machst!« warnte ein Junge einen anderen. Der aber
kickte den Ball zur Hauswand und grinste triumphierend. Von dieser Hauswand schlug der Ball zurück, und
da Jumbo dabei nicht aufgepaßt hatte, ließ er den Ball
schnurgerade in das Wasser springen.

»Jetzt siehst du, was du angerichtet hast! Wer holt den
Ball heraus!? Häh!? Du vielleicht, der immer erkältet ist
und deshalb nie schwimmen geht?«

… Jumbo spürte, daß er eine gewisse Schuld auf sich

geladen hatte. Aber den Ball herausholen – er – das kam nicht in Frage. So schaute er dem Ball hinterher, der der Strömung folgte und hinaustrieb, und nach einer Weile blieb sein Blick an einem eiförmigen Fahrzeug hängen.

»Ey, Leute! Guckt doch mal hier! Habt ihr so was schon mal gesehen?«

Die Jungs kamen zu Jumbo angerannt und blickten, wie er, auf das schwarze U-Boot.

»Was ist denn das für eine Trommel!?«

Die Jungs vergaßen ihren Ball, der ohnehin nicht mehr zu sehen war und irgendwann am anderen Ende dieser Welt seinen neuen Freund finden würde.

»Das sieht aus wie ein Unterseeboot!« mutmaßten sie und hockten sich auf den Boden, um in die runden Fenster blicken zu können. Aber sie erkannten nichts, denn das Licht brannte ja nicht mehr.

»So'ne Sorte U-Boot habe ich noch nie gesehen!« krähte ein Junge und suchte nach einer Kanone. Diese Kanone aber gab es nicht auf diesem U-Boot. Das Boot wirkte verspielt. Es strahlte Atmosphäre aus, die einen einhüllte in lang zurückliegende Zeiten, in denen man mit liebevoll gebastelten und zusammengeflickten Gegenständen die ersten Schwimmversuche machte. Zusammengeschustert jedoch war es nun aber auch wieder nicht – perfektes Handwerk hatte hier seine Wirkung getan. Es war eben eine Mischung aus der ersten, verspielten Tradition und einer weitgehenden Perfektion.

Die Jungs blickten noch einige Zeit auf das Boot. Dann gingen sie, ohne ihrem Ball nachzutrauern, nach Hause. Nicht nur die Essenszeit war inzwischen erreicht, sondern die Jungs brannten auch darauf, ihren Eltern und besten Freunden von ihrer Entdeckung zu berichten.

Zu Hause angekommen erzählten sie gleich davon. Die Eltern aber glaubten ihnen nicht. Sie meinten, U-Boote seien nur zum Zwecke der Zerstörung, zum Zwecke eines Krieges gebaut worden, und das, was ihre Jungs gesehen hatten, wäre nicht mehr als ein übergroßes Blechspielzeug.

Die Freunde – die allerbesten Freunde –, die von den Jungs über das Boot unterrichtet wurden, glaubten das alles auch nicht. Sie dachten, daß sie nur mit einer Prahlerei belästigt wurden, die hin und wieder auch zwischen besten Freunden üblich war.

So blieben die Jungs mit ihrer Entdeckung alleine. Irgendwann, so meinten sie, werden es die anderen auch mit eigenen Augen sehen, und dann werden sie es gewesen sein, die es zuerst entdeckt hatten.

So verstrich der Tag und ging in den Abend über.

Der Leuchtturmwärter lief, wie jeden Abend, von seiner Wohnung zu dem großen Turm, der ihn dann für die nächsten nächtlichen Stunden verschlang. Auch er hastete an dem Unterseeboot vorbei, und auch er bemerkte es nicht. Den Tanker Oila aber bemerkte er ebenso nicht – geradewegs marschierte er zu seiner Arbeitsstätte.

Der Kapitän der Oila hatte den ganzen Tag das Schiff nicht verlassen. Er hockte in seiner Kajüte oder ging auf der Brücke spazieren. Er verspürte ohnehin keine Lust, große Aktivitäten auf seinem Kahn zu verrichten, deshalb legte er sich auch wieder trotz des hellen Tageslichts in die Koje. Sein Auslauftermin war noch lange hin. Er mußte noch eine Lieferung abwarten, einige Tage also konnte er sich in dieser Stadt – in diesem Hafen – ausruhen.

Die Nacht kam herbeigeschlichen, und die Stadt wurde vom Vollmond wieder in ein milchiges Licht getaucht.

Die Strahlen des Leuchtturmes kitzelten gleichmäßig den Horizont, und der Wärter blickte mit dem Fernglas in den Himmel. Er fürchtete eine neue dunkle Wetterfront. Wenn er sie denn entdecken würde, wollte er gleich zum Telefon greifen und die Polizei informieren. Dann könnten die Leute rechtzeitig gewarnt werden – denn wenn es tatsächlich schlimmer käme, als es bisher der Fall war, würde es bestimmt auch windiger sein, oder es würde Hagelkörner vom Himmel regnen.

Er suchte die Luft wie ein Scanner ab. Aber er fand nur die gleichmäßige Dunkelheit, die ohnehin schon da war und vom Vollmond angestrahlt wurde. Deshalb versuchte er sein Glück mit der Möwe. Er hatte sie noch auf der Fahnenstange in Erinnerung und fixierte diese. Dann, als der Strahl des Leuchtfeuers den Himmel über der Fahnenstange streifte, konnte er klar und deutlich den weißen Vogel sehen.

Aber war es wirklich die Möwe von letzter Nacht?

Hier gab es Hunderte von diesen Kreaturen – jede sah wie die andere aus!

›Wenn es tatsächlich die Möwe von gestern ist‹, so dachte der Wärter, ›dann wird sie bestimmt wieder um meinen Leuchtturm fliegen!‹

Also wartete er und beobachtete den Vogel geduldig. Dabei war er fast in Gefahr, die Geräte um sich herum zu vergessen, die er ständig zu kontrollieren hatte. Außerdem stellte der Wärter fest, daß er in eine Art Streß kam. Hatte er sich noch neulich erst einen Wecker besorgt, um nicht einzuschlafen, so mußte er jetzt drei Aufgaben gleichzeitig erledigen: Die Geräte kontrollieren, die Möwe beobachten und die einlaufenden Schiffe registrieren. ›Tanker Oila ZA-Q7‹ hatte er sich zuletzt in sein selbstgebasteltes Buch geschrieben.

Der Kapitän der Oila schlief diese Nacht wieder tief und fest, wie ein schwerer Stein versank er in der weichen Matratze seiner Koje. Dann wieder, nach einiger Zeit, schien es, daß der Tanker sich dem Atem des müden Mannes anpaßte. Wieder im selben Rhythmus, in dem der Kapitän seine Luft ein- und ausstieß, schwankte das Schiff in den Wogen des Hafenwassers.

Die Nacht war ruhig. Der Himmel blieb so, wie er es die Nächte zuvor war, keine schwere Wolkendecke schob sich über die Stadt. Friedlich schlummerte der Kapitän der Oila, friedlich lag der Tanker im Wasser – und die Möwe hockte auf ihrer Fahnenstange, so daß der Leuchtturmwärter immer noch nicht wußte, ob es die von gestern war.

Das U-Boot war inzwischen erleuchtet. Aus den Fenstern kam das dumpfe Licht gekrochen und ließ hin und wieder einen Mann mit Bart und Pfeife erkennen. Er blätterte in irgendwelchen Unterlagen und schritt im Boot hin und her.

Das Hafengelände war wieder wie leergefegt. Keine Menschenseele rührte sich, nicht mal ein Betrunkener torkelte durch die Nacht. Die Geräusche waren die einzigen Zeugen der Schiffe, die alle noch an derselben Stelle vertäut blieben. Diese Geräusche – das Wasserklatschen und das Stöhnen einiger Boote – vermischten sich zu einem blechernen Konzert, das ständig in der Luft lag.

Diese Leere im Hafengelände, dieses Alleinsein ließ den Mann mit Bart und Pfeife vorsichtig ein Fenster des U-Bootes öffnen. Es schien, als wäre er sehr scheu und traue sich nicht unter Menschen. Mit blitzenden Augen schaute sein bärtiges Gesicht heraus und musterte die Umgebung. In großen Abständen waberten Rauchschwaden heraus, die aus der Pfeife ihren Weg in die Frischluft fanden. Dann, nach einiger Zeit, öffnete er das Turmluk und kroch aus seiner Einsamkeit. Mit festen Handgriffen hangelte er sich aus dem Turm und schwang sich auf die Wölbung, auf der er sich an den fingerdicken Seilen festhielt. Er blickte umher. Der Rauch aus seiner Pfeife leuchtete hell im Vollmondlicht. Seine weißen Haare und sein Vollbart strahlten ebenso. Auf seinem Kopf ruhte eine weiße, leicht vergammelte Kapitänsmütze. Vorne, über der Blende, war ein Walfisch aus Gold befestigt, der ebenfalls das helle Mondlicht reflektierte. Er nahm die Pfeife aus dem Mund und atmete tief ein. Zwar war die Luft nicht so gut wie auf dem offenen Meer, doch besser als in dem U-Boot war sie auf jeden Fall. Dann stieg der alte Mann wieder in sein Tauchboot, verschloß das Turmluk aber noch nicht. Er wollte sein Boot noch etwas durchlüften und später alles verriegeln. Und so verbrachte er wieder lesend die stille Nacht in der Hafenstadt.

Der Leuchtturmwärter freute sich wie ein kleines Kind, als er die Möwe wieder um seinen Turm kreisen sah. Es war der Vogel, der auf der Fahnenstange hockte und den er wiedererkannt hatte. Diesmal aber blickte die Möwe nicht so ernst in das Gesicht des Wärters, auch stieß sie keinen Warnschrei aus. Sie flog wieder wie vom Lichtstrahl gejagt um den Turm herum, gleich einer Karussellfahrt. Dann, nach einigen Runden, drehte sie ab und flog in die Dunkelheit, in der sie trotz ihres weißen Gefieders und trotz des hellen Mondes nicht mehr zu erkennen war.

Auch der Kapitän der Oila schien sich zu freuen, sein Gesicht formte sich während des Schlafes zu einer zufriedenen Fratze, die er im Wachzustand nie gezeigt hatte. Obwohl er eine schwere Arbeit verrichtete und obwohl er ausgemergelt und müde war, schien ihm sein Dasein eine gewisse Erfüllung zu geben – und deshalb hielt er auch das Leben auf dem geschundenen Tanker aus.

Die Nacht war still, und die Stadt wurde noch immer von dem Vollmond in eine milchige Atmosphäre getaucht.

*

Am nächsten Morgen versammelten sich viele Leute im Hafen und bestaunten das Unterseeboot. Die Jungs vom gestrigen Tage hatten es allen Leuten erzählt und versetzten alle in Neugierde. Zwar war ein Schiff im Hafen keine Sensation, und ein normales Tauchfahrzeug hätte bestenfalls einen zweiten Blick aus den Bürgern gekitzelt, dieses Gebilde aber war eben anders.

»Das ist aber eigenartig geformt!« staunte jemand.

»Das sieht ja aus wie ein Spielzeug für ganz große Kinder!« fügte ein anderer hinzu.

»Ich kann mir gar nicht vorstellen, daß man mit so einem Ding im Wasser fahren kann!« meinte eine Frau, und ihr Mann erwiderte: »Mit diesem Ding soll man ja auch nicht fahren, sondern tauchen!«

Die Menschen wurden immer zahlreicher, und bald konnten die zuletzt hinzugekommenen nichts mehr sehen, weil zu viele Köpfe die Sicht versperrten.

»Wir können doch mal klopfen und den Besitzer fragen, was es mit dem Boot auf sich hat!« schlug ein Rentner vor.

»Ja, sehen Sie denn Licht? Da ist doch niemand an Bord! Wen sollen wir denn fragen?« antwortete ein junger Mann.

»Ja, wenn Sie das so sehen, können wir ja mal in der Hafenverwaltung nachfragen – die müßten doch wissen, wer hier so anleint!«

»Ach, wenn Sie Verwaltungen fragen, dann …«

»Ja, was dann!?«

»… Ja, dann bekommen Sie zur Antwort, daß ein Unterwasserfahrzeug angelegt hat! Dazu brauchen wir doch keine amtliche Auskunft, das wissen wir auch so!«

Eine Frau betrat die Szene und mogelte sich durch die Masse durch: »Darf ich mal?« begehrte sie mit aufreizendem Blick und stand schließlich vor dem Tauchboot.

»Na, das ist ein U-Boot! Was soll es denn sonst sein? Was gibt es da zu überlegen?« sprach sie zu den klugen Männern und ging dann wieder mit neckischem Augenaufschlag ihrer Wege.

»Was starrst du die denn so an!?« fragte fordernd eine Frau ihren Mann.

»Ach – ich habe lediglich die Rundungen des U-Bootes mit denen der Frau verglichen! Du weißt ja, ich bin Künstler und wollte nur mal eine Gegenüberstellung wagen ...!« versuchte sich der etwas rot angelaufene Gatte zu rechtfertigen.

Die Gattin guckte streng ihren Mann an: »Komm, wir gehen jetzt. Mir reichen die Sensationen hier so langsam. Erst die Verdunkelung, dann dieser Blecheimer im Wasser ...«

»Sie sollten nicht so streng mit Ihrem Mann sein!« rief ein Mittvierziger ihr nach. »Dieses Tauchboot ist wirklich einzigartig! Ist Ihnen nicht aufgefallen, daß das Boot mit der Verdunkelung zusammen gekommen sein könnte? Daß vielleicht ein Zusammenhang besteht? Wir alle haben noch nie ein solches U-Boot gesehen – es ist ohne Waffen, es ist gedrungen und eiförmig, es sieht wie ein Fisch aus und viel zu eng wird es auch sein!«

Die Leute nickten.

Dann redete der Mittvierziger weiter: »Mir ist das Boot unheimlich! Vor allem aber: Warum ist niemand an Bord? – Oder ist es vielleicht doch eine Waffe, die heimlich – aus dem Hinterhalt – zuschlägt und uns ins Unglück stürzt? ... Warum ist das U-Boot so schwarz?«

Die Eheleute gafften mit den anderen zusammen das Tauchfahrzeug an.

»Ja, wir sollten doch mal mit der Hafenverwaltung sprechen!« schlug die Frau vor und hielt sich am Ärmel ihres Gatten fest.

»Oder sollen wir gleich mit der Presse reden?« fragte ein Rentner, der sich dafür anbot.

»Wenn Sie als alter Opa da hingehen, glauben die Zeitungsfritzen Ihnen sowieso nicht!«

»Wie wollen Sie denn das beurteilen!?«

»Ach wissen Sie, das fängt schon mit meiner Schwiegermutter an. Die ist jetzt achtzig und meldet jeden Tag Gefahren. Sind wir dann bei ihr, ist alles halb so wild!«

»Ich würde dieses U-Boot nicht unterschätzen!« forderte der Rentner. »Auch ich bin mal zur See gefahren, und ich sage Ihnen: So etwas gab es noch nie! So ein Boot hat die Welt noch nicht gesehen! Da ist irgend etwas faul!«

»Machen Sie doch, was Sie wollen!« entgegnete etwas kleinlaut der Mann und verließ die Runde.

Manche blieben noch eine Weile stehen, weil sie hofften, etwas würde sich im Boot regen. Aber dieser Wunsch blieb unerfüllt. Auch nach Stunden noch ruhte das Boot wie tot im Hafen, nur das Wasser ließ es etwas schaukeln.

Der Leuchtturmwärter kam vorbei. Wie zufällig ließ er seinen Blick auf das U-Boot gleiten. Er übersah es scheinbar, meinte aber dann, etwas Besonderes wahrgenommen zu haben und schaute noch einmal zu dem schwankenden Stahlrumpf, dessen Turm frech in die Luft ragte. Wie angewurzelt blieb er stehen. Er, der die Schiffe so liebte, und der jedes einlaufende Schiff in sein Buch notierte, hatte doch tatsächlich dieses Schiff nicht registriert. Wie konnte er nur? Dieses Boot, das spürte auch er, war etwas Außergewöhnliches! Wieso hatte er es nicht bemerkt?

Für einen Moment zweifelte er an sich. Dann aber fiel ihm ein, daß es ja auch tagsüber, wenn er nicht auf dem Leuchtturm seinen Dienst verrichtet, in den Hafen gekommen sein könnte – oder aber es ist im getauchten Zustand eingelaufen …

Der Wärter erinnerte sich an die Verdunkelung in jener Nacht, und auch er glaubte, das U-Boot damit in Verbindung bringen zu müssen. Des weiteren bekam er die düsteren Gespräche der vorbeiziehenden Passanten mit. Ein Hund lief herbei und beschnüffelte die Beine des Wärters.

»Na, Kleiner, hast du wieder viel zu tun mit deiner Nase?«

Der Hund blickte dem Wärter in die Augen, senkte seinen Kopf wieder und umkreiste dann diesen Mann – immer wieder dabei dessen Beine beschnuppernd.

»Ja, ja – das ist mal wieder mein Bello! Kaum riecht er Wasser, muß er auch schon alles beschnüffeln, was drum herum ist!« sagte ein Mann, der eine lange Lederleine über die Schulter gelegt hatte.

»Ach, Ihnen gehört der Kleine!« rief der Wärter mit einem Lächeln.

»Sagen Sie das bloß nicht so laut! Wenn mein Bello hört, daß er klein ist, wird er richtig knurrig!«

»Aber er *ist* doch klein!«

»… Ja, ja – er ist … aber sagen Sie, haben Sie auch schon das U-Boot hier entdeckt?«

Der Wärter fand die Frage reichlich blöd. Natürlich hatte er es gesehen, schließlich stand er direkt davor.

»Ja, warum meinen Sie, stehe ich hier, als hätte ich Klebe an den Sohlen?«

»Hmm. – Ich finde, dieses Boot sieht irgendwie unheimlich aus!« behauptete der Mann mit der Lederleine.

»Das finden viele hier in der Stadt. Manche glauben, es gehe von dem Boot eine Bedrohung aus. Andere meinten, daß das U-Boot mit der Verdunkelung neulich gekommen sein könnte.«

»Tjaja – die Verdunkelung. Mein Bello hatte laut gewinselt, als der Vorhang sich am Himmel schloß. Und um ehrlich zu sein, mir war auch nicht ganz geheuer!«

Der Wärter blickte immer wieder zwischen dem Tauchboot und dem Hundebesitzer hin und her. Ihm gefiel das U-Boot nicht. Jedenfalls gefiel ihm nicht, daß es hier in dieser Stadt war.

»Ich weiß nicht«, zweifelte der Wärter, »mir fällt diese nostalgische Form des Bootes auf – irgendwie hat die Form eine Art Ästhetik, aber andererseits … diese schwarze Farbe, und sehen Sie das Rohr vorne am Turm? Das ist bestimmt ein Sehrohr! Nun frage ich Sie: Wozu braucht ein U-Boot ein Sehrohr?«

Der Hundebesitzer nickte: »Sie haben recht. Ein Sehrohr ist zum Angriff da! Dieses Boot ist eine Gefahr für die Stadt!«

»Wissen Sie«, erklärte der Wärter, »ich habe eine Vorliebe für Schiffe. Es gibt aber große Kähne, die in ihrer Wucht bedrückend wirken, einige davon mag ich nicht so recht, und dieses U-Boot hier – na ja, mir ist eben unwohl bei dem Anblick! Denken Sie doch nur an die Leute, die damit durchs Meer fahren!«

»Haben Sie denn schon jemanden gesehen, der etwas mit dem Tauchboot zu tun hat?« fragte der Hundebesitzer.

»Nein! Es ist wahrscheinlich menschenleer! Man

könnte meinen, es sei ohne Besatzung in den Hafen gekommen!«

»Das ist ja schrecklich!« stöhnte der Hundebesitzer. »Nehmen wir mal an, es ist tatsächlich ohne Besatzung hierhergekommen – dann …«

»Was dann?«

»… Dann«, erwiderte der Mann, »dann ist es eine geheimnisvolle Macht, die nichts Gutes im Sinne hat!«

Der Wärter nickte. Zwar war er sachkundig bei Schiffen, und eigentlich dürfte dieses U-Boot gerade ihn nicht aus der Fassung bringen, aber immer spürte er beim Anblick eine Mischung aus Faszination und Furcht vor Gefahr, die letztlich der Gewinner im Machtspiel der Gefühle war. Dem Wärter wurde mulmig in der Magengrube: »Wollen wir vielleicht die Polizei holen?«

»Ist Ihnen eigentlich aufgefallen, daß das Boot keine Kanone hat?« fragte der Hundebesitzer.

»… Sie haben recht! Nein! Es hat keine Kanone!«

»Dann ist es vielleicht doch kein Kriegsfahrzeug!« triumphierte der Hundebesitzer und fügte noch hinzu: »Vielleicht ist es ja das schlechte Gewissen der Seepiraten!?«

Der Wärter konnte nur mit Mühe lächeln.

»Ihnen wird bestimmt nicht entgangen sein, daß U-Boote vorwiegend unter Wasser ihre Torpedos auf andere Schiffe schießen! Dazu braucht man nicht unbedingt eine Kanone auf dem Oberdeck!« entgegnete der Wärter und streichelte dabei den kleinen Hund, der mit dem Schwanz wedelte und seine Nase leckte.

»Hmm. Stimmt. U-Boote arbeiten im Verborgenen, sie sind eigentlich die Feiglinge unter den Seekriegern.

Sie können sich immer wieder verstecken und lauern im Dunkeln!«

»Genau wie dieses Boot ja auch im Dunkeln kam!« erwiderte der Wärter.

»Die Seele dieses U-Bootes könnte so schwarz wie die Farbe von ihm sein!« sagte der Hundebesitzer. »Die Farbe Schwarz steht für Trauer, Tod – für das Ende!«

Der Wärter kraulte sich die Nackenhaare: »Das Boot könnte ja auch grün oder blau angemalt sein – aber nein: Es ist schwarz lackiert! Mir wird ganz seltsam zumute, jeder Leichenwagen ist schwarz!«

Da bellte der Hund ganz laut. Es schien, als ginge ihm das Gesülze um die schwarze Farbe auf die Nerven und als wollte er einen Schlußstrich ziehen.

»Aber Bello, es hat doch niemand gesagt, daß du klein bist, warum machst du denn so einen Krach?« beruhigte der Mann mit der Lederleine seinen kleinen Freund.

»Vielleicht spürt das Tier auch eine Bedrohung!« sagte der Wärter und versuchte durch Hin- und Hergehen bessere Ansichten vom Boot zu erhaschen.

Der Wärter wollte gerne wissen, wie tief das Boot ins Wasser reichte. Er wußte, daß der größte Teil von U-Booten unter Wasser liegt, aber wie viel das genau ist, wußte er nicht.

»Vielleicht ist das Boot viel größer als wir alle vermuten!« sagte der Wärter. »Stellen Sie sich vor, das Boot ist dreimal, oder fünfmal so groß wie der Teil, den wir hier sehen!«

Der Hundebesitzer nickte zustimmend.

»Stellen Sie sich vor«, sprach der Wärter weiter, »stellen Sie sich vor, unter Wasser ist eine ganze Kampfmaschine, die sich bei Bedarf erweitern kann, die durch Technik ausgefahren wird und so zu einem großen Monster mutiert!«

»Ja, genau, ein großes Monster, das seinen Rachen, den wir jetzt noch nicht erkennen können, weit aufreißt und große Löcher in die anderen Schiffe hier im Hafen reißt – und die Besatzungsmitglieder verschlingt wie der große weiße Hai!«

»Das wird vielleicht nicht passieren«, erwiderte der Wärter, »ich glaube eher an einen Angriff der psychologischen Art!«

»Psycho… was?«

»Psychologisch! Seelisch! Das U-Boot könnte unsere Seele schwärzen, uns in die Depression führen! Es ist heimlich gekommen, mit ihm kam die Dunkelheit bei Vollmond – und es wird erst gehen, wenn wir alle völlig niedergeschlagen sind!«

»Sie meinen, es wird keine Schiffe mit Torpedos versenken?«

»Vielleicht doch! Vielleicht alles Schlimme zusammen! Denken Sie nur an Pflanzen!« sagte der Wärter zu dem Hundebesitzer, dessen Gesicht eine fragende Fratze zeigte.

»Pfff… Pflanzen?«

»Ja, Pflanzen!«

»Was haben denn Pflanzen mit dem U-Boot hier zu tun?«

»Es gibt doch schöne Pflanzen und nicht so schöne Pflanzen. Manche Pflanzen, die sehr verlockend aussehen, riechen nicht, andere, die langweilig dreinblicken, duften überstark. Und dann gibt es Pflanzen, die die

Fliegen anlocken. Sie erscheinen als schönste Verführung – und fressen die Fliegen auf! Denken Sie auch noch an Beeren, die giftig sein können! Auch für Menschen!«

Der Hundebesitzer nickte. Er fand das Gleichnis zwischen Pflanzen, Fliegen und U-Booten äußerst merkwürdig, aber er konnte sich einen Reim darauf machen: »Sie meinen, das U-Boot ist der Wolf im Schafspelz?«

»Genau! Es ist zu klein, um wirklich große Kriegstaten zu vollbringen, aber es hat Eigenschaften, die sich entwickeln könnten. Ein richtig großes Kampfboot würde die Leute noch viel mehr aufregen, hier aber bekommen es nur einige mit – und so wird die Überraschung größer!«

»Die Überraschung der Zerstörung! Der Angst! Der Gefahr!« fügte der Hundebesitzer schnaufend hinzu.

»Die Gefahr der schwarzen Macht! Der heimlichen, hinterlistigen Macht!« ergänzte der Wärter, dessen Arme schützend seinen Brustkorb rieben.

Der Hundebesitzer zog seinen kleinen Hund ganz dicht an sich heran.

»Das Grauen«, deklamierte er, »das Grauen ist der Seele Fallbeil!«

Der Wärter verzog sein Gesicht. Was war es, das sie beide hier noch hielt? Sie diskutierten direkt vor ihrem Quälgeist und blieben wie angewurzelt stehen. War vielleicht gerade das schon eine Machtausübung von dem U-Boot? Fing der Terror jetzt schon an? Hier an dieser Stelle? Warum konnten – ja warum konnten sie sich nicht losreißen und in eine Kneipe gehen und dort viel sachlicher die Dinge erörtern?

Weil sie so einen besseren Einblick in ihren Feind

bekamen! Weil sie vielleicht noch etwas am U-Boot entdecken könnten, das sie sofort an Ort und Stelle klären würden – etwas, was in einer Kneipe unmöglich wäre!

»Das Grauen ist der Seele Fallbeil!« murmelte noch einmal der Hundebesitzer.

»Jaja, schon gut, sagen Sie es noch ein paarmal, damit das Unterbewußtsein es so richtig aufnimmt!« keifte der Wärter den Hundebesitzer an.

»Sie wissen ja nicht, was ich schon erlebt habe!« wehrte sich dieser, stützte seine Fäuste auf die Hüftknochen und kraulte seinen Hund: »Wissen Sie, warum ich mir einen Hund zugelegt habe?«

»Nein.«

»Weil er meiner Seele Nahrung gibt. Weil er mein Kamerad in allen Lebenslagen ist!«

»Dafür, daß Sie das Wort ›psychologisch‹ nicht kannten, kennen Sie sich ja bestens aus in Gemütsfragen!« konterte der Wärter und stakste noch einmal hin und her, um das Boot genauestens zu fixieren.

»Wahrscheinlich ist im Boot eine Zeitbombe montiert!« seufzte der Hundebesitzer. »Dann fliegt hier alles in die Luft, oder es strömt ein Nervengas aus!«

Der Wärter schwieg. Irgendwie hatten sie sich jetzt in die Sache hineingesteigert und konnten nicht mehr aus ihr heraus. Das U-Boot hatte sie im Griff. Es fesselte und hypnotisierte sie äußerst stark. Vielleicht, so dachte der Wärter, war der Mann mit dem Hund neben ihm gar ein böser Mensch, vielleicht gehörte sogar ihm das Tauchboot und er wollte nur die Leute aushorchen!?

Der Wärter schlug sich seine Gedanken aus dem Schädel. Mit hastigen Bewegungen verlagerte er sein Gewicht von einem Fuß auf den anderen.

»Wir sollten Schluß machen!« schlug der Hundebesitzer vor. »Wir haben schon viel zu lange hier gestanden und das Boot angestarrt!«

»Sie haben recht. Warum sind wir bloß so lange geblieben?«

»Weil uns das U-Boot fasziniert! Und weil wir Angst haben! Weil wir eine Gefahr sehen, deshalb!« erwiderte der Mann und nahm seinen kleinen Freund auf den Arm. Er fühlte, daß der Wauwau müde wurde und sich nach einem Körbchen mit einem leckeren Knochen sehnte.

»Ich werde morgen noch einmal vorbeischauen!« entschied der Wärter. »Kommen Sie auch?«

»Nein. Ich habe genug. Wenn das wirklich eine Gefahr ist, will ich nichts riskieren. Da mache ich lieber einen großen Bogen! Außerdem will ich meinen Hund nicht verlieren! – Warum wollen Sie eigentlich noch mal zum Boot zurück?«

»Weil mich Schiffe faszinieren. Ich sehe jede Nacht vom Leuchtturm aus die Schiffe in den Hafen hereinfahren, andere sehe ich den Hafen verlassen und stelle mir vor, welche Abenteuer sie auf hoher See bestehen müssen. Jetzt bin ich müde, morgen aber, ja morgen ist ein neuer Tag! Dann bin ich ausgeruhter als jetzt. Ich komme wieder!«

»Gut, wenn Sie meinen«, beschied der Hundebesitzer, »ich wünsche Ihnen viel Erfolg bei Ihren Erkundungen. Möge Sie Gott beschützen und Sie vor einem Unheil bewahren! Mögen Sie der Macht des U-Bootes nicht erliegen!«

Dann ging der Mann mit seinem Hund im Arm davon und bog um die Ecke.

Der Wärter blickte noch lange stumm auf das U-Boot, das hin und wieder auf den Wellen im Hafenbecken schaukelte. Es wirkte finsterer, schwärzer als jede Stunde zuvor. War es tatsächlich eine üble Macht, die in den Abendstunden, in der Nacht ein Grauen plant? Sollte das Boot ein trojanisches Pferd sein?

Der Wärter brach nun endlich auf. Erleichtert, sich vom U-Boot befreien zu können, ließ er seinen Atem tief in die Lungen fahren.

›Heute Abend‹, so dachte er, ›heute Abend und in der Nacht werde ich ganz sicher oben auf dem Leuchtturm sein. Dann werde ich die Möwe suchen und die Geräte überprüfen. Und vielleicht kommt ein neues Schiff zu uns.‹

So ging der Wärter seiner Wege. Und so kam der Abend und mit ihm die Nacht. Und die Stadt wurde wieder in ein milchiges Licht getaucht.

Der Wärter schloß hinter sich, als er seinen Turm betreten hatte, besonders bedacht die Stahltür zu. Er hatte das Gefühl, es konzentrierter als sonst tun zu müssen, denn er fürchtete die geheimnisvolle Macht des U-Bootes. Er dachte, wenn die Stahltür unten nicht richtig verriegelt ist, und er oben in der Krone des Turmes ganz alleine seine Arbeit verrichtet, könnte das Böse, die unheimliche Macht von dem U-Boot durch diese Tür die Treppen hinauf zu seinem Arbeitsplatz gelangen.

Oben angekommen, ließ er seinen Blick über das Meer wandern. Kein Schiff war zu sehen. Trotzdem legte er sein Notizbuch griffbereit zurecht, damit er im Falle eines Falles rechtzeitig reagieren könnte. Denn ein einlaufendes Schiff verpassen – das wollte er nicht. Er, der doch die Schiffe so liebte.

So stellte er dann die Instrumente und Geräte ein, überprüfte die Optik seines Leuchtfeuers und putzte sein Fernglas. Er hatte es lange nicht mehr saubergemacht, der Dreck fiel ihm erst auf, als er nach der Möwe suchte, die seinen Leuchtturm wie in einer Karussellfahrt umflog.

*

Die Stadt quittierte den Mondschein wieder mit gespenstischen Schatten, die in den Gassen der verwinkelten Häuschen lagen. Der Himmel war klar. Keine Wolke, kein Unwetter schien im Anmarsch zu sein, und so legte der Wärter sein Fernglas auf die Fensterbank und setzte sich auf einen Stuhl. Aber so richtig entspannen konnte er nicht, weil er immer wieder die Macht des Tauchbootes spürte. Er hatte Angst. Warum, so fragte er sich immer wieder, ist dieses Boot ausgerechnet in dieser Stadt aufgetaucht? Und warum glaubten so viele Leute, daß dieses Boot so gefährlich sei?

Der Wärter konnte und wollte sich seine Fragen nicht beantworten. Sein Verstand reichte nicht an die Stärke seiner Gefühle heran, und so probierte er, sich abzulenken. Er forschte mit dem Fernglas am Himmel nach der Möwe, und obwohl er alle ihm bekannten Ecken fixierte und seinen geschulten Blick schweifen ließ, wurde er nicht fündig. So versuchte er, andere Details zu erhaschen, etwa Parkbänke oder Umzäunungen, aber diese

Motive langweilten ihn, so daß er, nachdem er wieder den Horizont nach Schiffen abgesucht hatte, in sein kleines Notizbuch blickte. ›Tanker Oila ZA-Q7‹ hatte er sich zuletzt mit blauer Tinte eingetragen.

So kitzelte der Strahl des Leuchtturmes in regelmäßigen Abständen den klaren Horizont des Himmels. Der abnehmende Mond schien ebenfalls keine Sekunde an Leuchtkraft einzubüßen. Manchmal hatte es den Anschein, als ob der Mond der stille Beobachter sei, der die Stadt und den Leuchtturm schützen könnte. Die Strahlen des Leuchtfeuers winkten wie rettende Arme in die Unendlichkeit, als ob sie zu den ganz weit draußen fahrenden Schiffen ›Kommt her‹ rufen wollten. Die Nacht blieb klar, und zufrieden blickte der Wärter noch immer zum Horizont. Er meinte, diese Nacht verliefe ruhig, und so könne er sich vielleicht doch mit ruhigem Gewissen auf seinem Stuhl entspannen.

Das U-Boot lag noch immer an derselben Stelle im Hafenbecken. Das kabbelige Wasser brachte den schwarzen Bootskörper in eine sanfte Bewegung, so daß der Turm seitlich schwankte. Dieses seitliche Schwanken schien wie ein Kopfschütteln eines Menschen, der ein ›Nein‹ ausruft. Und obwohl das Wetter Ruhe versprach, wurde das Schwanken des U-Bootes etwas stärker. Dann, nachdem es sich einige Zeit so bewegt hatte, fing das Boot zum ersten Mal in dieser Lage an zu stöhnen. Aber dieses Seufzen, das sich leise abspielte, vermischte sich mit den Geräuschen der anderen Schiffe, die ebenfalls kleine Bewegungen machten und gleichsam Knarrgeräusche von sich gaben.

Nach einer gewissen Zeit brach das Stöhnen des U-Bootes ab und wurde von einem tiefen Gejaule abgelöst. Die Fenster des Bootes waren verdunkelt und ebenso schwarz wie der ganze Schiffskörper. Dabei wurden die Schwankungen immer stärker, obwohl das Wasser nicht sonderlich bewegter war. Auch die anderen Schiffe wankten nicht stärker als bisher – nur das Tauchboot wurde immer unruhiger und jaulte seinen quälenden Ton heraus.

Das Jaulen brach durch die nächtliche Stille wie das Heulen von Wölfen in einer Vollmondnacht. Wie eine Sirene klang es, die sich warnend in den Himmel bohrte.

Und es war tatsächlich so! Der Jaulton wuchs nicht in die Stadt, sondern richtete sich steil nach oben in den klaren Himmel. Gleich einer Windhose, die mit ihrem starken Sog alles einsaugt und durcheinanderwirbelt, zielte der Jaulton nicht nur in den Himmel, sondern schien darüber hinaus in das Weltall seine Reichweite auszudehnen. Die Luft vibrierte. Eine starke Hitze umwebte das U-Boot, und das Wasser um den Bootskörper herum schien sich von dem Boot zu entfernen. Deutlich wurden die Seitenwülste sichtbar, die vom Wasser freigelegt wurden – nur der Boden mit dem Kiel des Tauchbootes war noch vom Wasser umhüllt.

Um das Tauchboot herum bewegte sich dann das Wasser wie in einem Sog. Als wenn jemand den Stöpsel einer Badewanne herausgezogen hätte, gurgelte das Wasser um das Boot herum und drehte sich gleichzeitig im und gegen den Uhrzeigersinn. Dann zitterte der ganze Bootskörper. Vibrierend bewegten sich die Nieten und ließen die schwarze Stahlwand knirschen. Dann schloß sich dem Gejaule noch ein regelmäßiges Schnaufen an, so als ob eine Lokomotive ihre schwere Last ziehen müsse. Der U-Boot-Turm zitterte ebenfalls. Dann hob sich das Turmluk in die Höhe und ließ den Turm größer werden. Mit einem schrillen metallischen Gestöhne wuchs der Turm nach oben, wie ein Rohr, das sich in die Senkrechte schiebt.

Das Boot brummte. Immer noch zitternd bewegte es sich auf der Stelle im umwirbelnden Wasser des Hafens, noch immer knarrten die Stahlwände, und die Nieten vibrierten ebenfalls. Dann wurde die senkrechte Stahlwand achtern größer, die wie eine Fischflosse aussah. Vorne am Bug wuchs eine Kugel und das Gejaule hielt an.

Die Fenster des Bootes waren noch immer verdunkelt. Tiefschwarz lagen sie in der dunklen Außenhaut des Tauchbootes. Nur das Mondlicht reflektierte hin und wieder auf den runden Scheiben. Aber dabei blieb es nicht. Nachdem das Boot weiterhin unruhig vibrierte, zuckten plötzlich helle Blitze aus den Bullaugen. Aus allen Fenstern gleichzeitig schnellten diese Blitze in die Dunkelheit der Nacht und ließen gebündeltes Licht über und um das Tauchboot wachsen. Dann schnellten die Blitze zu allen Seiten und trafen die anderen Schiffe, die das Licht zum Tauchboot zurückwarfen. Dieser Lichteinschlag bündelte sich mit den neuen Blitzen aus den Fenstern und brach dann zum Himmel hinauf.

Das Boot schien von innen zu brennen. Irgendeine Quelle ließ immer neue Blitze aus den Fenstern schnellen, die sich alle in der Senkrechten bündelten und den Himmel durchbrachen. Doch weil die anderen Schiffe nicht sonderlich von dieser Unruhe mitgerissen wurden, wurde niemand in ihnen wach. Auch der ganze Hafen blieb menschenleer. Das Wetter in der Stadt blieb ruhig, nur das Wasser um das Tauchboot herum wirbelte und ließ die geheimnisvolle Macht Wirklichkeit werden.

Der Leuchtturmwärter entdeckte am Horizont noch immer keine Schiffe. Er sah auch keine Möwe, und so saß er noch immer auf seinem Stuhl. Er durchwühlte das selbstgebastelte Notizbuch und las still vor sich hin die Schiffsnamen, die er darin eingetragen hatte. Von der Unruhe des U-Bootes bekam er deshalb nicht einen Funken mit. Hin und wieder kontrollierte er die Gerätschaften der Leuchtanlage – und ab und zu schritt er die Treppe zur Stahltür hinunter, um noch einmal sicherzugehen, daß die Tür auch wirklich verschlossen war. Auch wenn das Wetter um ihn herum Ruhe versprach, so dachte er, daß gerade dies die Ruhe vor dem Sturm sei, und deshalb fand er seine Zweifel die Tür betreffend richtig. Schließlich war er ein verantwortungsvoller Mann – gewissenhaft und seiner Pflichten stets bewußt. Zufrieden setzte er sich, oben angekommen, wieder auf seinen Stuhl und beobachtete die Lichtmaschine, deren Strahlen gnadenlos den Himmel blendeten. Dann entspannte er sich aber derart, daß er einschlief und völlig weggetreten im Land der Träume wandelte. Das war schlecht, denn er hatte vergessen, seinen Wecker einzustellen. Und so sank er wie ein schwerer Stein in tiefem Schlaf.

Auch der Kapitän der Oila schlief wie ein faules Murmeltier. Obwohl er ja dem U-Boot am nächsten war, bemerkte er nichts von der Macht, die aus seiner nahen Umgebung emporwuchs. Das Licht im mittleren Fenster brannte, und die verrostete Stahlwand des Schiffsrumpfes ließ den Tanker unheimlich wirken.

Milchig war noch immer das Licht, das vom Mond ausging und die Stadt anstrahlte. Noch immer war keine Wolke zu sehen, klar und friedlich lag der Himmel über der Stadt.

Und genauso friedlich schliefen der Leuchtturmwärter und der Kapitän der Oila. Behütet wie Babys schlummerten sie in ihrer Ruhe, die sie in sanfte Träume wiegte. Genauso wollten beide immer schlafen. Ohne Ängste, ohne Sorgen – ohne Qual. Der Schlaf, der den ganzen Körper erquickt und neue Kräfte bringt, durchfloss sie wie warmer Kakao in einer harten Winternacht.

*

Der Leuchtturmwärter wurde durch einen lauten, krachenden Knall geweckt. Es war so laut, daß er glaubte, sein Leuchtturm stürze ein und er würde durch die Wucht begraben werden. Der Knall dröhnte in sein Trommelfell, daß er meinte, sein Gehirn würde dadurch platzen. Wie gepeitscht schnellte er hoch und rannte zu den Fenstern seines Ausgucks. Er blickte aufs Meer. Dabei blinzelte er oft, rieb sich die Augen. Dann schaute er auf seinen Schreibtisch, um sich abzulenken, denn was er gerade draußen sah, glaubte er selbst nicht.

Das Meer war aufgewühlt wie ein übergroßes Gebirge. Grau und schwarz waren die Wellen, die sich drohend auftürmten und immer größer zu werden schienen. An der Krone jeder Welle brach das Wasser um und durchmischte sich mit Luft, so daß dort ein weißer Schaum sichtbar wurde. Bedrohlich sah der Himmel aus. Tiefschwarze Wolken, schwärzer als schwarz, schoben sich mahnend zu der Stadt, über der sich der Mond langsam vollends verdunkelte.

Der Wind blies stark. Die Fenster seines Leuchtturms knirschten wie eine dünne Eisdecke, auf der sich schwere Füße bewegten. Dann sah er, daß seine Fenster mit vielen Regentropfen behaftet waren. Die Tischlampe, die sich in der Scheibe spiegelte, brachte ihr Abbild durch die Regentropfen auf dem Fensterglas wie eine Mondlandschaft zutage. Schwerer Regen trommelte gegen die Scheiben, und der Lichtstrahl seines Turms ließ die Regenmassen deutlich werden. Gleich einem Wasserfall, der sich aus großer Höhe ergießt, stürzte der Regen in das aufgewühlte Meer, dessen Wellen immer größer wurden. Dann glaubte der Wärter, Löcher in den großen Wellen zu sehen, die wie weit aufgerissene Münder hungrig ihre Opfer suchten. Opfer wie die Stadt, Opfer wie den Leuchtturm – Opfer wie ihn.

Das Getöse, das aus den Wellen brach, ließ die Luft draußen brummen. Die Wassermassen wurden wie von einer Macht zum Himmel gezogen und schienen sich wie eine riesige Mauer aufzutürmen. Drohend schoben sie sich der Stadt entgegen und wuchsen bei jedem Meter in die Höhe. Dabei dröhnte die Luft so stark, daß der Wärter glaubte, sein Turm würde sich verbiegen.

Angstschweiß stand auf seiner Stirn. Sollte er rausrennen und sich in Sicherheit bringen? Wo aber war es noch sicher? In der Stadt, die vielleicht überflutet wird? War er nicht im Leuchtturm am sichersten untergebracht? Oder würde der lange Spargel umbrechen, weil er der Macht des Wassers nicht standhalten kann? Unfähig zu handeln, stand er wie festgesogen am Fenster, an dessen Schutz er nicht glaubte. Er wollte am liebsten ins Treppenhaus rennen, sich inmitten des Turms aufhalten – aber seine Beine verweigerten es ihm.

Bebend rollten die Wassermassen heran. Die Kraft des Meeres drohte mit der größten Konsequenz. Übergroß – höher als der Leuchtturm – polterten die Wellen. Das Gedröhne nahm immer mehr zu, und als die riesige Wasserwand zum Greifen nahe war, glaubte der Wärter wieder, weit aufgerissene Münder zu sehen, schwarze Löcher, die in der Dunkelheit des Wassers die unendliche Tiefe freigaben. Eine Tiefe, die in den Tod führt und zu den toten Seemanns-Seelen rutschen läßt.

Am Himmel tobte ein Gewitter. Kilometerbreit krachten die Blitze, die sich aus dem Himmel kommend in das Wasser bohrten. Manchmal glaubte der Wärter, daß ein Zischen folgte, daß qualmender Dampf aus der Einbruchstelle des Blitzes emporwuchs. Dann aber versperrte die Wasserwand jeden Ausguck. In Sekundenschnelle polterte sie brüllend heran, und dann brach sie über den Leuchtturm herüber.

Der ganze Turm bebte. Das Gemäuer schien zu zerkrümeln. Das Wasser knüppelte herüber und ließ das Rauschen zu einem geisterhaften Schrei anwachsen. Als wäre der Turm ins Meer gefallen, verwischten die Wassermassen die Fenster, und der Strahl des Leuchtfeuers schien in der Scheibe zurückzureflektieren und in den Kern der Lichtquelle einzuschlagen. Der Wärter schloß die Augen. Nicht nur, weil er das Wasser fürchtete, sondern auch, weil das Licht im Turm so stark war, daß er zu erblinden glaubte. Er verkroch sich unter dem Schreibtisch und legte die Hände über den Kopf. Gleich einem Helm, der ihn schützen sollte. Immer und immer wieder brachen die Wassermassen herüber, und die Scheiben knirschten unheimlich. Dann ein lautes Klirren. Klar wie Porzellan. Die Fenster waren durchbrochen und das Meer wühlte sich brüllend in den Leuchtturm hinein. Das Leuchtfeuer wurde mit Wasser umhüllt. Dann gab es noch einen Knall und der Strahl erlosch mit einem Zischen. Bebend knallte das Wasser die Möbel um. Der Schreibtisch brach auseinander und begrub den Wärter. Ein Schrank stürzte um und entleerte seinen Inhalt. Geschirr und Bücher, Werkzeuge und Ersatzteile wurden mitgerissen und polterten die Treppe hinunter. Die ganze Kraft des Wassers peitschte umher, wurde zurückgeschlagen und vermischte sich mit neuen Wassermassen. Immer wieder kamen neue Brecher herein und wühlten sich die Treppe herunter, schlugen dann die Stahltür auf. Quietschend flog die Stahltür aus ihren Angeln und ließ sich vom Meer in die Stadt treiben. Immer mehr Wassermassen durchbohrten den Turm, der wie ein Strohhalm alles durchließ und dabei wie ein gequältes Tier stöhnte.

Auch die anderen Scheiben klirrten, nun war der Turm oben völlig offen. Die Streben, die das Dach hielten, brachen auseinander und ließen das Dach vom Wasser mitreißen. Nun war der Leuchtturm kopflos. Frei wie eine aufgedeckte Vogelscheuche ragte er zum Himmel, versank dann aber wieder in einer neuen Meeresflut. Ein neues Klirren folgte. Diesmal dumpf wie eine Trommel. Das Krachen vermischte sich mit den nächsten Wassermassen, und so jaulten die letzten Reste der Lichtanlage weg.

Der Leuchtturm war nicht nur kopflos – er war auch lichtlos. Er war zerstört in seinem Rückgrat, viele Steine wurden aus ihren Fugen herausgerissen. Gespenstisch wankte er im Meer und glich einer Ruine, die sich mahnend zeigte. Sein Dasein hatte keinen Sinn mehr – seine Leuchtkraft war für immer versiegt. Ein echtes Elend.

Im Getöse dieser Macht gab es einen Menschen, der dem Wetter trotzte. Im Schatten einer Hauswand stand er wie eine Betonsäule und beobachtete das Unwetter. Er blickte zu dem U-Boot, aus dessen Fenstern immer wieder Blitze schlugen, um zum Himmel emporzurasen. Er sah das sich drehende Wasser um den Bootskörper und hörte sich auch das Gejaule an, das aus dem U-Boot herausbrach. Wie angewurzelt stand er in diesem Schatten der Hauswand und flüsterte Worte, deren Bedeutung unklar blieb. Dann richtete er seine Mütze, die weiß und vergammelt war. Der goldene Walfisch an dieser Mütze spiegelte die Blitze, die aus den U-Boot-Fenstern kamen. Brubbelnd kraulte er sich seinen weißen Vollbart. Mit der anderen Hand hielt er die Pfeife, die regelmäßig Rauchwolken freigab.

Nach einiger Zeit formten sich seine unklaren Worte zu einem verständlichen Ausspruch. Leise, dann immer lauter werdend murmelte er diese Worte in das Unwetter hinein, dabei blickte er zum Himmel hinauf. »Der Ruf der Wellhornschnecke!« ergoß sich so in die laute Umgebung, deren teuflisches Beben nie aufzuhören schien.

*

Der Leuchtturmwärter staunte nicht schlecht, als er sich oben auf dem Boden seines Arbeitsplatzes wiederfand. Zwischen den Balken und Blechteilen lag er neben den Fundamentresten der Leuchtanlage, über ihm der Himmel frei. Überall war es naß und kalt, und ein Wind durchzog den Kopf der Ruine. Er hatte sich mit dem Bein irgendwo eingeklemmt. Sein ganzer Schädel brummte. Im Magen spürte er einen Druck, und das Rückgrat tat ihm weh.

Ein Wunder, daß er überlebt hatte.

Es war taghell. Benommen blickte er in das Weiß des Himmels. Ihm war hundeelend. Was war passiert?

Langsam versuchte er sich an die vergangene Nacht zu erinnern. Aber sein Gehirn verweigerte sich. Als wollte es das Schlimme verdrängen, blockierte sein Gehirn den Versuch der Gedankenkontrolle. Dann, nach einiger Zeit aber wurde dem Wärter klar, was geschehen war: Ein Unwetter kam herbei. Es zerstörte seinen Leuchtturm. Wahrscheinlich wurde auch die Stadt herniedergerissen.

Warum ist er am Leben geblieben?

War er überhaupt noch gesund?

Vorsichtig befreite er sich aus seiner Lage. Mit schmerzenden Knochen erhob er sich und blickte auf sein Umfeld. Überall zerschlagene Dinge, deren Herkunft er sich nicht erklären konnte. Außerdem hingen diverse Algen herum und eine halbierte Krabbe vergammelte in einer Ecke. Splittrige Möbelreste keilten sich in Ecken ein, auf dem Boden lagen Glassplitter und verbogene Metallteile. Sein selbstgebasteltes Notizbuch war für immer dahin. Das Meer war spiegelglatt.

Zerschunden an Leib und Seele machte er sich vorsichtig auf den Weg ins Treppenhaus. Langsam, sich am Geländer festhaltend, kroch er die steile, verdrehte Treppe hinunter und kam zu dem freiliegenden Ausgang. Die Stahltür war nirgends zu sehen. Die Angeln hingen angerissen im Gemäuer, dessen Oberfläche eingeschlagen war. Viele Mauersteine fehlten völlig.

Die Umgebung sah verwüstet aus. Überall tote Fische, Tonnen, Autos und Bretter. Dachziegel und Baugerüste vergruben ganze Wege unter sich, auch hier waren Algen zu finden und auf dem Weg am Häuschen der Hafenverwaltung verkeilten sich zwei Boote, die zuvor im Hafen vertäut waren. Ihre Führerhäuschen waren halbiert, die Ketten eingerissen. Glassplitter säumten den Weg, verrostete Containerteile lagen herum, und eine Boje hing an einem Schornstein.

Der Wärter traute seinen Augen nicht. Sein Leuchtturm sah aus wie ein zerrissener Baum, aus dem zahnstocherartig Balken ragten. Die ganze Gegend war kaputt und menschenleer.

Sollte er der einzige Überlebende sein?

Müden Schrittes schleppte er sich im Hafen entlang. Mit brennenden Augen, die wie seine Mundhöhle mit salzigem Wasser durchspült waren, suchte er die Umgebung ab. Seine Wut und seine Trauer waren grenzenlos. Er fühlte sich schlecht. Die Hose war zerrissen und am Körper hatte er viele blaue Flecke. Doch trotz dieser Qualen gab es für ihn nur ein Ziel. Zuallererst, da war er fest entschlossen, zuallererst wollte er zum U-Boot gehen.

Überall erblickte er Chaos. Armdicke Geländer, die zuvor das Hafenbecken umzäunten, waren weggerissen worden und lagen verbogen auf Dächern und in Vorgärten. Das Hafenbecken war wie leergefegt. Dort, wo am Tag zuvor noch Schiffe ankerten, kleine und mittlere, zeigte sich gähnende Leere. Diese Schiffe waren nicht ausgelaufen, sie waren von der Flut in das Land gerissen worden. Zwei oder drei tote Seehunde lagen zwischen Ölfässern, zwischen ihnen verrotteten Meeresfrüchte. Fast wäre der Wärter auf einer Qualle ausgerutscht. Die Laternen, die die Promenade säumten, waren wie Weihnachtsbäume mit Seetang behangen. Manche Laternen waren in der Mitte durchgebrochen. Ein Bus schwamm im Wasser. Ein Lkw hatte sich in ein Haus gerammt. Und überall herrschte quälende Stille.

Der Wärter schleppte sich immer weiter. Seine Augen waren mit Tränen durchflossen. Es schien, daß er wirklich der einzig Überlebende war. Er sah tote Tiere – aber Menschen? Der Wärter konnte nach wie vor nicht geradewegs zum Tauchboot gehen. Immer wieder mußte er große Bögen ziehen, weil Gegenstände, Bäume und auch Silos seinen Weg versperrten. Am liebsten hätte er sich auf eine Bank oder auf die Erde gesetzt. Sein Verlangen, durchzuatmen, war groß. Noch größer aber war das Verlangen nach dem U-Boot.

Der Wärter machte Halt. Vor seinen Augen erhob sich eine große, verrostete Stahlwand. Sie war wellig und wirkte unheimlich. Dann blickte er auf ein Schild weiter oben und las die Buchstaben, die verwaschen, trotzdem aber noch lesbar waren: ›Tanker Oila ZA-Q7‹!

Der Wärter erinnerte sich wehmütig an sein Notizbuch, auf das er so stolz war und dessen Nachfolger zu Hause schon griffbereit lag. Wenn er noch ein Zuhause hatte …

Mit müden Augen musterte er die Oila, die ebenfalls mit Seetang behangen war und auf dem Oberdeck Holzbalken und Fahrräder herumzuliegen hatte. Die Oila sah schon vor dem Sturm aus wie die personifizierte Krankheit – jetzt fiel eine weitere Zerstörung nicht mehr auf. Nur die Fahrräder und die Holzbalken erinnerten daran, daß die Oila auch nicht ungeschoren davongekommen war. Benommen stierte der Wärter auf den Tanker. Dann wurde er durch Blitze abgelenkt, so daß sein Blick nach rechts wanderte.

Er sah das U-Boot. Es lag im dampfenden Wasser, und aus den runden Fenstern zuckten hin und wieder Blitze, die aber keine große Reichweite hatten. Etwa dreißig Zentimeter reichten diese Blitze hinaus, dann jedoch verblassten sie und gingen im Tageslicht unter. Das Wasser zischte. Der Dampf aus diesem Wasser kroch wie bei einem Kochtopf in die Höhe – aber nur um das U-Boot herum war dieser Dampf. Woanders war das Wasser ruhig. Das U-Boot selbst lag unbeschädigt vertäut am Kai. Die schwarze Farbe glänzte, als wäre das Tauchboot in dieser Nacht mit einem guten Lack überzogen worden. Kein Kratzer. Alles kerzengerade. Kein Seetang. Das Sehrohr stand wie eine Litfaßsäule zum Himmel. Hin und wieder schwankte das U-Boot. Die runden Fenster, aus denen immer seltener Blitze drangen, wirkten wie gerade erst geputzt.

Der Wärter erstarrte. Um das Sehrohr war mittels eines Seils eine Holzplanke gebunden. Auf dieser Holzplanke waren Buchstaben eingeritzt, die mit weißer Farbe ausgefüllt den Blick des Wärters an sich zogen.

Dieses Schild war letztens nicht zu sehen gewesen! Er hatte doch lange genug hier gestanden – da hätte er es doch sehen müssen! Nein, nein – das Schild ist neu, da war sich der Wärter ganz sicher.

›Ich komme vom Meer‹ stand auf der Planke geschrieben.

Der Wärter rieb sich die Augen. Er hätte sich am liebsten irgendwo hingelegt, aber das, was er hier sah, ließ ihn standhaft bleiben.

Der Wärter spürte, daß das U-Boot der Verursacher des Unwetters war. Es war das einzige Fahrzeug, das unbeschädigt im Wasser lag. Es schien sogar, daß es besser aussah als je zuvor. Dann zuckten diese Blitze aus den

Fenstern, und auch der Dampf kroch nur in der Umgebung des U-Bootes aus dem Wasser.

Der Wärter erinnerte sich an die Gespräche der anderen, die das Tauchboot ebenfalls als eine Gefahr einstuften.

Und dann war da neuerdings dieses dämliche Schild am Sehrohr.

›Ich komme vom Meer‹…

Von wo sollte das U-Boot denn sonst kommen?

Jedenfalls hatte er noch keine Tauchboote am Himmel fliegen sehen.

Der Wärter wurde wütend. Dieses Boot, dieses gottverdammte, verfluchte U-Boot war die Ursache für das alles hier! Für dieses Elend! Für seinen Leuchtturm, der nicht mehr funktionierte! Für die wahrscheinlich vielen Toten hier in dieser Stadt! Für die vielen Sachschäden im Hafen und wer weiß wo sonst noch!

Der Wärter vergaß seine schmerzenden Knochen. Er vergaß auch seine Angst vor diesem unheimlichen U-Boot. Er vergaß alles, was ihn zu einem anständigen Menschen machte und sprang mit einem Satz auf das U-Boot, das folglich stärker schwankte. Mit beiden Händen krallte er sich an den Verstrebungen fest, kletterte zum Turm und trommelte mit beiden Fäusten auf die schwarze Stahlwand ein. Seine Stimme bebte. Mit aller Kraft brüllte er die unverständlichsten Worte heraus, die noch lange im Hafen nachhallten. Immer und immer wieder trommelte er, als wollte er das Boot verprügeln, und seine heisere Stimme wurde nicht müde, Verfluchungen herauszujaulen.

Dann, nach einiger Zeit, als seine Kraft verbraucht

schien, wurde aus seiner Wut eine abgrundtiefe Traurigkeit. Zwar trommelte er noch immer gegen die schwarze Stahlwand, doch tat er das in größeren Abständen und ließ dann die Faust auf dem kalten Metall ruhen. Seinen Kopf lehnte er ebenfalls gegen die Stahlwand, und dabei klammerte er sich mit der anderen Hand am Boot fest wie ein kleines Kind an einem Teddy.

Er weinte. Zum ersten Mal seit langem weinte er so, wie er es als Kind getan hatte. Er hoffte insgeheim, daß das alles ein Alptraum war, daß sein Leuchtturm noch heil dastand und seine Arbeit verrichten konnte. Er hoffte, wenn er die Augen öffnete und seinen Blick in die Umgebung schweifen ließe, daß dann alles in Ordnung sei und er sich das Chaos nur vorgestellt hatte.

Aber er traute sich nicht, die Augen zu öffnen. Zu grauenvoll war das Bild, das sich ihm bot. Es war alles so bitter – und so endgültig. Sein Schluchzen mischte sich mit dem Kreischen der Möwen, die über dem Hafengelände ihre Kreise zogen. Sie hatten überlebt. Dank ihrer weißen Schwingen konnten sie das Weite suchen. Der Wärter bemerkte sie nicht. Zu sehr war er mit seiner Trauer und der Resignation beschäftigt. Zu dicht klebten seine Augen an der pechschwarzen U-Bootswand. Und als er erneut von seinen Gefühlen übermannt wurde, quietschte über ihm das Handrad des Turmluks.

Das Turmluk wurde von großen Händen geöffnet. Diese Hände legten es bis zum Anschlag um, dann hielten sie sich an zwei Griffen fest. Mit starker Kraft hievten diese Hände einen Mann hoch, dessen Bart weiß war und der eine Pfeife rauchte. Auf seinem Kopf ruhte eine schräg sitzende Kapitänsmütze, deren Front ein goldener Wal zierte.

Dieser alte Mann blickte vom U-Boot-Turm herunter und erspähte den Wärter, der sich noch immer an den schwarzen Turm geklammert hatte. Der Wärter spürte, daß sich etwas geregt hatte. Er war doch nicht der einzig Überlebende! Aber er wußte auch, daß jemand aus dem U-Boot kroch, aus dieser eindeutigen Todesmaschine – und deshalb traute er sich nicht, seinen Blick von der Stahlwand zu lösen und seinem Gegenüber in die Augen zu blicken. Wie gefesselt verharrte er am Turm. Gleich einem Kaninchen, das von einer Schlange eingelullt wird. Würde er jetzt umgebracht werden? Mußte er sich von der Welt für immer verabschieden, weil er Gefangener des Tauchbootes wird? Hatte das Schicksal auch ihn jetzt für die allerletzte Stunde vorgesehen?

Das Husten des alten Mannes brachte den Wärter aus seinem Gedankenkarussell. Er spürte, daß seine Reaktion erforderlich wurde – ein Verweilen im Korsett kam nicht in Frage. Und so löste sich der Wärter sehr langsam aus seiner Verharrung. Mit ängstlichen Augen blickte der Wärter in das Gesicht des U-Boot-Kapitäns. Blickte auf die weiße Mütze, deren goldener Wal deutlich hervorstach. Die Augen dieses Mannes waren unergründlich. Er kniff sie immer etwas zusammen, so wie es erfahrene Seeleute eben immer machten, weil sie schon viel zu viele Jahre das Meer befuhren und den Horizont fixierten.

Wer war dieser Mann?

Die beiden guckten sich lange in die Augen. Kein Wort fiel. Dann, nach einer gewissen Zeit, glaubte der Wärter sich im Griff zu haben und vergaß seine Trauer: »Sie sind an allem schuld!!! Alles ist zerstört! Alle Schiffe!! Der Leuchtturm!! Die Menschen!! Alles dahin!!! – Wer … wer sind Sie eigentlich!? Wie heißen Sie!? Ich werde Sie verklagen!!!« brüllte er den U-Boot-Kapitän an und zitterte dabei am ganzen Leib.

Der alte Mann schwieg.

»Haben Sie nicht verstanden!? Wer sind Sie!? Ich werde Sie verklagen! Ich bin hier der Leuchtturmwärter! – Schauen Sie sich doch um!!«

Der Wärter spürte einen schweren Stich im Magen, weil ihn das alles sehr aufregte. Er fühlte sich grenzenlos überfordert, die ganze Last der Stadt gegen diesen Mann mit Bart und Pfeife auf den Schultern zu tragen. Schwer rasselte sein Atem, nur mit Mühe konnte er sich am Boot festhalten. Fast wäre er ins Wasser gerutscht.

Fassungslos blickte der Wärter in die starren Augen seines Gegenübers. War dieser Mann auch eine Maschine? Eine Technik mit Schlauch und Luftventil? Warum regte sich der Mann nicht?

»Sie können mal was dazu sagen!« rief der Wärter. »Sie tragen die Verantwortung! Verstehen Sie mich eigentlich? – Ich rede mit Ihnen!«

Eine Möwe durchflog das Hafengebiet und versuchte auf dem Bug der Oila zu landen. Jetzt, wo alle Schiffe gleich schlecht aussahen, strahlte die Oila eine gewisse Art von Normalität aus. Im gewissen Sinne ging es der Oila sogar besser als so manch anderen Schiffen, die auseinandergerissen worden waren und zu mehreren Teilen auf dem Land verstreut lagen. Am allerbesten ging es dem U-Boot. – Trotzdem mißglückte der Versuch der

Möwe, auf dem Bug der Oila zu landen, weil ein Fahrrad, ebenfalls zerschmettert und gefährlich in die Höhe ragend, keine gute Landefläche bot. So bog die Möwe in einem hohen Bogen in die Luft und flog grell rufend Richtung Meer.

Der alte Mann schwieg noch immer, schloß seine Augen und bewegte seine Lippen dann zu einem stillen Gebet, dessen Worte sich nur in seinen Gedanken abspielten und für niemanden zu verstehen waren.

Die Luft im Hafen war durchtränkt mit übelstem Gestank. Zwar könnte man meinen, das Meerwasser hätte alles saubergewaschen, doch dafür roch es zu sehr nach verfaulten Fischen und muffigen Algen. Außerdem war auch noch eine große Schlammschicht auf dem Land verteilt, deren strenge Ausdünstung stark an vernachlässigte Toiletten erinnerte.

Der Wärter versuchte sich durch gleichmäßiges Atmen zu beruhigen. Vor ihm stand ein Mann, der ihn anstarrte und für das Elend hier verantwortlich war. Und der kein Wort mit ihm sprach. War er vielleicht ein Ausländer, der ganz andere Sprachen spricht?

Der Wärter konnte sich ohnehin nichts erklären. Nichts von dem, was er in den letzten Tagen erlebt hatte, war in einem Buch nachzulesen. Kein Lehrer, kein Professor, kein erfahrener Seebär – sei er auch noch so mit allen Wassern gewaschen – hätte dieses Inferno voraussagen können. Er war in der Hölle.

Wieder richtete sich der Wärter zu dem alten Mann mit Pfeife, der ihn regungslos fixierte. Der Wärter schüttelte den Kopf, wollte das alles nicht glauben und wünschte sich nochmals, nur in einem Traum zu sein.

»Sie sind ein Mörder!« rief der Wärter dem wie ein Eisblock wirkenden Kapitän zu.

»Sie gehören vor Gericht!«

Der alte Mann schwieg und überprüfte seine Kapitänsmütze. Dann blickte er wie suchend umher, verschwand in das Innere seines U-Bootes und ließ dabei das Turmluk geöffnet.

Zum Wasser blickend dachte der Wärter, daß es am besten sei, hineinzuspringen und durch eigene Kraft die Welt zu verlassen. Was hätte es Besseres geben können? Er würde eine bewußte Entscheidung getroffen haben und aus eigenem Antrieb aus dem Leben heraustreten. Niemand hätte das Recht, ihm diese Entscheidung streitig zu machen. Der Wärter dachte, daß es die würdevollste Trennung wäre, wenn er selbst das Lebensband durchschnitt. Austreten wie aus einem Fußballclub.

Dann aber, als der Wärter das bewegte, braun durchwühlte Wasser sah, als er die Wrackteile einiger Boote fixierte und sich vorstellte, mit ihnen in die Unendlichkeit zu treiben, in der es noch weniger Hoffnung gab als in der Ruinenstadt, beschlich ihn ein schlechtes Gewissen. Er fühlte, daß er nicht nur eine Verantwortung anderen gegenüber hatte, sondern auch für sich selbst das Zepter trug. Sein Leben könnte noch lange weitergehen, dachte er und brachte sich in Erinnerung, daß jedes Tal einen Berg zum Partner hat. Matschig im Kopf, müde in den Knochen und zittrig an den Händen nahm er sich vor, noch eine kurze Zeit am U-Boot-Turm zu verharren. Dann wollte er sich vorsichtig von diesem Teufel lösen und sein Haus aufsuchen. Das, was noch übrig war …

Er wollte in ein anderes Land ziehen, eine neue Zukunft aufbauen und das alles hier vergessen. Ihm waren alle Menschen egal, vornean dieser Mann mit der Walfischmütze. Lediglich seinen Sohn wollte er in seine Zukunft mitnehmen – sofern er noch am Leben war. Ihm wurde klar, daß schon viele Generationen Kriege und andere Katastrophen ausgestanden hatten, daß diese Leute sich aufrafften und von vorne anfingen. Er fühlte sich schlecht, weil er erkannte, daß er zu schwach, zu überdreht war, um diese Lösung, diese Tatsache vor Augen zu bekommen. Er hatte nicht die Kraft, von vorne zu beginnen, sondern wollte sich aus dem Leben schleichen. Eben noch. Ihm wurde bewußt, daß diese Schwäche, diese Nervosität sein Leben gekostet hätte, wenn er nicht im richtigen Augenblick aufgerüttelt worden wäre.

Welche Macht hatte ihn gerettet?

Vorhin im Leuchtturm – und jetzt, in dieser Stunde?

Die Macht des U-Bootes war es garantiert nicht!

Der Wärter blickte auf seine zerrissene Hose und spürte seine blauen Flecke, die am ganzen Körper verteilt zu sein schienen. Sich im Klaren darüber, daß seine Muskeln eher einem nassen Schwamm als einem starken Bären glichen, hielt er sich am Bootskörper fest und fügte sich. Irgendwann, so dachte er, wäre er bereit für den Sprung an Land, auf dem er dann gerade seinen Weg gehen würde. Irgendwann ginge auch die längste Stunde vorbei.

So stand er am U-Boot-Turm und bemühte sich ganz ruhig zu atmen. Dann versuchte er, sich krampfhaft ein Lächeln in sein Gesicht zu formen, ließ aber davon ab, weil das Salzwasser seine Haut zu einer gespannten Fläche werden ließ. Der Schmerz war stark. Als hätte jemand mit Sandpapier seine Haut geschmirgelt, fühlte sich sein Gesicht wie eine überspannte Pauke an. Mit beiden Händen wollte er sich die strapazierte Haut reiben, doch er brauchte sie, um sich am Boot festzuhalten.

»Ich komme vom Meer!« hörte er dann eine tiefe, starke Männerstimme über sich brummen.

*

Rabenschwarz war der Rauch, der aus dem Schornstein der Oila kroch. Wieder schien es, daß dieser Rauch das Abbild der Schiffsseele war, die gequält in den Stahlplatten oder im Motor der Oila ihr Dasein fristete und dem Kapitän treu ergeben war.

War ihre Seele wirklich schwarz?

Vielleicht war sie so dunkel, weil das lange Dahinleben des Tankers ihre Leichtigkeit davonfliegen ließ …

Vielleicht war sie so dunkel, weil der Kapitän oder der Eigentümer dunkle Machenschaften zu tun pflegten und das schwere Schiff sich diesem Gedanken fügte …

Vielleicht aber war auch nur die Verbrennungsanlage derart verschlissen, daß es keine andere Möglichkeit mehr gab, als dies durch schwere Wolken, die bedrohlich in die Höhen stiegen, kundzutun.

Heute war Waschtag. Nicht nur der Kapitän der Oila wusch sich und duschte ausgiebig mit einem Lied auf den Lippen, sondern auch seine Wäsche reinigte er mit einer alten, verrosteten Waschmaschine. Wenn die Wäsche dann sauber war, hängte er sie immer auf eine Leine, die frei auf dem Oberdeck spannte. Daß die Möwen gelegentlich mit seinen Unterhemden spielten oder auf seinen Tüchern ihre

Häufchen spritzten, störte ihn nicht – er, der doch am liebsten auch diesen einen Waschtag aus seinem Kalender streichen würde. Aber einmal in der Woche mußte man sich schließlich waschen – das wußte auch er.

Auf der Oila war alles verrostet. Die ganzen Innenräume – hin und wieder mit einer Holzverkleidung versehen – waren im wesentlichen aus Stahl, und da die aggressive Seeluft, deren Salz wie Sandpapier wirkte, überall hinkam, blätterte irgendwann die Farbe ab und ließ die metallische Fläche frei.

Der Kompaß war verrostet. Kantenleisten waren verrostet. Sämtliche Griffe. Alles, was irgendwie metallisch war, hatte diese rauhe, braune Schicht, deren Oberfläche so uneben war, daß man sie als Nagelfeile benutzen könnte.

Unten im Schiffsrumpf sah es nicht besser aus. Hier, wo das Salzwasser quasi am nächsten lag und sich durch blubberndes Klopfen stets bemerkbar machte, war das Öl gelagert. Hier war die Fracht, die so viele Länder erwarteten und die auch sehr gefährlich werden konnte.

Den Kapitän interessierte das nicht. Er hatte seinen Job zu machen und mußte pünktlich seine Fracht abliefern. Das Schiff zu steuern, es sicher über die Meere zu bringen, das war seine Aufgabe. Alles andere, wie die Beschaffenheit des Tankers, so dachte er, war die alleinige Pflicht des Reeders.

Der Schiffsrumpf außen sah ebenfalls trostlos aus. Es machte keinen Unterschied, was innen und außen war – man könnte, so dachte der Kapitän, den Rumpf ruhig nach innen drehen, so wie man es mit Mänteln tut, um die Sommerseite mit dem Winterfell zu wechseln.

Natürlich wußte der Kapitän, daß das unmöglich war. Er wußte aber auch, daß seine Oila nicht mehr lange ihre Dienste verrichtet – so sehr er es auch gewollt hätte.

Genüßlich schob der Kapitän die Brötchen, die er in einer Truhe kühlgehalten hatte und sie dann in einem kleinen Ofen warm machte, in den Schlund. Essen – das war seine Lebensquelle. Dann nahm er eine große braune Flasche, in der eine noch bis zum Rand gefüllte Flüssigkeit hin- und herschwappte. Es war Alkohol. Der Kapitän trank zwar zum Frühstück und auch zu den anderen Mahlzeiten Tee und Milch, aber zwischendurch griff er immer wieder zu dieser braunen Flasche, deren Etikett mit einer unleserlichen Handschrift bekritzelt war.

So nahm er dann, als er auf der Brücke stand und aus dem mittleren Fenster hinausblickte, die verbogenen Fahrräder und einige Holzbalken wahr, von denen er wußte, daß er sie nicht dorthin gebracht hatte …

Er konnte sich keinen Reim darauf machen. Dann, nach einiger Zeit, sah er den Seetang, der über allen Streben und über der Reling hing. Den Schaden, der auf dem Schiff des weiteren vorhanden war, nahm er nicht zur Kenntnis, da das Schiff durch seinen allgemeinen Zustand ohnehin schon malträtiert aussah. Was war geschehen?

Er hatte sich vor der letzten Nacht noch am späten Abend seine braune Flasche gegriffen und vielleicht ein paar Schlucke mehr getrunken. Ihm war danach gewesen.

Vielleicht war das der Grund für seinen tiefen, tiefen Schlaf?

Hatte jemand das Schiff betreten und seinen Müll bei ihm abgeladen?

Oder hatte er selbst in alkoholzerflossenen Nachtwandlungen doch die Räder genommen und die Balken auf seiner Oila deponiert?

Ihm brummte der Schädel. Dann, nach einem tiefen Seufzer blickte er nochmals auf den Seetang, der im leichten Wind wippend hin- und hertanzte. Nein, nein, den hatte er bestimmt nicht dort hingehangen, das wußte er. Er wußte auch, daß soviel Seetang in den letzten Tagen nirgends auf seinem Schiff hing, schließlich war er ja nicht gekentert. Der Kapitän schüttelte den Kopf, und als er, nachdem er die Bodenplanken gemustert hatte, seinen noch müden Blick in den Hafen richtete, überfiel ihn ein kalter Schauer, der ihn wie elektrisiert am Boden kleben ließ.

*

»Sie können ja reden!« rief der Wärter in das Gesicht des Mannes mit dem Bart und der Pfeife, dessen Blick wie versteinert auf ihn gerichtet war. Dann, als ihm bewußt wurde, daß dieser Mann ihn lange angeschwiegen hatte, fragte er sich, ob seine Drohungen, ihn vor Gericht zu bringen, ihn überhaupt erreicht hatten. Er hatte ihn einen Mörder genannt. Aber der wußte nichts weiter herauszubringen, als daß er vom Meer käme.

Was war das für eine Aussage? Schließlich hatte er das schon von der Planke am Sehrohr abgelesen! Was machte dieser Spruch überhaupt für einen Sinn – jetzt in diesem Elend!?

Die Gefühle des Wärters waren stark gemischt. Einerseits glaubte er immer, in einem Mann mit weißem Bart und Pfeife einen gemütlichen Menschen erkennen zu können – jedenfalls hatte er solche Typen schon oft erlebt. Andererseits wußte er, daß dieser Mann vor ihm das Chaos gebracht hatte – und daß ihn scheinbar kein schlechtes Gewissen plagte.

Er fühlte die Wut hochsteigen, die ihn dazu aufforderte, diesen bärtigen Mann herunterzureißen und ins Meer zu werfen. Er spürte die Kraft, die aus der Wut heraus wuchs und seine zittrigen Arme stärker werden ließ. Er spürte aber auch die Angst und das Unbehagen. Er wußte ja nicht, was passiert, wenn er der Aufforderung Folge leistet. Vielleicht würde der Mann ihn mitreißen und ihn ertränken? Vielleicht würde das U-Boot sich rächen und weitere Schäden anrichten? Vielleicht würde sein Sohn, wenn er denn noch leben sollte, das nächste Opfer werden?

Ohne eine Silbe begab sich der alte Mann wieder in das U-Boot-Innere und ließ die Luke offen. Der Wärter versuchte, seine Gefühle zu sortieren und sich auf den Boden der Tatsachen zu bringen. Seine Gedanken bewegten sich wie die Möwe, die seinen Leuchtturm umflog und vom Lichtstrahl gejagt wurde. Was auch immer er tun würde, er ahnte, daß er einen unbekannten Feind vor sich hat. Einen Feind, der nicht nur unberechenbar war, sondern auch mit Mitteln kämpfte, die nicht zu brechen waren. Der Wärter vermutete, daß er in einem Kampf immer unterliegen würde. Und er wußte, daß auch dieser Mann mit Bart und Pfeife das wußte. Genau deshalb, so dachte er sich, genau deshalb hat dieser

Mann geschwiegen und seine Macht ausgekostet – und nicht, weil er vielleicht eine andere Sprache spricht …

Der Wärter fühlte sich unbeholfen wie ein kleines Kind, das die Mutter sucht.

Warum er?

Hatte er nur Glück gehabt?

Oder war er vom Schicksal auserwählt, sich dieser Konfrontation zu stellen?

Wenn das der Fall wäre, dann bliebe auch noch die Frage offen, warum so viele Menschen sterben mußten!

Er konnte sich seine Fragen nicht beantworten. Dann aber erinnerte er sich, daß dieser Mann mit Bart und Pfeife, von dem ja das Elend kam, ihm jetzt während dieser Begegnung kein Leid zugefügt hatte. So fragte sich der Wärter, ob dieser U-Boot-Mann vielleicht sogar wirklich ihn auserwählt hatte – für eine Aufgabe, die er noch nicht kannte …

Genau in diesem Augenblick kroch der alte Mann aus seinem U-Boot hoch und lümmelte sich aus der Turmluke.

Sich klar darüber, daß seine stummen Fragen keine Gewißheit brachten, beschloß der Wärter, die Dinge nochmals anzusprechen. Und so klopfte er diesmal leiser gegen die Stahlwand des Turms und wandte sich zu diesem Mann, dessen Blick noch immer versteinert blieb.

»Sie wissen ganz bestimmt, was hier passiert ist!« sagte der Wärter. »Sie sehen ja selbst, wie es hier aussieht!«

Der alte Mann schwieg.

»Ich habe Blitze aus ihren runden Fenstern gesehen! Ich habe gesehen, wie das Wasser um Ihr Boot herum dampfte! Alle Leute haben die Tage zuvor ihr Boot weggewünscht! Und Ihr Boot ist das einzige Schiff, das keinen Schaden bekommen hat! Mein Leuchtturm ist kaputt – die ganze Stadt besteht aus Ruinen! – Sie müssen doch dazu etwas sagen können! Und was soll dieser Spruch ›Ich komme vom Meer‹? Von wo soll denn ein U-Boot sonst kommen?«

Der alte Mann schwieg und überprüfte mit der Fingerkuppe den Schiffslack.

»Es ist ganz klar, daß Sie das alles verursacht haben – wie auch immer – mit Ihrer Zaubermaschine im Tauchboot vielleicht! Da können Sie doch nicht einfach schweigen und ein dämliches Schild an ihr Sehrohr hängen! – Die ganze Menschheit haben Sie hier ausradiert!«

Der alte Mann schwieg.

»Hat Ihnen jemand etwas getan? Kommen Sie von einem anderen Stern? Sind Sie vielleicht sogar Gott?« – Der Wärter wußte nicht mehr, welche Fragen er noch stellen könnte, es ärgerte ihn, daß der alte Mann noch immer abblockte und trotzdem sein stilles Gesicht anbot. »Sie machen die ganze Umwelt kaputt!« brüllte er und schlug dabei mit der Faust an die Stahlwand des U-Boot-Turms.

»Der Ruf der Wellhornschnecke ist der Schrei der toten Seelen!« sagte da der alte Mann mit ruhiger, tiefer Stimme und rückte sich dabei seine Walfischmütze zurecht.

Der Wärter blickte ihm in die Augen: »Was haben Sie eben gesagt!?«

Der alte Mann schwieg, nahm einen Lappen und putzte damit das Sehrohr. Er putzte es aber in einer Art, als ob er es nur aus Verlegenheit täte – das ganze U-Boot, also auch das Sehrohr, war ja unbeschädigt und glänzte wie neu.

»Was haben Sie da eben gesagt?« fragte noch einmal der Wärter mit ungläubiger Miene.

Der alte Mann putzte noch immer und ließ seinen Blick wie Klebe am Sehrohr haften. Noch nicht einmal im Augenwinkel gönnte er dem Wärter eine Aufmerksamkeit. Dann, nachdem einige Zeit vergangen war, drehte er sich zum Wärter hin und blickte ihm tief in die Augen: »Der Ruf der Wellhornschnecke ist der Schrei der toten Seelen!« wiederholte er mit tiefer Stimme und sehr eindringlicher Betonung, und dabei schienen seine Augen die des Wärters regelrecht zu durchbohren.

Der Leuchtturmwärter war schockiert. Nicht nur, daß seine Position – auf dem Deck stehend und am Turm festhaltend, dabei immer zu dem alten Mann hinaufblickend – ungünstig war, auch das Gespräch verlief sehr unbefriedigend. Was hatten Wellhornschnecken mit diesem Inferno hier zu tun, bei dem viele Menschen ums Leben gekommen waren?

Der Wärter erinnerte sich daran, daß er kürzlich erst selbst einen ähnlichen Vergleich gezogen hatte. Er hatte dieses U-Boot mit Pflanzen verglichen, als er mit dem Hundebesitzer über die Gefährlichkeit sprach. Der Hundebesitzer sagte auch: ›Das Grauen ist der Seele Fallbeil!‹, und der Wärter erinnerte sich daran, daß er diesen Satz nicht mochte.

Jetzt aber, wo die Geschmacklosigkeit weit überschritten war, wo es nur noch den Verlust gab, war es fehl am Platze, Vergleiche dieser Art zu ziehen. Wieso also diese Wellhornschnecken-Metapher?

Der Wärter nahm noch einmal allen Mut zusammen und sagte mit lauter Stimme: »Ich verstehe Sie nicht! Sie wirken auf mich wie jemand, der weltfremd ist und sich dem Leben verschließt! Sie strahlen eine Abneigung gegen diese Stadt hier aus! – Was haben Wellhornschnekken mit dieser Katastrophe hier zu tun?«

Der alte Mann hatte sich inzwischen wieder mit seinem Sehrohr beschäftigt, das er zärtlich mit dem Putzlappen streichelte. Obwohl nicht ein Fussel oder Kratzer an ihm war, liebkoste er mit dem Lappen alles. Dann legte er den Lappen beiseite, holte tief Luft, so als hätte er eine äußerst schwere Aufgabe bewältigt, und blies die Luft in einem langen Zug aus. Daraufhin nahm er wieder den Lappen und stopfte ihn in seine Hosentasche, lächelte zufrieden und richtete nochmals seine Walfisch-Kapitänsmütze. Mit einem kritischen Blick musterte er den Leuchtturmwärter und bewegte seine Lippen:

»In Ihrem Kopf«, sagte er mit langsamer Betonung, »in Ihrem Kopf kreisen Gedanken und Sorgen, deren Bedeutung nichtig ist!«

Der Wärter war verblüfft. Seine Gedanken, seine Sorgen waren nichtig? Was bildete sich dieser Fischmensch eigentlich ein?

Unfähig zu antworten, fühlte er den drängenden Wunsch, dieses Boot jetzt zu verlassen. Nicht eine Minute länger wollte er hier verweilen. Er wunderte sich ohnehin schon, daß er es so lange hier ausgehalten hatte.

Er stellte aber auch fest, daß er wieder einmal von der Macht des U-Bootes angezogen wurde, und er erinnerte sich dabei an das Gespräch mit dem Hundebesitzer. Der Wärter spürte, daß trotz seiner Abneigung diese

Macht ihn immer stärker anzog und daß er ein gewisses Interesse bekam. Wie gerne würde er das Innere des U-Bootes sehen! Wie gerne würde er mit dem U-Boot mitfahren! …

Aber der Wärter schlug sich diese Wünsche aus dem Kopf – dieser Mann mit der Walfischmütze war ein Gangster, und mit diesem Bösen wollte er keine U-Boot-Fahrt unternehmen! Trotzdem juckte ihn die Neugierde wie eine blutdürstige Mücke. Er verspürte den Reiz des Neuen und die Lust, Hintergründe zu erforschen.

»Sie entschuldigen mich bitte!« sprach der Mann mit der Walfischmütze. »Ich muß mich um mein Essen kümmern!«

Dann kroch er wieder in das Turm-Innere, und kurz bevor er das Turmluk schloß, sagte er noch zum Wärter: »Morgen ist der Tag der Antworten! Ihre Fragen werden sich auflösen und Sie werden alles erfahren!«

Dann klappte das Turmluk zu. Das Handrad quietschte und der Wärter war wieder allein. Benommen stand er so am Turm angelehnt. Ihm war klar, daß ihm nichts klar war. Seine Fragen blieben, und der morgige Tag würde keineswegs Antworten bringen.

Als er wieder zu Kräften gekommen war, sprang er mit einem Satz über das Wasser und stand so auf dem Asphalt. Kurz blickte er noch zurück zu dem Tauchboot, dann aber eilte er schnellen Schrittes in die Stadt.

Die Stadt war verwüstet. Das Bild, das sich im Hafen bot, zeigte sich auch hier in voller Größe. Bäume waren ausgerissen, Autos verschoben oder umgekippt, Häuser zertrümmert und überall lagen Seetang, tote Fische und sehr viel Müll.

Der Wärter bangte um seinen Sohn. Er sorgte sich um sein Haus. Diese Angst trieb ihn schneller voran - so als wäre er auf einer Flucht, rannte er zu seinem Häuschen. Unterwegs traf er keinen Menschen. Die Stadt war leer und ausgehöhlt. Nicht eine Seele zeigte sich.

Waren die Menschen alle tot?

Oder hatten sie rechtzeitig das Weite gesucht?

Der Wärter wußte nichts. Er wußte nur, daß er ganz schnell nach Hause mußte! Und das um jeden Preis!

Als der Wärter den Berg hinaufgegangen war und vor seinem Häuschen stand, war er sehr erleichtert. Sein Heim stand noch! Nur die Garage weiter unten war vom Wasser weggerissen worden, auch der Garten sah aus wie ein bunter Salatteller, aber sein Wohnhaus hatte kaum etwas abgekriegt.

Damals, als er das Häuschen gekauft hatte, hatten ihn starke Zweifel befallen. Es störte ihn, daß es so weit oben war, er wollte nicht jeden Tag die steilen Stufen des Leuchtturmes und dann auch noch diesen hohen Berg bezwingen.

Nun aber wurde ihm klar, daß es die richtige Entscheidung war. Der Berg hatte sein Häuschen vor den Fluten geschützt. Auch seine Nachbarn, die in gleicher Höhe wohnten, könnten ihre Bleibe in diesem Zustand wiederfinden. Aber von ihnen fehlte jede Spur.

Zufrieden, sein Heim am Stadtrand auf diesem Berg weiter bewohnen zu können, öffnete er die schwere Holztür, die er mal aus Teilen eines Schiffswracks zimmern ließ. Er, der doch die Schiffe so liebte …

Er betrat den Flur. Überall Stille, die sich quälend ausgebreitet hatte.

Dann knipste der Wärter das Licht an und erblickte auf einem kleinen Tisch einen handgeschriebenen Zettel. Sofort griff er sich diesen Zettel und hielt ihn mit zittrigen Fingern fest. Dabei las er die Zeilen dieses Wischs, stolperte aber über jedes zweite Wort, als würde er über eine mit Maulwurfshügeln übersäte Wiese rennen. Er war zu nervös, um die Worte zu begreifen.

Dann, nachdem er tief Luft geholt und für kurze Zeit aus dem Fenster geblickt hatte, las er nochmals diesen Zettel durch – langsam und in Ruhe.

Sein Sohn hatte geschrieben. Er teilte ihm mit, daß er ihn nicht erreicht habe, und daß er ganz spontan für eine Konferenz ins Ausland mußte und deshalb für einige Tage nicht daheim bleiben konnte. Er wünschte dann noch alles Gute und verwies auf den Kühlschrank, der vollgepackt mit Lebensmitteln war.

Der Wärter war glücklich. Nicht nur sein Haus stand noch, auch sein Sohn lebte! Er hatte kurz vor dem Unwetter die Stadt verlassen und sich auf diese Art gerettet. Was war das für ein Glück!

Der Wärter setzte sich in seinen Wohnzimmersessel, der aus Leder und dunklem Holz bestand. Die Lehne und die Sitzfläche waren grün gefärbt und die Armlehnen hatten an ihren Enden vergoldete Ringe. Das Erbstück hatte er von seinem Vater übernommen und wollte es auch seinem Sohn weitergeben, wenn er sich eines Tages aus dieser Welt begeben muß.

Der Wärter fühlte, wie anstrengend das hinter ihm Liegende war. Er hatte sich nicht einmal ausgeruht. Er war durch das Hafengelände geeilt, nachdem er auf dem Leuchtturm erwacht war, dann hatte er die Oila gesehen und dann wurde er von dem U-Boot magisch angezogen. Dort war er eine Weile geblieben und hatte mit dem Walfisch-Menschen diskutiert – und nun war er hier. In seinem Haus, das verschont geblieben war und dessen Stromkreis wie durch ein Wunder noch funktionierte. Ermattet saß er in dem Sessel und ließ die Bilder noch einmal Revue passieren:

Die brüllende See, deren Wellen so hoch wie der Leuchtturm waren!

Die Kraft des Wassers, die die Fenster brechen ließ, und die Lichtanlage wegjaulte!

Durch welches Wunder hatte er überlebt?

Oben im Leuchtturm hätte er heruntergerissen werden können.

Der Wärter wußte, daß er in naher Zukunft kein spannendes Buch mehr brauchte, um sich in eine Dramatik hineinzuversetzen. Ihm war klar, daß er Außergewöhnliches erlebt hatte und daß er jetzt seine Ruhe brauchte.

Mit müden Schritten begab er sich in die Küche und schmierte sich ein paar Brotscheiben, die er mit Schinken, Wurst und Käse belegte. Dann kochte er sich einen Pfefferminztee. Er war überhungrig und schaufelte alles in sich hinein. Danach schmierte er sich dieselbe Menge noch einmal, kochte sich einen zweiten Tee und verleibte sich auch diese Mahlzeit ein.

Mit gesättigtem Bauch schlurfte er in das Zimmer zurück und ließ sich so schwungvoll in den Sessel fallen, als wollte er testen, ob er noch etwas aushielte. Schließlich war der Sessel schon sehr alt …

Der Wärter war müde. Aber er war dennoch zu aufgekratzt, um einzuschlafen. Das Inferno, das U-Boot – vor allem aber auch dieser Mann mit der Walfischmütze – hatten ihn aufgerieben und ließen eine Nachtruhe nicht zu.

Trotzdem ging der Wärter in sein Bett. Er nahm sich einen Reiseführer, in dem er genüßlich nach weiten Zielen suchte. So schaute er die vielen Bilder an und stellte sich vor, in diesen fernen Ländern seine Zukunft zu verbringen.

Dennoch wußte er instinktiv, daß er zunächst in dieser Stadt bleiben wollte. Nicht nur wegen seines Sohnes, sondern vor allem, weil er diesen unergründlichen Mann mit Bart und Pfeife durchleuchten wollte.

»Der Ruf der Wellhornschnecke …« murmelte er in die Stille seines Hauses, dann schloß er die Augen und ein tiefes Schnarchen durchpflügte die Luft.

*

Der nächste Morgen begann mit warmen Sonnenstrahlen, die die Nase des Leuchtturmwärters kitzelten. Müde, wie er war, drehte er sich zur Seite und zog die Bettdecke über den Kopf. Er wollte noch lange nicht aufstehen.

Obwohl es Herbst war, zwitscherten die Vögel in einer Art von Freude, daß man glauben konnte, der Frühling wäre in das Land gekommen. Aber es war ein Herbstmorgen.

Die Stadt sah trotz der lieblichen Atmosphäre noch immer gespenstisch aus. Die Ruinen ragten wie mahnende Felsblöcke in den Himmel, überall lagen

Möbelreste und Behälter herum, und der Müll stank aus allen Ecken.

Keine Menschenseele.

Der Wärter hätte die ganze Stadt für sich alleine haben können. Kein Motorengeräusch eines Autos oder Traktors störte die Ruhe, die die Stadt einhüllte.

Diese Ruhe sorgte dafür, daß wildlebende Tiere die Stadt aufsuchten. In den leeren Straßen liefen plötzlich Rehe, Eichhörnchen und Wildschweine herum, die in den Ruinen nach Speiseabfällen suchten. Es schien, als hätten diese Tiere die Nachfolge der einstigen Bewohner angetreten und würden die Stadt in Besitz nehmen.

Das Grunzen eines solchen Wildschweins war es dann auch, das den Wärter hochfahren ließ, denn er glaubte, daß das Schwein seine Bleibe betreten hatte. Da er sich aber felsenfest daran erinnerte, die Türen besonders sorgsam abgeschlossen zu haben, riß er sich nicht aus seinem Bett, sondern lümmelte sich in die schon arg mit Kuhlen versehene Matratze.

Was kümmerte ihn schon ein Schwein? – Jetzt, wo er das Unwetter überlebt hatte und der alte Mann mit der Walfischmütze ihn nicht umbringen ließ, konnte dieses vierbeinige Grunztier ihm schließlich nur ein müdes Lächeln abringen.

Und so wiegte er sich in den Dämmerzustand hinein, wenngleich es kaum erwarten konnte, den gestrigen Tag abgeschlossen zu haben und dem Neubeginn die Tür zu öffnen.

Diese Lust am Neubeginn war es dann auch, die den Dämmerzustand unerträglich werden ließ. In seinen Beinen spürte der Wärter das Zucken, das Vibrieren seines Blutes, das ihn mahnte, aufzustehen. Deshalb schob der Wärter seine Bettdecke zurück, streckte sich wie eine Katze und gähnte dann einen lauten Urschrei hinaus.

Der Wärter stand auf. Noch mit hängenden Schultern und gebeugten Knien schlurfte er ins Bad, duschte warm und kalt, dann setzte er sich an den Tisch und frühstückte ausgiebig.

Er atmete durch. Ihm wurde wieder bewußt, daß es ihm am besten von allen ging.

Trotzdem umhüllte ihn immer wieder ein Gefühl der Trauer und der Angst. Er hatte keine Lust, die Stadt zu durchlaufen, denn der Anblick von zertrümmerten Häusern und einer ausgehöhlten Siedlung würde jeden Zauber der Erleichterung nehmen.

Aber sollte er deshalb tagein, tagaus zu Hause bleiben?

Er schüttelte den Kopf. ›Nein, Passivität ist der Nagel zum Sarg‹, dachte er – nur Aktivität würde dem Gemüt Antrieb verleihen. So stand er dann auf und fing gleich an: Das gebrauchte Geschirr stellte er zum Abwasch in die Spüle, putzte seine Zähne und lief daraufhin in den noch immer wie ein bunter Salatteller wirkenden Garten hinaus. Er nahm ein paar tiefe Atemzüge frischer Luft, schloß für kurze Zeit die Augen und ging, nachdem er einen zaghaften Blick in die Ferne gewagt hatte, in seine Bleibe zurück.

Als er dann an seinem Schreibtisch vorbeikam, fiel ihm die halb geöffnete Schublade auf, deren Knopf aus Messing war und der schon stark abgegriffen wirkte. Er zog die Schublade ganz auf. Dann schloß er im Reflex die Augen und schüttelte sich am ganzen Körper. Er sah in dieser Schublade das bereitgelegte, neue Notizbuch, das die Nachfolge seines von der Flut weggerissenen Exemplars antreten sollte.

›Tanker Oila ZA-Q7‹ hatte er zuletzt mit blauer Tinte eingetragen. Vorbei. Dahin. Für immer weg.

Der Wärter wollte dieses neue, noch unbeschriebene Buch am liebsten der Mülltonne übergeben. Aber er ließ es in der Schublade, weil er glaubte, vielleicht einen anderen Zweck als den der Schiffseintragungen zu finden.

Er erinnerte sich an den alten Mann mit der Walfischmütze.

»Will er, daß ich wiederkomme?« fragte sich der Wärter. – Oder war es so etwas wie eine Forderung, deren Nichterfüllung eine neue Katastrophe herbeiführen würde?

Der Wärter war sich unsicher, was er tun sollte. Er hatte noch zu gut die Gespräche der anderen Bürger in Erinnerung, deren Zeuge er vor einigen Tagen war. Und er hatte noch das Bild des Walfisch-Mannes vor Augen, der ihn lange angeschwiegen und nur Phrasen von sich gegeben hatte.

»Der Ruf der Wellhornschnecke ist der Schrei der toten Seelen!« zitierte er murmelnd und fügte noch hinzu: »In Ihrem Kopf kreisen Gedanken, deren Bedeutung nichtig ist!«

Der Wärter wußte nicht, ob er diese Worte als leere Redensart oder als bedeutungsvolle Ankündigung werten sollte. Er wußte nicht, ob sein Fernbleiben von diesem U-Boot Gutes oder Böses bewirken würde. Er wußte aber, daß ihn diese Worte nicht mehr losließen und ihn fortwährend beschäftigten.

Wollte er gestern abend noch diesen unergründlichen Mann mit Bart und Pfeife durchleuchten, zweifelte er heute allerdings trotz der Faszination an dem Sinn dieses Zieles. Was ist, wenn dieser Walfischmützen-Typ ihn wie eine Spinne in die Falle lockt und ihn dann gefangenhält? Ihn vielleicht entführt – oder gar doch tötet?

Der Wärter konnte sich keinen Reim aus dem Ganzen machen. Dieser Mann mit Bart und Pfeife genoß seine Einsamkeit, seinen Triumph, seine Position, die er zwischen den Welten anzusiedeln glaubte. Vor allem aber: Was für einen Sinn hatte diese ganze Aktion? Welchen Grund gab es, die Menschen in ein so tiefes Unglück stürzen zu lassen?

Seine Fragen, die sich ständig im Kreis drehten, konnte der Wärter schließlich in einem Wort bündeln: Warum?

Um das aber herausfinden zu können, mußte er in den Hafen zurück.

Allein.

Der Wärter kraulte sich die Nackenhaare und klopfte mit der Faust sachte auf seinen Hinterkopf. ›Morgen ist der Tag der Antworten … Sie werden alles erfahren!‹ sagte der U-Boot-Kapitän und schloß dabei das Turmluk zu. – Morgen …

Dieses ›Morgen‹ war heute! Jetzt, in dieser Stunde! Und ihm war klar, daß dieses ›Heute‹ schneller vorbeigehen würde, als ihm lieb war.

Er griff zu Papier und Stift, setzte sich an den Schreibtisch und notierte einige Zeilen. Er schrieb seinem Sohn eine Nachricht, die er neben die seinige legen wollte. In dieser Nachricht erklärte er ihm, was während seiner

Abwesenheit in dieser Stadt passiert war und daß er sich freute, seinen Sohn lebend zu wissen. Er schrieb, daß er die Ursache personifizieren, aber nicht erklären konnte, und daß er zu dieser Person, dem U-Boot-Kapitän geht. Wenn er dann nicht zurückkäme und sein Sohn ihn vermissen würde, so hoffte der Wärter, brauchte der Sohn nur Hilfe zu holen, Leute die ihn dann suchen würden. So verwies auch er dann auf den vollgepackten Kühlschrank und unterschrieb den Brief mit einem lieben Gruß. Dann legte er diesen Zettel neben den seines Sohnes und verschloß die Haustür.

Seine Schritte führten ihn trotz des gefaßten Entschlusses nur langsam von dem Haus weg. Nicht nur, weil er verwüstetes Gelände betrat, sondern auch, weil er noch immer seine Knochen spürte. Die letzten Ereignisse waren eben nicht ohne Spuren an ihm vorübergegangen. Aber da war noch etwas anderes: Er hatte zuvor ein geregeltes Leben! Vor der Flut hatte er nachts auf dem Leuchtturm gearbeitet und tagsüber gefaulenzt. Jetzt, wo er von seiner Arbeit gezwungenermaßen befreit war, mußte er sein Leben umkrempeln! Er mußte wie die meisten Menschen tagsüber aktiv sein und nachts an der Matratze horchen. Und diese Umstellung kostete Kraft, die er ohnehin kaum noch zu haben glaubte und die er schnell wiederzubekommen hoffte. Dabei überlegte er, ob es sinnvoll wäre, den alten Rhythmus beizubehalten. Er könnte doch auch nachts zum U-Boot gehen und weiterhin tagsüber faulenzen. Das aber hätte einen großen Nachteil: Die Dunkelheit! Wenn er in der pechschwarzen Nacht ein pechschwarzes U-Boot heimsuche, und der Kapitän dieses Tauchbootes ebenso – trotz seiner weißen Haare – schwarz zu sein schien, würde er sich, so meinte er, in den Abgrund stürzen.

Und das wollte er natürlich nicht.

Stumm wie ein Fisch stand er im Hafen und blickte auf das U-Boot, das nun durch einen Holzsteg mit dem Kai verbunden war. Still ruhte es im Wasser neben der Oila.

Kein Mensch.

Jetzt, wo die Sonne lieblich schien, wirkte das U-Boot zwar noch immer rabenschwarz, dennoch strahlte es eine sanftere Traurigkeit aus als in den Tagen zuvor.

Wie einen Stier, den er bei den Hörnern packen mußte, fixierte er das Tauchboot und hoffte, daß der Kapitän im Boots-Inneren war. Schließlich könnte es ja auch sein, daß er von hinten angeschlichen kam und ihn ins Wasser schliff …

Deshalb drehte sich der Wärter vorsichtig um und musterte wie ein Jäger die nähere Umgebung. Dann, als er sich sicher fühlte, ging er schleichenden Schrittes dichter an den schwarzen Wasserteufel heran.

Vor ihm blieb er stehen. Er fixierte die Fenster, durch die er Leben zu erkennen hoffte. – Nichts!

War der alte Mann vielleicht doch woanders? Hatte er das Boot nur für kurze Zeit oder etwa für immer verlassen?

Der Wärter spürte Unbehagen und kauerte sich auf den Boden. Aus dieser Froschperspektive blickte er auf das U-Boot und bemerkte erst jetzt, daß es keinen Namen trug! Er, der doch die Schiffe so liebte – und kannte! Auch wurde ihm klar, daß er den Namen dieses Walfischmützen-Typs nicht wußte! Wie sollte er ihn denn ansprechen – etwa mit Kapitänleutnant?

Vielleicht war es so gewollt, daß das Boot und sein Führer keine Namen trugen. Vielleicht sollte sie das anonymisieren und unangreifbar machen. Schließlich würde er sich, so dachte der Wärter, auch nicht sein Namensschild an die Jacke heften, wenn er eine Bank überfallen wollte …

Wenn aber dieser Mann wirklich vorsätzlich Schlechtes beabsichtigte und die Menschen dieser Stadt ausradieren zu müssen glaubte, dann wäre es doch besser, jetzt zu gehen – und vielleicht ganz zu gehen …

Der Wärter schüttelte sich, als wollte er die unliebsamen Gedanken wie Wasser von sich wegschleudern. Nein, nein, jetzt war er hier und er war der einzige, der das alles aufklären konnte. Er war diesen Weg gegangen und mußte ihn nun auch weitergehen.

So blieb er kauernd auf dem Boden hocken und fühlte sich wie ein Hund, der auf sein Herrchen wartet. Auf sein Herrchen, das ihn dann schulmeistern wird und jeden Wind aus den Segeln nimmt. Denn, das wußte er: Die Gespräche werden, auch wenn er die Fragen stellt, von dem U-Boot-Kapitän geführt! Nur dieser Mann wird die Unterredung dominieren und nach Gutdünken Antworten geben. – Antworten, die eigentlich Fragen sind …

Er wartete lange. Die Sonne hatte schon ihren höchsten Stand überschritten und ließ die wärmsten Strahlen des Tages auf die Erde fließen. Aber nichts regte sich. Nur ab und zu hörte er das Stöhnen des Tankers neben dem U-Boot, der sich im kabbeligen Wasser etwas auf- und abbewegte.

›Tanker Oila ZA-Q7‹ hatte er sich zuletzt mit blauer Tinte in das Buch eingetragen …

Der Wärter schlummerte ein. Er war noch immer müde und konnte sich nicht zum Wachbleiben zwingen. Kein Geräusch ließ ihn aus diesem Schlafzustand herausbrechen, und die Möwen, die sich im Kreise fliegend über ihn bewegten, vermochten das ebenfalls nicht zu ändern.

»Da sind Sie ja!« rief eine männliche, tiefe Stimme in die Geräuschlosigkeit, als der Wärter wie von Geisterhand erwachte. - ! ? -

Der Wärter blickte auf – und sah durch seinen Augenschleier den U-Boot-Kapitän! In Sekunden fuhr er aus seiner Hockhaltung hinauf. Fast hätte er salutiert. Gespannt wie eine Gitarrensaite stand er auf dem Asphalt und blickte diesen Mann an, der auf dem U-Boot an den Turm lehnend sich zeigte. Die Beine hielt er lässig über Kreuz und die Arme waren verschränkt.

Der U-Boot-Kapitän prüfte mit seiner Schuhsohle die Oberdecksbeschichtung und quittierte das mit einem strengen Blick. Dann kraulte er sich den Bart, der diesmal nicht mit einer Pfeife geschmückt war. Murmelnd brachte er einige Worte in die Stille, die außer ihm niemand verstehen konnte. Es schien, als würde er die Worte rückwärts aussprechen, und das auch noch so leise, daß man glauben könnte, er spräche mit einem Geist.

Vorsichtig änderte der Wärter seine Haltung. Er wollte keine ruckartigen Bewegungen machen – das könnte so wirken, als wolle er einen Angriff starten. Kein Risiko!

Dann versuchte sich der Wärter zu entspannen, indem

er – heimlich – tief atmete und sich vorstellte, er ginge zu einem Tanzball.

»Ich möchte wissen, wie Sie heißen!« sagte der Wärter. »Auch, wie Ihr U-Boot heißt, will ich wissen!«

Zufrieden, diesen Satz hinbekommen zu haben, zauberte sich der Wärter ein kleines Lächeln ins Gesicht – nicht zu stark, denn er wollte ernst und bestimmend wirken.

Der alte Mann schwieg.

Die Stille im Hafen wurde nur durch das Knarren der Oila und die Rufe einiger Möwen unterbrochen, die ziellos umherflogen. Gespenstisch wie in einem Western-Duell war die Atmosphäre, die alles umhüllte und sich wie eine Krähe festkrallte.

Kein Wort wurde gesprochen.

Der Wärter atmete tief durch und stoppte seine Gedanken, die ihn fragten, welches Spiel der U-Boot-Kapitän da spielte. Er erkannte sich in der zuvor geglaubten Rolle eines Hundes, der auf sein Herrchen wartet und geschulmeistert wird.

Geschulmeistert durch Schweigen.

War das ein Katz- und Mausspiel, dessen Regeln der U-Boot-Fahrer bestimmt?

Der Wärter holte noch einmal tief Luft und wiederholte seine Frage:

»Ich weiß, daß Sie mich verstehen! Sie sprechen ja dieselbe Sprache wie ich! Also, wo ist das Problem? – Ich möchte gerne Ihren Namen und den des U-Bootes wissen, das ist doch keine schwierige Aufgabe!«

Der alte Mann schwieg noch immer und befühlte nun mit der Hand die Decksbeschichtung. Wieder

90

murmelnd – leise und unverständlich – ließ er dann die Stille berieseln.

Der Wärter wußte nicht mehr, was er noch tun konnte, um diesem Mann ein paar Worte mehr zu entlocken. Zwar wußte er, daß Seeleute äußerst wortkarg sind, doch das, was sich dieser Mann da leistete, war nun doch ein Zacken zuviel. Sollte er etwa Purzelbäume schlagen?

»Ich bin der Leuchtturmwärter und Sie sind ein U-Boot-Kapitän!« rief der Wärter mit fester Stimme, »Sie sagten gestern: ›Morgen ist der Tag der Antworten‹, und Sie sagten: ›Sie werden alles erfahren‹! Nun frage ich Sie: Wo sind die Antworten? – Und ich weiß längst nicht alles! Sie schweigen wie ein Stein, und genauso kalt und hart offenbaren Sie sich mir! – Also: Wie heißen Sie und wie heißt Ihr Tauchboot!?«

Zwei Möwen purzelten auf den Asphalt und rauften sich um einen toten Fisch, der scheinbar als letzter hier noch vergammelte. Der Hunger, vor allem aber der Futterneid brachte sie in ihre Unruhe, die sie zu wilden Kämpfern werden ließ. Schreiend bissen sie sich in den Hals, bis eine von ihnen bei einer günstigen Gelegenheit den Fisch greifen konnte und ihn im Schnabel fliegend wegbrachte.

»Ich interessiere mich für Wellhornschnecken!« sagte der Wärter in der Hoffnung, sich wichtig machen zu können. Er erinnerte sich an den Spruch dieses Mannes, daß Wellhornschnecken rufen und der Schrei der toten Seelen sind.

Da blickte der alte Mann wie elektrisiert auf und gönnte dem Wärter einen Blick in die Augen. Dann glaubte der Wärter, ein kleines, im Bart verstecktes Lächeln zu erkennen und wagte einen neuen Spruch:

»Wellhornschnecken sind schön geformt und erinnern mich an Trompeten!« Herzklopfen und eine Mischung aus Spannung, Angst und Freude durchwühlten den Wärter in diesem Augenblick, und so wußte er noch nicht, ob er seine Tat feiern oder bereuen sollte. Gerade wollte der Wärter eine neue Frage stellen, als der U-Boot-Kapitän seinen Mund weit öffnete und rief: »Wellhornschnecken sind die schönsten Muscheln, die es gibt!«

»Ja, dann erzählen Sie mir doch etwas darüber!« versuchte der Wärter diesen Mann zu gewinnen, obwohl er ja ganz andere Fragen zu stellen hatte …

Der alte Mann schwieg.

Aber das störte den Wärter nicht mehr. Er wußte jetzt, daß dieser Walfischmützen-Typ durchaus gesprächig sein konnte – wenn er denn wollte!

»Haben Sie Wellhornschnecken dabei? Ich meine, die Schalen, die sich so schön verdreht zu einer Spitze formen!?« fragte der Wärter ganz, ganz mutig …

Der alte Mann schwieg.

Dann nickte er sehr bedächtig, so als dürfte er nur ganz bestimmten Leuten ein Geheimnis anvertrauen.

Der Wärter schwieg nun ebenfalls. Irgendwie wollte er zwar etwas sagen, wußte aber nicht, *was* er sagen sollte.

Schließlich stotterte er: »Ihr … Ihr U-Boot ist … ist sehr sauber!«

Der Wärter wollte sich einschleimen. Denn eines wußte er inzwischen: Durch direktes Herangehen war dieser alte Herr nicht aus seiner Versenkung herauszuholen.

War er das aber durch Nettigkeit und Diplomatie?

Der Wärter hatte Angst, daß er wieder auf ein blödes Spiel hereinfiel. Er fühlte, daß dieser Mann sich auch nur verstellen könnte, um ihn in eine Falle zu locken. ›Ich komme vom Meer‹ stand noch immer auf der Planke, die am Sehrohr befestigt war. Genau das war die Gefahr bei diesem Brocken! Wie immer er sich drehte, von welcher Seite der Wärter auch ansetzte, es könnte immer in eine Sackgasse führen, an deren Ende er verwundbar eingekesselt wäre. So sah er sich wie die Kuh auf dem Eis in einer Glocke stehen, die über ihm zusammenkrachen könnte und ihn begräbt. Ein Schritt nach vorn – das könnte auch ein Schritt zurück bedeuten.

»Dieses U-Boot wird das ›Wellhornboot‹ genannt – und ich bin Mister Wellhorn!« sagte der U-Boot-Kapitän mit tiefer Stimme dem staunenden Leuchtturmwärter.

*

Der Kapitän der Oila machte sich daran, die Holzbalken und die ramponierten Fahrräder von seinem Deck zu entfernen. Das war nicht einfach, weil die schweren Holzbalken sich in die Räder verkeilt hatten. Außerdem war auch hier Seetang vermischt, der alles auch noch zusammenzuknoten schien.

Der Kapitän dachte, daß er vielleicht das eine oder andere Teil der Fahrräder abmontieren könnte, um damit sein Ersatzteillager zu füllen. Zwar benötigte der Tanker erheblich größere und stärkere Einheiten, aber hier und da waren auch winzige Dinge nötig, etwa in den Kabinen oder auch auf der Brücke.

Aber er irrte sich. Jedes noch so mögliche Teil war verbogen, verrostet oder zerfetzt. Und so mußte er den ganzen Schrott von seinem Schiff entfernen, ohne einen Nutzen daraus ziehen zu können.

Fast wäre der Kapitän auf einer Qualle ausgerutscht, die auf dem glatten Schiffsdeck wie ein Eishockey-Puck lag. Da er aber über sein Eigengewicht hinaus noch mit schweren Holzbalken oder einem Fahrrad beladen war, zermanschte diese Qualle unter seinen breiten Füßen wie eine Sahnetorte.

Es blieb nicht bei der einen Qualle. Wo er auch hinschaute, überall lagen diese wabbeligen Monster, die sich wie Pilze in die abgelegensten Ecken verkrümelt hatten. So nahm er eine Schaufel und schippte diese Dinger in einem hohen Bogen über Bord. Die Quallen klatschten dann wie schwere Regentropfen in das Wasser, das die Einschläge mit vielen Ringen quittierte. Dem Kapitän war der harte Einschlag egal. Schließlich waren diese Tiere tot und spürten nichts mehr. Ihm machte das sogar großen Spaß, so wie einem Kind, das knackend weiße Knallerbsen zertritt, und so war er fast ein bißchen traurig, als er keine Qualle mehr vorfand.

Die Fahrräder und Holzbalken schleppte er sehr vorsichtig von Bord. Jeden Schritt setzte er mit Bedacht, da die Rampe noch sehr glitschig war. Oft machte er eine Pause. Schließlich war die Schräglage dieses Holzsteges sowieso nicht einfach zu bewältigen, und mit schwerer Ladung in den Armen schien das noch gefährlicher zu sein. Obwohl dieser Mann eher schlampig und gleichgültig war, schien ihm diese Vorgehensweise die einzig Richtige zu sein. Vielleicht brachte ihn dazu die Erfahrung, die er als sehr junger Mann in einer Fabrik gesammelt hatte.

Der Kapitän war damals Hilfsarbeiter in einer Firma, die Schmiedeblöcke in praktische Dinge verwandelte. In diesem Preßwerk wurden Schmiedeblöcke zu Walzen, Kurbelwellen, Pleuelstangen und Hohlkörpern verarbeitet. Er war dort als junger Knirps für vieles zuständig. Nicht nur Sortierarbeiten gehörten zu seinen Aufgaben, sondern auch die einfache Bedienung der Maschinen wurde ihm aufgetragen. Über ein Jahr war er dort beschäftigt, so hatte er dann bald das Geld für seine Seemanns-Ausbildung zusammengekratzt.

Seine Eltern hatten ihm kein gutes Zuhause geben können. Die Mutter war schwer krank und der Vater in die Ferne gezogen, aus der er nie wieder zurückkam. Vielleicht hatte er deshalb den Kapitäns-Beruf gewählt, damit er seinen Vater wiederfinden konnte. Auf den Meeren, da fanden die Weltreisen statt, dort glaubte er, eine Chance zu haben, seinem ›Alten‹ über den Weg zu laufen. Irgendwo. Irgendwann. Trotzdem war dem Kapitän der Oila klar, daß in den weiten Meeren ein Wiedersehen fast unmöglich ist. Der Zufall wäre zu groß gewesen, daß er einem Dampfer begegnete, auf dem sein ›Alter‹ zugegen war. Wenn überhaupt, so glaubte er, würde er ihn in einem Hafen treffen, oder ganz unerwartet in einer Kneipe, in der er ein Bier trinken wollte.

Als der Kapitän dann alles im Hafengelände deponiert hatte, blickte er umher und vergegenwärtigte sich das Chaos, das überall zu sehen war. Unfähig, die Lage erklären zu können, ging er kopfschüttelnd die schräge Rampe zu seiner Oila hinauf, und als er oben angekommen war, fiel ihm ein, wie es gewesen wäre, wenn er die Balken und Räder genauso wie die Quallen über Bord ins Wasser oder auch auf den Asphalt geworfen hätte. – Es wäre nicht aufgefallen! So bunt, wie es überall aussah, hätte er das Bild des Hafens nicht zerstört …

Mit müden Beinen schleppte er sich über das Schiffsdeck, um noch die letzten Seetangreste zu entfernen. Wie feuchte Spinnweben ließ er den grünen Schleim ins Hafenbecken fallen, der sogleich ein paar hungrige Enten anlockte. Als aber diese Enten mit Seetang behangen waren und so aussahen, als hätten sie eine Perücke auf, ergriffen diese tolpatschigen Vögel die Flucht und der Oila-Kapitän mußte lautstark lachen.

Enten wirkten immer komisch. Wenn sie an Land watschelten und sich ihr eiförmiger Körper wackelnd bewegte, sie sich mit ihren großen Füßen so zu ihrem Ziel brachten, dann gab es auf dem Gesicht des Kapitäns ein fettes Grinsen. Er mußte lachen, wenn er diesen schmalen Kopf von vorne sah, aus dem sich kugelförmig zu beiden Seiten die Backen wölbten, so als hätten sie eine dicke Pflaume quer verschluckt.

Der Kapitän spazierte noch ein Weilchen auf dem Schiffsdeck, als er einen Seestern entdeckte und ihn vom Boden aufhob. Kurz betrachtete er ihn, dann warf er das fünfarmige Tier in die Luft.

Genau in diesem Augenblick stürzte einen Möwe, groß und silberweiß, herunter und fing den Seestern auf. Sie hatte sich auf einer Schiffslaterne festgekrallt und den Kapitän beobachtet. Und als sie mit dem Seestern im

Schnabel davonflog, schaute der Kapitän ihr nach. Er staunte, wie geschickt der Vogel war und glaubte nun, ständig von diesen Möwen beobachtet zu werden. Sich an einen schockierenden Film erinnernd, ging er weiter und guckte auf das Hafenwasser, und als sein Blick eine Weile umhergeschweift war, blieb dieser Blick an dem schwarzen U-Boot hängen.

Eine Weile fixierte er das Tauchboot, doch da er sehr müde war, verkroch er sich in die Kajüte und ließ sich wieder wie ein schwerer Stein in seine Koje fallen.

*

Der Wärter blieb stumm und war überrascht. Zwar hatte er eine direkte Antwort gefordert, doch hatte er es nicht erwartet, auch wirklich eine zu bekommen. Jetzt aber war er so weit gegangen, daß ein ›Zurück‹ wirklich nicht mehr möglich war. Auch fühlte er sich selbst betrogen, wenn er seinen Aufwand, den er bisher betrieb, mit einem Weglaufen quittieren würde. Also blieb er stehen und überlegte, was er jetzt sagen sollte.

Der U-Boot-Kapitän, Mr. Wellhorn, schaute ihn an und blieb ebenfalls stumm. Dann, nachdem er nochmals die Stahlwand seines schwarzen Tauchbootes gemustert hatte, brubbelte er irgend etwas in seinen weißen Bart hinein, was der Wärter inhaltlich nicht verstand.

»Was sagten Sie gerade?« fragte der Wärter, glücklich darüber, etwas von sich geben zu können.

Mr. Wellhorn schüttelte den Kopf, als wollte er seine Gedanken herausjagen. Dann befingerte er den Lack der Stahlwand und blickte zum Leuchtturmwärter: »Ich werde Sie ›Wärter‹ nennen!« sagte Mr. Wellhorn bestimmend und durchbohrte mit seinem Blick die Augen des Wärters wie ein rohes Stück Fleisch.

Der Wärter nickte. Er dachte, daß sein Name nichts zur Sache tut. Zwar bestand er vorhin darauf, den Namen des Kapitäns zu erfahren, was ihn eigentlich ebenfalls zum Namensbekenntnis zwang, doch fühlte er stark, daß es anonym sicherer für ihn wäre. Jedenfalls glaubte er, so schwerer erpreßbar zu sein.

Mr. Wellhorn rückte die Rampe zurecht und winkte den Wärter energisch aufs U-Boot. Der Wärter zögerte. Wenn er jetzt auf dieses U-Boot stieg, so wie tags zuvor, dann wäre er fest in der Hand dieses alten Mannes! Er wollte diesen Mann doch nur sprechen! Und genau das konnte er doch sehr gut so erledigen, wie er es eben noch tat: Auf dem Asphalt stehend – Mr. Wellhorn auf dem Deck des Tauchbootes. Ihm war mulmig. Aber er war auch neugierig.

Er erinnerte sich daran, das U-Boot von innen sehen zu wollen. Ihm kam auch ins Gedächtnis, daß er eine Fahrt mit diesem Tauchboot mitzumachen wünschte …

Seinerzeit schlug er sich diese Gedanken sofort aus dem Kopf, weil er Mr. Wellhorn für einen Gangster hielt.

So nahm er nun allen Mut zusammen, betrat mit sehr gemischten Gefühlen die Rampe und schlich zum U-Boot-Deck hinunter. Dabei wußte er nicht, ob er zu einer interessanten Schulung oder zu seiner eigenen Hinrichtung ging …

»Was ist!?« fragte Mr. Wellhorn, als er den Wärter auf dem Deck mit ängstlichem Gesicht stehen sah. »Wollen Sie nicht in das U-Boot hineingehen?«

Der Wärter war unfähig, seine Gedanken zu sortieren. Er wußte ja, daß von diesem Tauchboot Unheil drohte. In dieses Teufelsfahrzeug sollte er steigen?

Der Wärter spürte große Angst, in eine Mausefalle zu gelangen, aus der er nie wieder herauskommen würde. Wenn er dort hineinkroch, da war er sicher, würde er als ein anderer Mensch wieder herauskommen. Nur wie das genau aussehen würde – davon hatte der Wärter keinen blassen Schimmer.

»Sie meinen, daß eine Besichtigung meine Fragen beantwortet?« fragte der Wärter mit einem prüfenden Blick.

Mr. Wellhorn schwieg. Nicht mal ein Kopfnicken oder Schulterzucken gab er von sich. Er ließ den Wärter in seiner Unsicherheit verharren.

Der Wärter klopfte gegen die Stahlwand. Diesmal nicht aus Trauer oder Wut, sondern weil er prüfen wollte, wie dick die Stahlwand war. Jedenfalls redete er sich das ein. Dann blickte er in das bärtige Gesicht des U-Boot-Kapitäns.

»Raten Sie mal, wie tief das Boot tauchen kann!« forderte Mr. Wellhorn den Wärter auf.

»Ich weiß nicht, vielleicht zweihundert Meter?«

Mr. Wellhorn grinste in sich hinein und freute sich wie ein kleiner Junge, der einen Lutscher geschenkt bekommen hatte.

»Zweihundert Meter sagen Sie?« wiederholte er die Vermutung seines ängstlichen Gastes, der unruhig auf den Füßen stand.

»Vielleicht auch dreihundert?« schob der Wärter nach und fühlte, daß er trotz seiner Schiffs-Besessenheit sich mit U-Booten überhaupt nicht auskannte.

»Dreihundert!? Sie als Einheimischer einer Seestadt meinen, dieses Boot kann nur dreihundert Meter tief tauchen?«

Der Wärter wußte nicht, was er antworten sollte. Für ihn waren dreihundert Meter viel. Verdammt viel! Andererseits aber war die Zerstörungskraft dieses Bootes unvorstellbar groß – warum sollte es nicht auch fünfhundert Meter tauchen können!?

Der Wärter zuckte mit den Schultern. Er meinte, es nicht wissen zu können, aber er spürte auch, daß ihn die nautischen Leistungen dieses Fahrzeuges enorm interessierten. Nur: Zugeben wollte er das nicht. Und er wollte sich von seiner Neugierde nicht überrumpeln lassen – schließlich hatte er ja einen unheimlichen Feind vor sich.

»Dieses Boot kann überallhin tauchen!« erklärte Mr. Wellhorn mit ruhiger Stimme. »In alle Meere, in alle Tiefen – überallhin! Es ist egal, wie tief es ist!«

»Dann waren Sie auch schon überall?«

Mr. Wellhorn verdrehte die Augen. Dann lächelte er. »Ich komme vom Meer!« sagte er dann und kletterte auf den U-Boot-Turm.

Mit sicheren Handgriffen schob er sich durch die offene Luke in den Turm hinein und verschwand im U-Boot-Innern. »Es ist eng hier!« rief er zum Wärter, der ein richtiges Jucken in seinen Fußsohlen spürte. Er konnte sich jetzt nicht mehr vorstellen, aus diesem Leben zu gehen, ohne dieses Tauchboot von innen gesehen zu haben, und so folgte er unsicheren Fußes.

Als er auf dem U-Boot-Turm oben angekommen war, blickte er zum erstenmal aus der größten Höhe dieses

Bootes auf das Wasser. Irgendwie fühlte er, daß er mehr als je zuvor von der Macht ergriffen wurde, so als hätte er Übermengen Alkohol getrunken und würde nicht mehr Herr seiner Sinne sein.

Er spürte, daß er verantwortungslos sich selbst und seinem Sohn gegenüber handelte und unfähig war, das Rädchen zurückzudrehen. Die Macht hatte ihn gekauft, und das Lockmittel war die Beantwortung seiner Fragen, die Befriedigung seiner Neugierde. Nur den Preis, den er noch zu zahlen hatte – den kannte er nicht.

Noch nicht.

So schlängelte sich der Wärter durch den U-Boot-Turm hindurch und mußte dabei eine senkrechte Stahlleiter hinunterklettern, die sich eiskalt anfühlte. Dabei kam er an dem Fenster vorbei, das im Turm montiert war. Nach unten blickend, erspähte er die Bodenplatten, die mit geriffeltem Muster sicheren Halt versprachen. Als die Leiter mitten in der Luft aufhörte, und der Wärter nicht mehr wußte, wie er weiterklettern sollte, ließ er sich fallen und knallte auf die Bodenplatten, die dabei mächtig schepperten.

»Sie hätten die seitlichen Leisten nehmen müssen, dann wären Sie sanfter angekommen!« triumphierte Mr. Wellhorn, der sich an das Steuerrad gelehnt hatte.

Das Steuerrad war aus dunklem Holz und schien von einem alten Segelschiff zu stammen. In geringen Abständen stachen außen die geschnitzten Griffe hervor, die schon mächtig abgenutzt aussahen.

Der Wärter blickte stumm um sich. Er sah eine Menge. Aber er sah kein Gerät, das ein Unwetter erzeugen könnte. Er fragte sich sofort, wie es dieses U-Boot geschafft hatte, die größte Flut aller Zeiten durch Blitze aus den Fenstern zu erzeugen. Aber er fand keine Antwort. Und Mr. Wellhorn danach fragen wollte er nicht. Jedenfalls jetzt nicht.

Mr. Wellhorn stakste im kleinen U-Boot umher. Weit konnte er sich nicht bewegen, alles war eng und vollgepackt. Überall befanden sich Rohre und Hebel, kreisförmige Meßgeräte, Ventile und Handräder. An den Seiten klemmten schmale Sitzbänke, die mit Leder bespannt waren und an ihren Senkrechten Türen hatten. Direkt vor dem Steuerrad war ebenfalls eine Sitzbank, größer und auch höher. Hinter dem Steuerrad thronte eine Säule mit einer dicken Glaskugel. In dieser Glaskugel glänzte ein Kompaß, der sich in einer Flüssigkeit wiegte.

Unten, an den Bodenplatten und direkt vor dem Steuerrad erkannte der Wärter einige Pedale, die aus Holz bestanden und mit Messingkanten versehen waren. Etwa in Augenhöhe links und rechts hingen große, uhrenartige Meßgeräte, deren Zeiger wie kleine blecherne Wale aussahen. An diesen Anzeigen blieb der Wärter mit seinem Blick hängen, weil er diese Wale erkannte und sich erinnerte, daß die Mütze des Kapitäns auch einen solchen Wal zierte.

»Das sind die Tiefenmesser!« sagte Mr. Wellhorn.

»Aber da sind ja gar keine Zahlen drauf!« rief der Wärter und ging ganz dicht heran, weil er dachte, daß die Zahlen auch sehr winzig sein könnten.

»Eben!« erwiderte Mr. Wellhorn. »Ich sagte ja, es ist egal! Wir können in alle Tiefen tauchen!«

Der Wärter stutzte. Sollte das ein Scherz sein?

»Was macht denn ein Tiefenmesser für einen Sinn, wenn keine Zahlen drauf sind? Und wozu braucht man einen Anzeiger, wenn der nichts anzeigen braucht? Noch dazu als Wal geformt?«

Mr. Wellhorn grinste: »Sehen Sie, es ist so, wie ich sagte. In Ihrem Kopf kreisen Gedanken und Sorgen, deren Bedeutung nichtig ist!«

Der Wärter fand das überhaupt nicht witzig. »Aber dann könnten Sie doch diese blöden Dinger abmontieren und wegwerfen!« rief er wütend dem Mann zu.

Mr. Wellhorn lächelte in sich hinein und grummelte Worte, die der Wärter nicht verstehen konnte.

»Was sagten Sie gerade?« fragte er und hoffte, eine Antwort zu bekommen.

Der U-Boot-Kapitän aber beschäftigte sich mit den Handrädern und Ventilen, murmelte etwas, so in der Art wie »müßte mal geölt werden … nachher … die Reise …« und ließ den Wärter eiskalt sitzen. Dann drehte er sich um und sagte: »Entschuldigung – was sagten Sie gerade?«

Der Wärter stutzte. Er fühlte sich nachgeäfft. Seine Aussage hatte er doch zugerufen – das hätte doch dieser Eigenbrötler verstehen müssen! Dann raffte er sich auf und wiederholte seine Meinung: »Wozu haben Sie diese Dinger? Werfen Sie doch die Tiefenmesser weg!«

Mr. Wellhorn aber lächelte wieder und überprüfte das Steuerrad. Etwas bewegte er es, blickte dann zu dem Kugelglas der Kompaßanlage und nahm einen Lappen, den er zärtlich darüber streichen ließ.

»Ich komme vom Meer!« sagte er dann in gedehntem Ton.

Der Wärter erkannte seinen vorausschauenden Gedanken wieder, den er schon im Hafen hatte: ›Die Unterredung wird von diesem Mann dominiert und er
wird nach Gutdünken Antworten geben – Antworten,
die eigentlich Fragen sind‹! Der Wärter fühlte, daß er
sich noch so viel bemühen konnte, er würde immer in
Gegenwart dieses Mannes ein Schuljunge bleiben. Ein
kleines Licht, das nicht ernst genommen wird. Warum
aber winkte er ihn energisch aufs Boot – vorhin?

Der Wärter blickte sich in dem Boot um. Vorne,
im Bugbereich hing eine weiße Hängematte, über ihr
war eine riesige Wellhornschnecke montiert, aus der
klares Licht drang. Direkt am Ende des Bugbereichs
war ein Kartentisch, neben ihm thronte ein hölzerner
Globus.

Der Wärter drehte sich um und versuchte, sich von den
Blicken Mr. Wellhorns nicht durcheinanderbringen zu
lassen. Im hinteren Bereich des Bootes, am Heck also, erkannte er seitlich ein Regal mit dicken, ledernen Büchern
und gerollten See-Karten. Weiter unten quetschte sich ein
Ofen hinein, mit dem, so glaubte der Wärter, nicht nur
das Boot beheizt wird, sondern auf dem man auch Essen kochen könnte. Daneben stand eine alte Kiste. Ihre
Kanten waren mit vernieteten Metall-Leisten versehen, die
der sonst hölzernen Seemannstruhe eine gewisse Stabilität
gaben. Ein dickes Schloß machte neugierig, welcher Inhalt
sich darin verbarg. Weiter höher war eine große Tafel mit
leuchtenden Lampen befestigt. Allerdings brannten nur
wenige Lampen – die meisten waren dunkel.

»Wo ist eigentlich der Maschinenraum?« fragte der
Wärter mit einem triumphierenden Gefühl, denn er

glaubte, auf diese Frage eine vernünftige Antwort bekommen zu müssen. Schließlich fuhr kein Boot – mit Ausnahme von Segelschiffen – ohne Motor!

Mr. Wellhorn blickte durch das Sehrohr. Wahrscheinlich überprüfte er Einstellungen, Sichtweiten oder dergleichen – jedenfalls vergaß er seine Gastgeber-Rolle und zeigte wie gehabt Desinteresse.

»Der Maschinenraum!« wiederholte der Wärter. »Der Motor!«

Mr. Wellhorn löste sich aus seiner Sehrohr-Stellung und blickte mit müde wirkenden Augen den Wärter an. Schweigend fixierte er ihn, als würde er sich von einem Kleinkind genervt fühlen. Dann schloß er die Augen. Als er sie wieder geöffnet hatte und den Wärter nochmals stumm anstarrte, ging er in die hinterste Ecke des Bootes und zeigte darauf mit seiner kräftigen Hand, die schon so viel Unheil angerichtet hatte.

»Dieses U-Boot braucht keinen Motor!«

»Keinen Motor!?« wiederholte der Wärter und fühlte sich gründlichst verschaukelt.

Mr. Wellhorn schwieg.

»Nein!« rief Mr. Wellhorn dann. »Es fährt mit den toten Seelen der Wellhornschnecken!«

Der Wärter hatte jetzt keine Lust mehr, in diesem Blechfahrzeug zu bleiben. Er war es leid, sich das Gesülze dieses Walfischmützen-Typs anzuhören und scharrte unruhig mit den Füßen.

»Was ist – sind Sie nervös?«

»Nein ... ich glaube ... ich denke, daß ich jetzt gehen werde!« erwiderte der Wärter und ergriff die Stahlleiter wie einen guten Freund.

»Ich hoffe«, sagte Mr. Wellhorn, »ich hoffe, ich konnte Ihnen bei der Beantwortung Ihrer Fragen behilflich sein!« – dabei konnte er sich ein triumphierendes Lächeln nicht verkneifen.

Der Wärter blickte ihn regungslos an.

»Sie können«, empfahl Mr. Wellhorn, »Sie können ja noch einmal über alles nachdenken und morgen wiederkommen!«

»Sie meinen, daß mir das etwas bringt?«

»Vielleicht.«

Dieses ›Vielleicht‹ ließ das Gemüt des Wärters in ein tiefes Loch fallen. Denn so, wie Mr. Wellhorn dieses Wort betont hatte, ließ es die Vermutung zu, daß dieser Kapitän nicht daran glaubte, daß ein Leuchtturmwärter mit seinem Gehirn solche Gedanken aufzunehmen vermochte.

Der Wärter aber bemühte sich, seine Enttäuschung darüber nicht zu zeigen.

»Natürlich denke ich darüber nach!« erwiderte er mit aufgesetztem sicheren Gesichtsausdruck. »Ich bin ja schließlich kein Schwachsinniger!«

Dann kletterte der Wärter die Stahlleiter hinauf, und bevor er das Turmluk erreicht hatte, hörte er Mr. Wellhorn noch »Mögen die Synapsen mit Ihnen sein!« sagen.

Der Wärter schlug die Tür seiner Bleibe besonders wütend zu. Mit lautem Geschimpfe stampfte er in dem Zimmer umher und verschränkte dabei seine Arme auf dem Rücken, so als wäre er ein Lehrer, der gerade seiner Schulklasse einen Vortrag hält.

Aber mitnichten. Nicht *er* hielt einen Vortrag, sondern er hatte eben einen solchen über sich ergehen lassen, von dem er wußte, daß er ihn nicht ein kleines Stückchen weiterbrachte. Dieser Mr. Wellhorn hatte es fertiggebracht, ihn neugierig zu machen, ihn aufs und vor allem ins U-Boot zu locken – und dann gab er Worthülsen von sich, deren Inhalte nichts aussagten.

»Es fährt mit den toten Seelen der Wellhornschnecken« äffte der Wärter ihn nach, »es ist mir egal, wir können in alle Tiefen hinein!«

Der Wärter fragte sich in diesem Augenblick eine ganze Menge. Nicht nur, was dieser Walfischmützen-Typ eigentlich erreichen wollte, und warum diese Stadt für seine Launen hinhalten mußte, sondern auch, ob er am nächsten Tag wirklich wiederkommen soll.

Denn was würde ein neuer Besuch bringen? Vor allem: Wem würde er etwas bringen? Mr. Wellhorn? Ihm, dem Wärter? Er spürte großes Unbehagen und verstand seine ursprünglichen Gedanken nicht mehr. Dachte er noch vor kurzem, daß das Schicksal ihn ausgewählt hatte, dieses Rätsel als einziger überlebender Stadtbewohner zu lösen, so begrub er jetzt diesen Gedanken und war der Meinung, in sich selbst einen kleinen Jungen zu erkennen, der eine wichtige Lektion gelernt hatte. Die Lektion, daß man nicht auf Wichtigtuer hereinfallen soll!

Und ein Wichtigtuer war dieser Mr. Wellhorn in den Augen des Wärters. Dieser Kapitän war derart von sich überzeugt, daß seinen Zuhörern vor Schreck die Kontaktlinsen aus den Augen fallen müßten – wenn sie denn welche tragen würden.

So bezeichnete der Wärter sich als dumm und un-erfahren. Er schimpfte sich naiv und meinte, daß die Resignation jetzt die richtige Strafe dafür sei.

Als er sich aber in den Sessel gesetzt hatte und seinen Atem ruhig durch die Lungen fließen ließ, spürte er wie-der wie von Geisterhand herbeigeführt die Neugierde, die ihn bisher so getrieben hatte.

»Was ist«, fragte sich der Wärter, »wenn das U-Boot tatsächlich mit den toten Seelen der Wellhornschnecken fährt? Und warum ausgerechnet mit den *toten* Seelen? Was ist, wenn dieses Tauchboot, dieses ›Wellhornboot‹ wirklich in alle Tiefen Zugang bekommt?«

Wenn also so ein kleines, wie Blechspielzeug wirkendes Tauchboot eine riesige Katastrophe herbeigeführt hat, warum soll es dann nicht auch noch andere Dinge voll-bringen können? Ohne Ende! Das Wellhornboot wäre dann eine außergewöhnliche Kraft, deren Ursprung nicht mit weltlichen Maßstäben zu messen sei. Es würde einer außerirdischen Paketsendung gleichen, deren Ab-sender unklar blieb.

Wer war dieser Mr. Wellhorn?

Der Wärter erhob sich aus seinem Sessel und ging zu einem Bücherregal. In ihm waren viele Romane, Sachbü-cher, vor allem Schiffsbücher und Lexika untergebracht. Aus dem zwölfbändigen Lexikon griff er sich den Band mit dem Buchstaben ›S‹. Unruhig blätterte er darin, fand aber das Wort ›Synapsen‹ nicht. Dabei wollte er das schöne Buch vor Wut auf den Boden werfen, denn wieder einmal suchte er etwas, das wieder mal nicht auf-gelistet war.

Der Wärter ging in den Nebenraum, in dem ein zweites, verstaubtes Bücherregal alten und vergilbten Schwarten eine Herberge bot. Auch hier war ein dickes, schon eingerissenes Lexikon untergebracht, und wißbegierig suchte er darin nach dem Buchstaben ›S‹.

Er fand das Wort. Befriedigt, dennoch schockiert schlug er das Buch zu und mußte dabei husten, weil der aufgewirbelte Staub seine Bronchien zwiebelte.

›Synapsen‹ sind Kontaktstellen mit ableitenden und aufnehmenden Nervenfortsätzen. Es handelt sich um Neuronen im Gehirn.

Sich unsicher darüber, ob das alte Lexikon auch noch dem heutigen Grad des Wissens standhalten konnte, stellte er es ins Regal zurück und ging aus dem Nebenraum hinaus.

»Kontaktstellen!« wiederholte der Wärter. »Dieser Mr. Wellhorn glaubt doch tatsächlich, daß unsereins begriffsstutzig ist!«

Sich klar darüber werdend, daß er gerade eben wieder ein Selbstgespräch geführt hatte, verordnete er sich eine anständige Mahlzeit und danach die längste Bettruhe, die er bisher gehabt hatte.

Und so wurde es Nacht. Die Stadt aber wurde nicht in ein milchiges Licht getaucht, denn der Mond war inzwischen zu einer schmalen Sichel geschrumpft.

Mr. Wellhorn verbrachte die Nacht lesend. In seinem U-Boot saß er bei hellem Licht und studierte in Leder gebundene Bücher, deren Inhalte er mit alten vergilbten Seekarten verglich. Dann nahm er einen Stift und kritzelte in die alten Seekarten Kreise und Linien.

In sich hineinbrubbelnd, legte er die Karten ins Regal

zurück und studierte den Globus. Als er diesen dann ein paarmal hin- und hergedreht hatte, blieb er mit dem Finger an einer Insel hängen. Auf diese Insel tippend, ließ er wieder irgendwelche geheimnisvollen Worte in die stille Umgebung rieseln, dann nahm er sich ein Buch mit einer Tabelle. Aus einer Auflistung las er einige Werte ab, trug sie in eine weitere Seekarte ein und verstaute dann alles an seinem Platz. Mr. Wellhorn war müde. Mit einem tiefen Gähnen hangelte er sich in die am Bugbereich befestigte, weiße Hängematte und knipste das Licht aus. Dann schlief er ein.

Die Ruinenstadt wirkte gespenstisch in der Nacht. Die ausgehöhlten, zertrümmerten Häuser, die alle unbewohnt blieben, schienen Schreie in die Dunkelheit zu rufen. Immer wieder jaulte es oder es war ein schriller Pfeifton zu hören, der sich bohrend in das Gehör der Möwen brachte. Ab und zu waren Geräusche zu vernehmen, die an Schritte erinnerten, doch es war nur der Wind, der mit einigen Gegenständen spielte.

Und der Wind war es auch, der die Häuser heulen ließ. Durch diese Kraft der sich bewegenden Luft war es möglich, daß die Ruinen wie Orgelpfeifen tönten.

Ließ der Wind aber nach oder hörte für eine gewisse Zeit gänzlich auf, waren die Häuser still. Und dennoch machten sie sich bemerkbar: Ihre Gegenwart, zerschunden und ohne Zukunft, ließ sie rein optisch stumme Schreie ausrufen, die sich über dem Meer ins Unendliche verloren.

Der Kapitän der Oila schlief tief und fest. Er hatte sich wieder seiner Flasche bedient, deren alkoholischer Inhalt die beste Garantie für einen Schlummer gab. Es könnte die Oila im Hafenbecken untergehen, es könnte jemand mit einer Trompete oder einem Nebelhorn direkt neben ihm einen ordentlichen Krawall veranstalten – der Kapitän würde es nicht bemerken. Und so schlief er tief und fest, versank aber zwischendurch in seltsame Träume.

Diese Träume waren es, die seinen Schlaf in eine starke Unruhe brachten. Als wäre er auf einer Folterbank gefesselt, wälzte er sich hin und her, um eiserne Ketten loszureißen. Ketten, die sich immer fester zu ziehen schienen und die niemand zu lösen vermochte. Nicht einmal seine Flasche …

So wurde er dann von riesigen, schleimigen Quallen heimgesucht, die seine Oila enterten und schließlich Besitz von ihr ergriffen.

∗

Der neue Tag begann für den Wärter spät. Er hatte sich richtig ausgeschlafen und konnte den ersten Sonnenstrahlen, die durch sein Fenster drangen, nichts abgewinnen. Immer wieder hatte er bei einem Aufwachen die Bettdecke über den Kopf gezogen und sich so in die selbsterschaffene Dunkelheit vergraben.

Der Wärter war trotzdem hungrig nach Ruhe. Seine Nerven forderten diese Ruhe ein und ließen sich zunächst nicht davon abbringen.

Da war aber noch etwas anderes: Der Wärter wußte, daß er in dem Augenblick, in dem er das Bett verließ und den Tag begann, die Entscheidung getroffen haben mußte. Die Entscheidung, ob er wirklich zu Mr. Wellhorn gehen sollte!

Der Entschluß war nicht leicht. Der Wärter wußte, daß

er sich so oder so Vorwürfe machen würde. Nur: Welche Vorwürfe die schwereren seien, das wußte er nicht.

Der Wärter hatte keine Lust, zu einer Münze zu greifen und die Auswahl dem Glück zu überlassen. Er fand solche Spielchen kindisch und war mehr für Entscheidungen zu haben, die mit dem Kopf oder auch mit dem Bauch getroffen wurden. Da aber sein Kopf und sein Bauch nicht zusammenarbeiten, sondern wie eine demokratische Parteiengruppierung alles auszudiskutieren schienen, war er außerstande, die Spreu vom Weizen zu trennen. Die Sorge, daß Mr. Wellhorn ihm persönlich etwas antun würde, schlug sich der Wärter allerdings aus dem Kopf. Wenn das Mr. Wellhorn wirklich wollte, hätte er es längst getan.

Dieser letzte Gedanke war es, der die Neugierde unterstützte und den Wärter einen Entschluß fassen ließ. Er wußte mit einem Mal, daß er zu Mr. Wellhorn gehen wollte!

So frühstückte er in Ruhe und erkannte durch den Blick auf seine Uhr, daß dieses Frühstück schon eher in die Zeit des Mittagessens fiel. Aber das war ihm egal. Zu wissen, wie er den Tag heute verbringt – das war ihm wichtig. So überprüfte er nochmals den Zettel, den er seinem Sohn hinterlegt hatte. Er dachte, daß ein Windstoß ihn weggeblasen haben könnte, und er wollte, daß sein Sohn sofort alles sichtbar vorfindet. Mit dem Gefühl, bestens vorbereitet zu sein, verließ er seine Bleibe und verriegelte die Tür.

So schritt der Wärter wieder durch die zerstörte Stadt, blickte aber fast immer auf den Boden, um das traurige Bild nicht ertragen zu müssen. Dabei überlegte er, ob er nicht doch sein Haus verkaufen sollte und sich in einer anderen Stadt oder einem anderen Land einquartieren könnte. Nur: Wer würde sein Haus kaufen? Eine Bleibe in einer weitgehend ruinierten Stadt!?

Es würde niemand kommen und sich das alles ansehen, der Ruf der Stadt konnte nur schlecht sein und mußte jede Chance in ihrem Keim ersticken.

Nach einiger Zeit stand der Wärter im Hafen und blickte auf das Wellhornboot. Das Turmluk war geöffnet. Aber es war kein Mr. Wellhorn zu sehen.

Der Wärter dachte, daß Mr. Wellhorn nur im U-Boot sein konnte, und so überlegte er, ob er ihn rufen sollte oder es besser wäre, still auf dem Asphalt zu warten.

Diese Überlegung brauchte der Wärter nicht zu beenden, denn plötzlich hörte er Geräusche aus dem Tauchboot, die das Hinaufsteigen auf der Stahlleiter verrieten.

»Na also, haben Ihre Synapsen gute Dienste geleistet?« fragte Mr. Wellhorn wie ein burschikoser Chef, der seinen mittelmäßigen Angestellten begrüßt.

Der Wärter versuchte so lässig wie nur möglich zu wirken: »Ich möchte noch einmal Ihr U-Boot von innen sehen!«

»Sie wollen sehen?« Mr. Wellhorn lächelte in sich hinein. »Ich dachte, Sie wollen Antworten haben!«

»Das habe ich aufgegeben! Außerdem soll man ja bekanntlich nichts erzwingen!« versuchte der Wärter die leicht provozierende Frage zu quittieren.

»Soso … nichts erzwingen …« – Mr. Wellhorn überprüfte das Gelenk des Turmluks. »Kommen Sie herein! Ich habe etwas zu erzählen!«

Der Wärter zögerte keine Sekunde. Geschwind lief er über die Rampe auf das Deck und erklomm den Turm. Dann ließ er sich – diesmal sicheren Fußes – in das U-Boots-Innere gleiten.

»Setzen!« befahl Mr. Wellhorn seinem Schüler und zeigte auf die Bank, dabei funkelten seine Augen wie Diamanten.

Sofort nahm der Wärter seinen Platz ein und musterte, obwohl er alles schon gestern gesehen hatte, das Boots-Innere in einer Art, als hätte er es noch nie erblickt.

»Was wollen Sie mir denn erzählen? Sie, der doch immer in Rätseln spricht?« fragte der Wärter und zeigte dabei zum Heck, wo ja die toten Seelen den Antrieb ausmachten.

»Sie sind wohl ein ganz Kritischer, was!?«

»Aber nein! Nur, das was Sie bisher erzählten, ist unglaubwürdig und unlogisch! Seit wann kann ein Boot mit toten Seelen betrieben werden? Sie müssen doch wissen, daß das niemand glaubt! – Und sagen Sie jetzt nicht wieder ›Ich komme vom Meer‹, dann gehe ich nämlich, und dann können Sie Ihrem Sehrohr alles erzählen!«

Mr. Wellhorn blickte den Wärter stumm an. Dann schaute er kurz auf seine Hände, nickte und holte tief Luft.

»Ich weiß«, sagte er, »Sie sind von ›hier‹ – und denken anders«.

»Ja, kommen Sie denn von einem anderen Stern?« fragte der Wärter wie ein kleines Kind.

»›Ich komme vom Meer‹ wollen Sie ja nicht mehr hören!«

Der Wärter schwieg. Er wußte, daß er diesen Walfisch-mützen-Typ nicht zu stark reizen durfte. Schließlich wollte er ja etwas erfahren …

»Schließen Sie die Augen!« befahl Mr. Wellhorn und räusperte sich.

Der Wärter tat es.

»Kennen Sie Charlie?«

»Nein! Wer soll das sein?«

»Charlie war ein ganz Besonderer!« Mr. Wellhorn wühlte sich durch ein altes Buch.

»War er ein Held?«

»Er war ein Held, wie er im Buche steht!« erwiderte Mr. Wellhorn, dabei zitterte seine Stimme wie ein Vulkan vor seinem Ausbruch.

»Was hat er Tolles gemacht? Hat er Leben gerettet?«

»Sie sollten nicht so viel fragen, Herr Wärter! Am besten ist, Sie hören mir einfach zu!«

Dann schloß Mr. Wellhorn seine Augen, als wollte er sich in einen Traumzustand bringen und hinabgleiten in eine andere Welt. Kurz räusperte er sich, dann begann er zu erzählen:

»Charlie wurde irgendwo geboren. Er hatte es schon anfangs nicht leicht. Er mußte ganz alleine mit allem fertig werden – niemand half ihm dabei.«

Der Wärter nickte. Solche Leute kannte auch er.

»Charlie wuchs ohne Eltern auf. In seiner Umgebung war er hilflos und unsicher. Er mußte sich ständig behaupten, weil er angegriffen wurde. Jeder wollte ihn ärgern und immer genau das haben, was Charlie gerade bekommen hatte. War er im Besitz von etwas, einem Geschenk zum Beispiel, liefen gleich vier andere zu ihm und machten sich daran, ihm dieses Geschenk brutal zu entreißen! Und dann beschimpften sie ihn noch und drohten, ihn zu verprügeln, zu töten! Charlie hatte keine Freunde!«

»Das ist ja furchtbar!« sagte der Wärter. »Wie alt war Charlie denn da?«

»Er war noch jung!« Mr. Wellhorn holte nochmals tief Luft, um mit der Geschichte fortzufahren:

»Charlie hatte das alles sehr geärgert. Er hatte Nahkampftechniken gelernt und sehr, sehr viel geübt. Er glaubte, wenn er richtig kämpfen könnte, würden die anderen ihn in Ruhe lassen.

Aber dem war nicht so. Zwar hatte er tatsächlich seine Kampftechniken verbessert, aber das nützte nichts, weil er immer von mehreren angegriffen wurde. Sie kamen von hinten und von den Seiten, manche sprangen auf ihn herauf – Charlie hatte keine Chance.

So war Charlie sehr, sehr traurig und wollte niemanden mehr an sich heranlassen. Er verkroch sich in seine Einsamkeit, aus der ihn nicht mal ein schwerer Glockenschlag herausholen konnte. Er beschäftigte sich mit nichts anderem als mit sich selbst – und seiner näheren Umgebung, der Erde.«

Der Wärter verstand Charlie. Er dachte, wenn jemand so gequält durchs Leben geht, kann er nur noch so handeln.

»Charlie«, sagte Mr. Wellhorn, »Charlie wußte, wenn er sich so weiter verhielte, würde er immer mehr vereinsamen. Aber das wollte Charlie nicht! Er war eigentlich ein sehr bodenständiger Erdbewohner, Charlie war voller Lebensfreude und hatte große Ziele!«

»Was für Ziele denn?« bohrte der Wärter, der sich diese Frage nicht verkneifen konnte.

»Ist nicht wichtig! – Oder: Später vielleicht! – Jedenfalls wollte Charlie sich nicht unterkriegen lassen. Aber weil er immer wieder in das Elend gerissen wurde, verpuffte seine Lebensfreude wie die Luft aus einem Luftballon, und sein Wille, sich nicht unterkriegen zu lassen, wurde immer kleiner – bis er ganz unten war und Charlie wirklich nicht mehr weiterwußte!«

Der Wärter spürte Beklemmung. Er fühlte, was Charlie empfand.

»Charlie«, so Mr. Wellhorn, »Charlie ging seinen einsamen Weg. Er ging tage- und nächtelang immer geradeaus. Er meinte, daß er nur noch einem ganz bestimmten Ziel folgen konnte – alles andere war unwichtig.«

»Jetzt sprechen Sie wieder von Zielen!« mischte sich der Wärter ein.

»Hmm. Ziele. – Lassen sie mich fortfahren. – Charlie ging also tage- und nächtelang immer geradeaus. Und das war eine sehr schwere Reise. Nicht nur der Weg war beschwerlich und lang, sondern auch seine Gefühle purzelten durcheinander wie springende Billard-Kugeln! Ihm wurde heiß und kalt, und er wußte nicht mehr, ob er noch des Weges sicher war.

Unterwegs traf er niemanden. Vielleicht aber traf er doch andere, wollte sie aber nicht zur Kenntnis nehmen. In dieser Phase läßt sich das nicht mehr rekonstruieren.

Charlie fühlte, daß der Weg, den er beging, gleichzeitig der richtige und der falsche war. Aber er konnte nicht anders handeln, als seinen Entschluß in die Tat umzusetzen! Er hatte da einen Grundsatz!«

»Jetzt müssen Sie aber Genaueres verraten!« forderte der Wärter ihn auf.

»Ich soll Ihnen etwas verraten? Sie wollen wohl die Kurzform serviert bekommen, was?«

Der Wärter schmunzelte. Da war er nun wirklich der Schüler, der Hund, der sich geschulmeistert fühlte.

»Ich sage Ihnen etwas!« rief Mr. Wellhorn dem Wärter zu. »Nur wenn Sie mich zu Ende anhören, werden Sie Antworten bekommen! Nur dann!«

Der Wärter nickte stumm und hielt es für besser, sich – wenn auch nur zum Schein – in diese untergeordnete Rolle zu fügen.

»Der Grundsatz«, fuhr Mr. Wellhorn fort, »der Grundsatz war bei Charlie so eine Sache. Er führte immer etwas bis zu Ende aus, was er sich vorgenommen hatte. Charlie war ein echter, guter Charakter! Und genau das mochten die anderen an ihm nicht. Charlie war ordentlich, wollte nicht alles, aber vieles richtig machen und versuchte, im Einklang zu leben. Und dieses Leben war anderen zuwider.

Charlie ging also seinen Weg. Und als er über das Meer zu einer Insel kam, fühlte er sich wohler, denn hier drohte ihm kein Widerstand.«

Mr. Wellhorn machte eine kleine Pause, nahm sich eine Flasche mit einer blauen Flüssigkeit und erleichterte sie um einige kräftige Schlucke.

Der Wärter wagte nicht, diese Pause mit einer Frage zu füllen. Geduldig wartete er auf das Weitererzählen dieses Walfischmützen-Typs.

»Charlie«, so Mr. Wellhorn weiter, »Charlie war also auf dieser Insel. Dort war er mit sich und den anderen allein!«

»Mit den anderen?« fragte irritiert der Wärter.

»Ja, genau. Mit den anderen. Mit den anderen Gleichgesinnten!«

Der Wärter verkniff sich die Frage, welch ›andere Gleichgesinnte‹ das gewesen sein könnten. Er hoffte, daß sich irgendwann der Rätselkreis schloß.

»Die anderen Gleichgesinnten hatten, wie Charlie, dasselbe Ziel!« fuhr Mr. Wellhorn fort und blickte dem Wärter eindringlich in die Augen.

Der Wärter schluckte. Ihm war der Blick sichtlich unangenehm.

»Dasselbe Ziel!?« versuchte er dann den Faden aufzugreifen und hoffte dabei, endlich Klarheit zu bekommen.

»Genau! Dasselbe Ziel!« Mr. Wellhorn klopfte gegen ein Rohr, das sich zwischen andere Leitungen zwängte und unter die Bodenplatten führte. »Sich umzubringen!« rief er dem Wärter zu, so als würde er meilenweit weg sitzen.

Diese Worte schlugen wie Hagelkörner in den Kopf des Wärters ein, der kurz zusammenzuckte und sich schützend die Arme um den Bauch legte.

»Das ist ja grausam!« sagte er. »Wie viele Gleichgesinnte gab es denn auf dieser Insel?«

»Viel zu viele!« Mr. Wellhorn schüttelte verzweifelt den Kopf. »Viel zu viele waren dort und wollten ihrem Leben ein Ende setzen!«

Für einen Moment war Stille im Boot. Die Worte erdrückten das Gemüt des Wärters, zumal er sich erinnerte, vor kurzer Zeit noch in einer ähnlichen Situation gewesen zu sein.

»Alle auf dieser Insel wollten sich umbringen«, fuhr

Mr. Wellhorn fort, »nur keiner traute sich! Niemand wollte den ersten Schritt tun und verschob die ›letzte Tat‹ auf den nächsten Tag – oder auf die nächste Nacht.

Die Nächte waren besonders schlimm. Wenn die Dunkelheit sich auf die Insel wie erdrückender Beton legte, waren viele in ihrer traurigsten Stunde und versammelten sich unverabredet auf dem großen Felsen, von dem sie sich herunterstürzen wollten! Herunter auf weitere Steine, auf denen sie erschlagen würden! Manche von ihnen sangen düstere Lieder, andere schwiegen, bis sie die Kraft für den Sprung gefunden hatten.

Es sprangen wenige. Die meisten gingen lebenden Körpers die Wand hinunter und nahmen sich ganz fest vor, der Nächste zu sein … Morgen. Die nächste Nacht.«

Der Wärter schwieg. Zwar brannten ihn Fragen, die er am liebsten sofort beantwortet haben wollte, aber die Stimmung dieser Szene schnürte seine Kehle zu, und so konnte er kein Wort herausbringen.

»Die Insel wurde immer voller, und Charlie war schon bald ein alt Eingesessener. Irgendwann stellte er fest, daß er wahrscheinlich nie den Mut finden würde, seinen Entschluß Wirklichkeit werden zu lassen. Mit jedem Tag zögerte er mehr.

Mit jedem Tag aber sah er auch immer mehr von diesen Selbstmordkandidaten, und das wiederum drückte seine ohnehin schon tief liegende Stimmung. Irgendwann dann hatten sich einige um ihn ›gekümmert‹, sie sprachen ihm Mut zu. Allerdings nicht den Mut zum Leben – sondern den Mut zum Sterben.«

»Hören Sie auf, das ist ja nicht auszuhalten!« schrie der Wärter und wollte am liebsten gehen.

»Wollen Sie nun Antworten haben – oder nicht!?« Mr. Wellhorn stützte seine Fäuste an die Hüften.

»Ich … ich will Antworten!« beschwichtigte der Wärter. »Erzählen Sie weiter. Ich bin ganz still!«

»Charlie wurde immer trauriger und empfand das Leben als einen schwarzen See, in dessen Tiefen, dort, wo es am dunkelsten ist, er hineingerissen werden wollte. Charlies Gemüt bekam aber einen weiteren Knacks, als er plötzlich erfuhr, daß er eine unheilbare Krankheit hatte. Eine Krankheit, die er von Anbeginn mit sich führte und die im Laufe seines Lebens immer schlimmer wurde. Wie gesagt: Sie war unheilbar!

Charlie sah nun wirklich keinen Sinn mehr, sein Leben weiterzuführen, und so bestieg er eines Abends den besagten Felsen.«

Mr. Wellhorn machte eine Pause, trank wieder diese blaue Flüssigkeit und ließ nach diesem Schluck ein erleichtertes ›AAHHH‹ aus sich herausstoßen.

Der Wärter blickte auf die Bodenplatten, deren Muster – geriffelt und ziemlich stark im Profil – ihn magisch anzogen. Es war, als wollte er sich durch diesen Blick in eine andere Welt versetzen – eine Flucht gewissermaßen. Charlies Geschichte beschäftigte ihn sehr, und für eine Zeit vergaß er das Schlucken, so daß er einen trockenen Hals bekam.

»Auf diesem Felsen also saß Charlie den ganzen Abend und betrachtete die untergehende Sonne, deren Einstieg in das Meerwasser er mit seinem eigenen Untergang gleichzusetzen pflegte. Wenn die Sonne in das Meer getaucht war, so nahm er sich vor, würde er ihr folgen und glaubte daran, im Meer sich mit ihr vereinigen zu können, auf diese Art in ein ›besseres Dasein‹ zu gelangen, nachdem er auf den Steinen zerschlug.

Die Sonne tauchte ins Wasser. Aber Charlie saß noch lange auf dem Felsen, der von der Dunkelheit langsam eingehüllt wurde. Ihm wurde kalt. Innerlich fror er ohnehin schon lange, nun begann er auch äußerlich zu zittern. ›Es genügt doch nur ein kleiner Schritt‹, dachte er, ›dann ist es getan!‹ So saß er noch eine Weile und beschloß, es in einer Stunde zu tun.

In dieser Stunde ließ er sein ganzes Leben noch einmal Revue passieren, so als würde er sich von jeder Szene – war sie auch noch so traurig – verabschieden wollen. Als er dann so einige Szenen durchlebt hatte, fragte er sich, warum er ›es‹ nicht schon eher getan hat. Dieser Frage aber ging Charlie nicht weiter nach, denn er wollte sich weiter seiner traurigen Vergangenheit widmen. Und so versank er in dieser Vergangenheit – Szene für Szene – und glaubte, eine richtige Entscheidung getroffen zu haben: Den Sturz.«

Der Wärter hielt seine Hände vor das Gesicht und ließ einen tiefen Seufzer in die Stille fahren, die, abgesehen von Mr. Wellhorns Stimme, nur von dem blubbernden Wasser, das außen gegen die Schiffswand klatschte, begleitet wurde. Dann nahm er die Hände von seinem trauererfüllten Gesicht weg und stützte sich mit ihnen auf der Sitzbank ab, so als wollte er sich aufrichten und aus seiner Versunkenheit wieder auftauchen. Stumm nickte er Mr. Wellhorn zu – ein Zeichen, daß er fortfahren konnte.

»Charlie saß noch lange auf dem Felsen. Er hatte so manche Szene in seiner Erinnerung wiederholt und sich gefragt, warum es nicht anders gekommen ist. Warum gerade er dies und das erlebte und warum ihn immer dieselben Schwierigkeiten verfolgten.

Er konnte sich diese Fragen nicht beantworten – schließlich wollte er das auch nicht. Er wollte ja nur die Dinge Revue passieren lassen, sich von ihnen verabschieden – und dann ›gehen‹ …

Als er dann glaubte, mit seinen Erinnerungen fertig zu sein, blickte er zum Himmel und betete ein letztes Mal. Er tat das sehr intensiv. Seine Gedanken flossen wie eine Wasserquelle in seinem Hirn, er brauchte nicht zu überlegen – von ganz alleine steuerten sich seine Gedanken in den schwarzen Himmel und siedelten quasi zu ihm über. Ja, es war geradezu so, als wollte Charlie sein geistiges Gut dem Himmel übergeben und sich somit nicht nur von der Last befreien, sondern auch sicher sein, daß ein Erbe – der richtige Erbe, der Himmel – alles übernimmt und weiterexistieren läßt.

Befriedigt, seine letzte Pflicht getan zu haben, blickte er kurz umher und wunderte sich, daß er ganz alleine auf dem Felsen stand – dort, wo doch sonst mehrere sich versammelt hatten. Dann blickte er nochmals zum Himmel, ein wirklich letztes Mal, und daraufhin schloß er die Augen.«

Der Wärter schüttelte den Kopf und fragte sich, woher Mr. Wellhorn das alles wußte. Denn, wenn er dabei gewesen ist – und so hörte es sich ja an – warum hat er den Selbstmord nicht verhindert? Der Wärter aber überlegte nicht weiter, weil Mr. Wellhorn wieder fortfuhr.

»Was denken Sie jetzt!?« fragte er den stillen Wärter.

Dieser richtete sich auf und blickte den Walfischmützen-Typ tief in die Augen. Dann stellte er die eben gedachte Frage: »Woher wissen Sie das alles? Es hört sich so an, als wären sie dabei gewesen! – Warum haben Sie den Selbstmord nicht verhindert?«

Mr. Wellhorn schwieg. Er machte keine Kopfbewegung. Nichts.

Diese Reaktion ließ den Wärter stutzig werden. Er glaubte plötzlich, daß er den wahren Kern dieses Mannes erkannt habe, und daß diesen Mr. Wellhorn jetzt Gewissensbisse plagten. War aber das die Erklärung, die er suchte? Die Antwort auf die Frage: Warum mußte diese Stadt zerstört werden?

Mr. Wellhorn ging ein paar Schritte im Boot umher, so ließ er die Stille gewähren und konnte sie stark wirken lassen.

Das Blubbern des Wassers verglich der Wärter mit den Geräuschen einer statischen Aufladung seiner Lieblingsschallplatte, die ihn immer in eine andere Seelenwelt brachte. Und so war es auch hier: Es war eine Geschichte, die ihn mitriß und in eine Stimmung versetzte, aus der er nicht ohne Weiteres heraustreten konnte.

»Schade, daß Charlie sich umgebracht hatte«, sagte der Wärter, »weiß man denn – wissen Sie denn, ob er schnell gestorben ist?«

Mr. Wellhorn schwieg noch immer, aber dann blickte er dem Wärter direkt in die Augen. »Sie denken«, sagte er, »Sie denken, daß ich dabei war und den Selbstmord verhindern hätte können?«

»Ja, liegt denn diese Frage so fern, daß Sie sie verwundert wiederholen müssen?«

»Sie wissen ja«, murmelte Mr. Wellhorn, »ich komme ...«

»Ja ja, Sie kommen vom Meer!« unterbrach der Wärter und schüttelte den Kopf. Gerade wollte er aufstehen, als Mr. Wellhorn ihn zurückwies:

»Sie müssen bleiben! Die Geschichte ist noch nicht zu Ende!«

Der Wärter wunderte sich. Der Tod ist doch immer das Ende, schließlich kann man nur einmal im Leben sterben! – Was gab es da noch zu berichten?

So setzte sich der Wärter wieder auf die Bank und wartete mit verschränkten Armen auf den Fortgang der Geschichte.

»Also, ich gehe auf Ihre Frage nicht ein. Es ist egal, ob ich dabei war oder nicht. Ich sage ja auch, daß die Bedeutung Ihrer Gedanken nichtig ist!«

Der Wärter wurde wütend und bekam das Gefühl, daß er nicht geschulmeistert, sondern bestraft wird. Bestraft von einem Kauz, der eigentlich selbst den Richterspruch verdiente! Und so war es nur die Neugierde, die ihn auf die Bank festsog und ausharren ließ.

»Meine letzten Worte«, so fuhr Mr. Wellhorn fort, »meine letzten Worte waren: ›Daraufhin schloß er die Augen‹! Ich sagte nicht, daß er sich hinunterstürzte! Ich sagte nur, daß er die Augen schloß, nachdem er den Himmel betrachtet hatte!«

Der Wärter blickte Mr. Wellhorn ungläubig an. Was war das für ein Spiel, daß dieser Walfischmützen-Typ da trieb?

»Charlie ist nicht tot?« fragte der Wärter zögernd und war gespannt von Kopf bis Fuß.

»Charlie blickte zum Himmel, wunderte sich, daß er ganz alleine auf dem Felsen stand, und daraufhin schloß er die Augen, um doch noch einmal in sich hineinzuhorchen.

Er hörte eine Stimme in seiner Seele, die ihn anrief. Eine Stimme, die sich befreit fühlte, weil Charlie seine Gedanken dem Himmel anvertraute. Eine Stimme, die endlich zu Wort kam und Charlie auch wirklich erreichte – oben, auf dem Felsen, in der schwarzen Nacht am Meer.

Charlie spürte mit einem Mal eine Macht von innen, die er zuvor nicht zu fühlen glaubte, und die, wie er annahm, von außen kam. Er wußte nicht, wie und was geschah, sondern er überließ sich diesem unbeschreiblichen neuen Gefühl, daß ihn durchfloß wie ein Grog bei einer Erkältung.

Diese neue Macht, die er wie gesagt zuvor nicht kannte, ließ ihn unsicher werden und bestärkte ihn in dem Wunsch, diesen elenden Felsen zu verlassen – allerdings lebend. Er war so durcheinander, er war so durchflossen von Leere und neuer Macht, daß er außerstande war, seinen letzten Schritt zu tun. Er wußte, daß er eine solch endgültige Tat nur in der Verzweiflung tun konnte, und diese Verzweiflung verspürte er nicht mehr. Die Macht, die er neuerdings spürte, ließ ihn sanft vom Felsen hinuntersteigen und seinen Kopf neue Gedanken tätigen. Charlie ging zu seinem Quartier und schlief sehr, sehr lange.

Am nächsten Tag stand Charlie spät auf. Als er auf das Meer blickte und die frische Luft einatmete, konnte er trotz größter Schlaftrunkenheit nicht mehr auf dieser

Insel verweilen. Er verstand auch nicht, welche Resignation ihn zu dem Felsen getrieben hatte. Er mußte sich noch über einiges klar werden.

In diesem Zustand, in einer Zwischenebene gewissermaßen, verließ er noch am selben Tag die Insel und besuchte ein anderes Eiland.«

»Das klingt ja wie ein Märchen!« sagte der Wärter und klatschte in die Hände.

»Sie glauben mir nicht?«

»Alles, was Sie bisher erzählten, ist nicht glaubhaft! Dieser fehlende Maschinenraum hier, der Antrieb durch tote Seelen, und überhaupt Ihre seltsamen Sprüche! Was denken Sie eigentlich, wer Sie sind? Und warum denken Sie, daß man Ihnen glaubt? Und außerdem: Wo liegt der Sinn in dieser Geschichte? – Schön, Charlie hatte seine Krise überlebt, und deshalb sagten Sie bestimmt auch, daß er ein Held war, weil er seinen eigenen Teufel besiegt hat – aber: Beantwortet das meine Fragen? Ich quäle mich mit dem Gedanken, warum diese Stadt zerstört werden mußte! Wieso hat Ihr U-Boot diese Blitze in den Himmel geschleudert? Warum geschah dieses unmenschliche Inferno!?«

Mr. Wellhorn lächelte in sich hinein.

»Ja glauben Sie denn, daß ich schon fertig bin mit meinem Vortrag?«

Da lehnte sich der Wärter zurück und ließ die Schultern wie eine müde Ente hängen. Da war es wieder, dieses Gefühl, geschulmeistert zu werden …

»Charlie«, fuhr Mr. Wellhorn fort, »Charlie lebte auf einem anderen Eiland. Dort vergaß er seine Trübsal, die vom Wind weggeblasen schien. Und weil der quälende

Wurm seiner Seelentragödie nicht mehr da war, wurde er fröhlicher und lernte deshalb neue Gleichgesinnte kennen, Gleichgesinnte, die dem Leben frohgestimmt waren. Charlie lernte auch das weibliche Geschlecht kennen …«

»Ja ja, die Liebe!« fuhr der Wärter dazwischen. »Die darf ja in keiner Geschichte fehlen!«

»Charlie heiratete. Er lebte glücklich auf dem Eiland und hatte seinen neuen Lebensabschnitt lieben gelernt. Niemals, so dachte er, niemals wollte er dem Felsen wieder so nahe sein – nicht mal in Gedanken!

Charlie war glücklich wie noch nie – und seine Frau war das auch. Sie erfuhr erst spät von seiner Vergangenheit, und das wiederum ließ das Band, das sie umhüllte, noch verbindlicher werden.

Charlie bekam Kinder. Es wurde eine sehr große Familie, die lebenslustig auf dem Eiland ihre Wege ging. Sie waren zu Scherzen aufgelegt und kosteten das Leben in vollen Zügen aus. Charlie war noch nie so glücklich wie in diesen Tagen. Er dankte dem Himmel, daß er noch am Leben war! Und das Beste war, daß seine Krankheit ebenfalls wie weggeblasen schien!«

Der Wärter wartete noch immer auf die Pointe dieser Geschichte. Er begriff nicht, was diese Story ihm bringen sollte. ›Charlie lebte doch jetzt glücklich, die Geschichte hatte doch längst ihr gutes Ende gefunden!‹ dachte er und atmete tief durch.

»Die Kinder Charlies wuchsen zu prächtigen Kerlchen heran, und diese Kerlchen wollten bald genauso kräftig werden wie ihr Vater. Es dauerte nicht lange, da übten sie sich im Kräftemessen und nutzten diverse Sportspiele, um ihre Kraft für das Leben zu trainieren.

Als sie dann noch größer wurden und auf den Ernst des Lebens vorbereitet werden mußten, war Charlie ihnen immer noch ein guter Lehrer. Er hatte viele gute Tips auf Lager und ließ alle daran teilnehmen, die zu seiner Familie gehörten.

Der Nachwuchs wurde bald endgültig erwachsen und war von der Vaterfigur kaum noch zu unterscheiden. Die ganze Gruppe wirkte stark und erdverbunden, und jeder hatte Ziele vor Augen. Charlie meinte immer, daß jeder Heranwachsende, aber auch jeder Ausgewachsene ein Ziel braucht, damit er nicht auf dumme Gedanken kommt. Charlie kannte sich da bestens aus …

So war also diese Familie in ihrer vollen Blüte, lebte ihr Leben mit höchstem Genuß und konnte sich nicht vorstellen, daß der Lebenskuchen nicht nur Rosinen hatte.«

Der Wärter nickte und versuchte Mr. Wellhorn dadurch mitzuteilen, daß er die Geschichte mit seinen Synapsen verstand, und daß es keiner weiterreichenden Ausführung bedurfte. Er sagte kein Wort. Jede neue Frage oder Aussage, das wußte der Wärter, würde eine neue Informationsquelle sprudeln lassen – und das bei der zuvor geglaubten Erkenntnis, in Mr. Wellhorn einen wortkargen Seebären vorgefunden zu haben.

»Charlie«, so fuhr Mr. Wellhorn fort, »Charlie konnte nicht ahnen, daß diese schöne Zeit sich ihrem Höhepunkt genähert hatte. Dem Höhepunkt der gleichbleibenden Hochstimmung. Und so war er sehr schockiert, als er sehr, sehr krank wurde.

Es war nicht seine alte Krankheit. Es war eine neue.

Charlie spürte, daß alles um ihn herum anders wurde, daß er damit verbunden starke Beschwerden hatte.

Schmerzen. Übelkeit. Es schien, daß seine Gliedmaßen nicht mehr in der Lage waren, ihn durch die Landschaft oder durchs Wasser zu tragen. Sein Mund war wie verwachsen und ließ das Essen sehr beschwerlich werden. Er wurde müder und müder, dabei wäre er fast verhungert.

Seine Familie konnte ihm nicht helfen. Sie waren genauso schlimm dran und dachten zunächst, sich bei ihm angesteckt zu haben. Schließlich war Charlie viel alleine unterwegs und hatte die Krankheit als erster bekommen.

Die Übelkeit und die Schmerzen wurden immer schlimmer, so daß alle zu schreien begannen. Dann, als sie das Gefühl bekamen, nicht mehr richtig atmen zu können, wußten sie, daß ihre letzte Stunde im Anmarsch war. – Für alle!

Nur, wie lange diese letzte Stunde dauern könnte, das wußten sie nicht.

Charlie erinnerte sich an den Felsen. Die grauenvollen Bilder und Gedanken von damals schlichen wie Gespenster in seinen Kopf zurück. Zwar hatte er sich damals vorgenommen, nie wieder an den Felsen zu denken – jetzt aber, wo er sich dieser Zeit ganz nahe fühlte, mußte er es doch tun.

Er erinnerte sich an seine Einsamkeit auf dem Felsen, an seine Blicke zum Himmel und an seine Gebete. Er dachte auch an die vielen anderen, die sich das Leben nehmen wollten und es irgendwann auch getan hatten.

Er spürte mit einem Grauen, wenn er sich damals um das Leben gebracht hätte, würde er diese Krankheit jetzt nicht erleben müssen – und seine Kinder hätte es zwar dann auch nicht gegeben, aber sie hätten dann eben auch nicht diese schwere Krankheit wie er.

Er fühlte sich hin- und hergeworfen zwischen Trauer und Schuld. Er wußte, daß diese Krankheit ihn und seine Familie langsam umbringen würde, und er wußte, daß es damals von dem Felsen aus ganz, ganz schnell gegangen wäre ...

Aber auf diesem Eiland gab es keinen Felsen, der so hoch war. Hier gab es nur lieblichere Landschaften, nicht aber so himmelkitzelnde Erhebungen. Sich dessen bewußt, daß er seinem Schicksal nicht entgehen konnte, fügte er sich dieser schweren Stunde, hockte sich auf den Boden und weinte die bittersten Tränen.

Es dauerte eine gewisse Zeit, die mit immer stärkeren Schmerzen erfüllt war. Auch die anderen aus Charlies Familie fügten sich ihrem Schicksal und hockten wie er auf dem Boden, der immer kälter zu werden schien – und weinten.

Dann, nach dieser schweren Stunde, die zäh und lang war, blickten sie nochmals zum Himmel, schnappten nach Luft – und erstarrten in ihrer toten Körperhülle.«

Der Wärter löste sich erst nach Minuten aus seiner wie gelähmten Körperhaltung, die ihn zu einer Steinfigur werden ließ. Dann atmete er tief ein und aus, blickte Mr. Wellhorn an und suchte nach den richtigen Worten. Aber er gab nur stotternd Wortfetzen von sich, die Mr. Wellhorn kalt ließen. Dieser Walfischmützen-Typ ging mit winzigen, schleichenden Schritten im U-Boot hin und her und verschränkte dabei die Arme. Er sagte nichts. Er ließ die Stille wirken, die sich immer wieder mit den Blubbergeräuschen des Wassers vermischte.

»Das … das ist ja traurig!« stöhnte dann der Wärter, um die Stille abzubrechen. »Dann war Charlie also doch tot!«

Mr. Wellhorn nickte und überprüfte ein Ventil. Dann ging er wieder langsam hin und her und sagte dann: »Charlie und seine ganze Familie – mausetot! – Und wollen Sie wissen, was das für eine Krankheit war?«

Der Wärter überlegte, ob er das wirklich wissen wollte. Die Geschichte war schon traurig genug, und eigentlich meinte er, daß es keiner weiteren Einzelheit bedurfte.

›Aber Mr. Wellhorn fragt nicht ohne Grund: Wollen Sie wissen …‹, dachte der Wärter, und er war sich sicher, daß ein ›Nein‹ ihn keineswegs vor Neuigkeiten verschonte.

Im Gegenteil. Wenn er ›Nein‹ sagen würde, müßte er vielleicht damit rechnen, daß Mr. Wellhorn vor sich hin murmelt und wieder irgendwelche Phrasen in den Raum schleudert, die dann neuen Gesprächsstoff brächten.

»Ja!« sagte der Wärter und war nun tatsächlich sehr neugierig.

»Es war Körpervergiftung!« kam es von Mr. Wellhorn wie aus der Pistole geschossen.

»Eine Vergiftung? – Warum hatte Charlie keinen Arzt geholt? Es gab doch sicher Krankenhäuser und Notaufnahmen!«

Mr. Wellhorn preßte die Lippen zusammen und blickte auf die geriffelten Bodenplatten. Dann kam er dem Wärter sehr nahe und sagte in etwas leiserem, aber sehr deutlichem Ton: »Weil es keine Krankenhäuser gab! Deshalb!«

»Keine Krankenhäuser?«

»Nein! Es gab nicht mal einen Arzt auf diesem Land!«
rief Mr. Wellhorn, der kurz darauf vorne im Bugbereich
des engen U-Bootes stand und sich gegen ein Rohr
lehnte.

»Warum hatte sich Charlie dann dort niedergelassen,
noch dazu mit Kindern, wenn es keinen Arzt gab? Das
ist doch unverantwortlich!«

Mr. Wellhorn blickte den Wärter mit stählernen Augen an, die ihn festzunageln schienen. Dann kam er
näher und setzte sich langsam auf die Bank gegenüber.
Die Ellenbogen auf die Oberschenkel abgestützt richtete
er seinen Blick wieder auf die Augen des Wärters und
fragte: »Möchten Sie ein Foto von Charlie sehen?«

›Wie sollte der schon aussehen?‹ fragte sich der Wärter
und malte sich nichts Besonderes aus. Aber er erinnerte
sich an die letzte Frage: ›Wollen Sie wissen …‹ und sagte
dann mit einem deutlichen Kopfnicken: »Ja! Zeigen Sie
mir sein Fotoalbum!«

Mr. Wellhorn ließ sich das nicht zweimal sagen und
schien das ›Ja‹ des Wärters erwartet zu haben. Geschwind holte er aus einer Ecke das bereitgelegte lederne
Buch hervor und durchblätterte es in schnellen Zügen.
Dann, nachdem er kurz zurückgeblättert und ein Bild
mit einem anderen verglichen hatte, nickte er und sagte:
»Hier! – Hier ist es, unser guter alter Charlie!«

Mit gestrecktem Arm überreichte Mr. Wellhorn dem
Wärter das lederne Buch und blickte ihn kritisch dabei
an.

Der Wärter nahm das Buch und schaute auf das große
Foto, das ihn erstarren ließ. Wie versteinert saß er auf
der Bank und ließ sich von diesem Bild einfangen, das

ihn magisch anzuziehen schien. Das Buch war schwer. Deshalb hielt er es mit zittrigen Händen. Dann schüttelte er mit dem Kopf.

»Nein«, sagte er, »Sie müssen sich irren – das ist das falsche Foto!«

Der Wärter schlug das Buch zu und legte es auf die Sitzfläche neben sich. Dann blickte er Mr. Wellhorn an, als wollte er sichergehen, daß er den Test bestanden hatte.

»Sie glauben mir nicht?« fragte Mr. Wellhorn, ergriff das Buch und schlug die Seite mit dem Foto von Charlie wieder auf. Dann richtete er das Buch so, daß der Wärter Charlies Abbild nochmals gut erkennen konnte.

»Sie glauben mir nicht?« fragte er den beleidigt wirkenden Wärter.

»Nein! Sie wollen mir doch wieder irgendwelche Märchen erzählen, Sie wollen mir Phrasen aufsagen und meinen Fragen aus dem Weg gehen! Ich will aber wissen, warum die Stadt unterging und warum Sie mit Ihrem U-Boot das alles angestellt haben! Ich will wissen, wieso ich der einzige bin, der das heil überstanden hat – und Sie erzählen mir eine Geschichte, die nicht einen Funken verrät! – Und dann dieses dämliche Foto hier!«

Der Wärter schaute wie ein beleidigtes Waschweib zur Seite, nicht nur, um Charlies Foto aus dem Weg zu gehen, sondern auch, um den Blicken dieses Walfischmützen-Typs auszuweichen.

Aber gehen wollte er noch nicht. Ihn reizte trotz aller Wut diese Situation und er meinte, wenn er noch ein Weilchen bliebe, würde er vielleicht doch noch etwas erfahren.

Mr. Wellhorn drehte sich um und klopfte gegen die dumpf klingende Stahlwand.

»Sehen Sie«, sagte er, »in Ihrem Kopf kreisen immer noch Gedanken, deren Bedeutung nichtig ist!«

Der Wärter fühlte sich gedemütigt. Dann stand er auf, um in gleicher Augenhöhe mit diesem Mr. Wellhorn reden zu können, und stützte seine Hände auf die Hüftknochen. Dann atmete er tief ein, als wollte er Mr. Wellhorn umpusten.

»Sie wollen mir doch nicht«, rief er sehr energisch, »Sie wollen mir doch nicht weismachen, daß dieser Charlie eine Strandkrabbe war!«

Mr. Wellhorn schwieg. Wie eine Betonsäule schien er auf den Bodenplatten verwurzelt.

»Doch!« sagte er dann. »Doch, natürlich!«

Der Wärter verließ sofort das U-Boot. Mit sicheren Handgriffen hangelte er sich die Stahlleiter hinauf und brachte sich durch das Turmluk an die frische Luft.

Er sprach kein Wort. Mit keiner Silbe hatte er sich von Mr. Wellhorn verabschiedet, schweigend kletterte er über das Deck auf die Rampe und ging über das noch immer verwüstete Hafengelände durch die noch immer zerstörte Stadt.

Er lief ziellos. Zwar wollte er eigentlich nach Hause, zwar wollte er dem infernalischen Stadtbild aus dem Wege gehen – eigentlich –, jetzt aber konnte er solchen Zielen nichts abgewinnen. Nicht nur, daß die Enge im U-Boot ihn zu einem gewissen Bewegungshunger verholfen hatte, er wollte sich auch die angestaute Frustration aus dem Körper rennen, und so wurde sein zielloses Gehen zu einem ziellosen, schnellen Laufen.

»So ein Idiot!« rief er in die stille Stadt. »So ein Wichtigtuer, Bastard! Was bildet der sich ein!? Ist der noch bei Verstand? – Verdammte Scheiße!«

Vor Wut trat der Wärter gegen eine Sitzbank, die um vieles größer war als die im U-Boot. Da diese Bank aber mit Betonfundamenten im Erdreich verankert war, schaffte er es nicht, sie umzustoßen, deshalb schmerzte sein Fuß erheblich. Humpelnd schleppte er sich weiter und stand dann vor seinem alten, kaputten Leuchtturm.

»Mögen die Synapsen mit Ihnen sein!« murmelte er nachäffend Mr. Wellhorns Worte in Richtung Meer.

Der Wind, der ihm ins Gesicht blies, wollte die Worte nicht in die Weite lassen, er drückte sie in die Stadt zurück und schien mit einem Brummton zu antworten. Eine Antwort, die so stark war, daß sie dem Wärter den Atem nahm.

Der Wärter kehrte um. Die frische Luft am Meer hatte ihm Kraft gegeben, und so wollte er nach Hause gehen.

Er überlegte, wie realistisch Mr. Wellhorns Geschichte über die Krabbe Charlie war. Er hatte zwar schon Krabben gesehen, auch mit ihnen gespielt, daß sie aber Familien gründeten, war ihm neu. Überhaupt war die ganze Geschichte krabben-untypisch. Seit wann können Krabben beten?

So trottete er kopfschüttelnd durch die Straßen, bis er den Berg hinauf kam und schließlich vor seinem Haus stand.

»Mögen die Synapsen mit Ihnen sein!« murmelte er nochmals und verschwand hinter der Tür.

Die Nacht des Wärters war unruhig und voller Träume.

Immer wieder wachte er schweißgebadet auf und mußte sich im Bad erfrischen. Sein Schlafanzug triefte vor Nässe.

Dann, als er in den Spiegel schaute, erblickte er ein blasses Gesicht, dessen Haut wie verschobene Sandsäcke aussah.

Nach der Erfrischung legte er sich wieder in das Bett, ließ die Decke aber halb weggezogen, um sie bei offenem Fenster noch etwas auslüften zu lassen.

In seinem Kopf kreisten die Gedanken wie in einem Wasserwirbel. Sie schienen sich immer schneller um das Loch zu drehen, das in seinem Hirn entstanden war. Er fragte sich nicht nur die alten, bekannten Dinge, die ihn ja schließlich zu Mr. Wellhorn gebracht hatten, sondern es beschäftigte ihn auch der neue Teilnehmer in diesem Spiel: Die Krabbe Charlie!

Zwar hatte er diese Geschichte als krabben-untypisch bezeichnet, trotzdem ließ ihn das Schicksal dieses mit einem Panzer versehenen Tieres nicht mehr los. Wie hätte er bei der Schilderung Mr. Wellhorns erkennen können, daß dieser von einem achtbeinigen Wesen sprach?

Warum hatte er es überhaupt so spannend gemacht? Mr. Wellhorn hätte doch gleich zu anfangs erklären können, daß er eine Strandkrabbe meint!

Hatte er aber nicht. Er hatte es so gemacht, daß der Zuhörer sich einen Menschen unter Charlie vorstellte – und keineswegs die Krabbe Charlie! Und er hatte nicht erzählt, *woher* die Körpervergiftung kam!

Mit dem Gefühl, wieder in etwas gelockt worden zu sein, das ihn wieder nicht das Kapitel schließen läßt, überließ er sich seinem Bett und versuchte trotz allem einzuschlafen.

Es gelang ihm nicht. Auch, wenn er hin und wieder eindöste und tatsächlich zu schlafen glaubte, wachte er immer wieder schweißgebadet auf und begab sich in das Bad.

Dieser Charlie hatte ihn trotz aller Unglaubwürdigkeit festgenagelt, und er fühlte, daß er aus dieser Lage nicht mehr herauskommen würde.

Wenn er einen Schlußstrich ziehen wollte und das Tauchboot zu vergessen versuchte, fühlte er im Magen den Druck der nicht erledigten Verpflichtungen, und die Frage, warum die Stadt zerstört wurde, stieg gleich einem mit Wasser gefüllten Luftballon in seinem Darm hinauf.

Wenn er sich vornahm, Mr. Wellhorn nochmals zu besuchen, fürchtete er, seine Zeit zu verschwenden und wieder festzustellen, ohne Ergebnis nach Hause zurückzukehren.

Der Wärter dachte sodann, daß die Beschäftigung mit diesem Charlie vielleicht schon das Ergebnis war, das Mr. Wellhorn in seinen Leuchtturmwärter-Kopf einpflanzen wollte. Vielleicht war das sogar eine Mission von diesem Walfischmützen-Typ!? Eine Mission, deren Geheimnis nicht offenzulegen war…

Der Wärter schüttelte seinen Kopf und schlug sich diese Gedanken aus dem Hirn. Er fühlte, daß er zu müde und zu verwirrt war, um einigermaßen Klarheit zu bekommen.

›Morgen‹, so dachte er, ›morgen früh sieht alles besser aus!‹

Und so deckte er sich zu und bemühte sich, eine Ablenkung herbeizuschaffen, indem er seine Erinnerungen aus der Kindheit wie einen Kinofilm vor seine Augen zauberte. Diese Fantasie ließ ihn müder werden, und so kam er mit seinen Vorstellungen nicht weit. Gerade noch die erste Klassenarbeit konnte er in seinen nächtlichen Tagträumen ins Gedächtnis rufen, dann kippte sein Kopf zur Seite und ein sägendes Schnarchen lag in der Luft.

*

Am nächsten Morgen kitzelte wieder die Sonne die Nase des Wärters, der sich in dieser Minute vornahm, nicht zu spät aufzustehen. Aber das war verdammt schwer. Noch immer war sein Körper den alten Rhythmus auf dem Leuchtturm gewöhnt, noch immer fühlte er den Drang, am Tage zu schlafen und nachts zu arbeiten. Trotzdem streckte er sich und schob die Bettdecke weg, um gleich darauf seine Füße in die Hausschuhe zu schieben. Müden Schrittes schlurfte er ins Bad, duschte und bereitete sich danach das Frühstück in der Küche zurecht.

Er aß viele Scheiben. Den Tee ließ er nicht lange ziehen und trank ihn durstig aus. Dann, nach einer kurzen Besinnungspause, ging er zum Fenster und wagte zaghafte Blicke in die verwüstete Stadt.

Wie lange noch würde dieser Ort so bleiben? Wann würden neue Menschen diese Stadt bevölkern?

Der Wärter wünschte sich, daß die Ruinenstadt nur eine Wahnvorstellung war, deren Realität nur ungültig sein durfte. Ein Scherzbild, das von selbst verschwindet. Irgendwann.

Sich klar darüber werdend, daß dieser Wunsch unerfüllbar ist, zog er sich seinen Mantel an und ging hinaus. Hinaus auf die Straße, die noch immer unaufgeräumt und menschenleer war.

Wieder wurde sich der Wärter bewußt, wie alleine er in dieser Stadt war, und nach einiger Zeit fühlte er sich so alleine wie Charlie. Aber eines wußte er dabei: Er würde sich nicht umbringen, und er würde rechtzeitig etwas unternehmen, wenn er eine Vergiftung bekommen sollte. – Vorausgesetzt, er hätte eine Chance dazu.

Der Wärter hatte keine Ahnung, wohin er gehen sollte. Würde ihm ein Spaziergang – vielleicht am Strand – etwas bringen? Oder sollte er die Umgebung außerhalb der Stadt erkunden, die sich ebenfalls verändert haben mußte?

Der Wärter spürte, daß er nur um seinen Gedanken aus dem Weg gehen zu können, die Bleibe verließ und daß ihm frische Luft beim Gehen gut tat. Aber etwas anderes spürte er auch: Nämlich den heimlichen, sich selbst nicht zugebenden Wunsch nach Mr. Wellhorns U-Boot und seinen Geschichten.

Die Krabbe Charlie …

Dieser Mr. Wellhorn hatte es verstanden, ihn wieder neugierig zu machen. Er hatte mit seinem Tauchboot, dem Wellhornboot, nicht nur die Macht über die Kräfte der Natur, sondern auch über das Seelenleben. Schließlich fuhr ja sein U-Boot auch mit den toten Seelen der Wellhornschnecken …

Dem Wärter wurde klar, daß sich seine Gedanken

wiederholten und daß sie, würde er jemandem davon genauso oft erzählen, wie sie in seinem Kopf herumtanzten, dieser Zuhörer sich bald langweilen müßte. Er spürte, daß er keine Ruhe bekam, und er fühlte die Verbindlichkeit.

Deshalb änderte er seinen Kurs und ging durch die Ruinenstadt in Richtung Hafen. Dabei fürchtete er, daß das Wellhornboot ja irgendwann – vielleicht schon heute – weggefahren sein könnte, und er so ohne Befriedigung seine gequälte Seele spazieren tragen müßte.

So wurden seine Schritte immer schneller, und fast schien es, daß er zu rennen begann. Da aber die Straßen noch immer mit Trümmerteilen versperrt waren, konnte er dem Drang, am liebsten schon gestern bei dem Tauchboot angelangt zu sein, nicht folgen. Oft mußte er ausweichen und sich einen neuen Weg suchen. Und so stand er dann nach einigen kleinen Umwegen im Hafen und erblickte erleichtert das Wellhornboot.

Aber er sah auch etwas anderes: Nämlich einen Mann mit einer Kapitänsmütze, der direkt vor dem U-Boot auf dem Asphalt stand und der seinen Blick davon nicht mehr abwenden konnte.

Der Wärter ging langsam zu diesem Mann hin, der zunächst nur seinen Rücken präsentierte. Er wurde unsicher. Irgendwie glaubte er, Mr. Wellhorn etwas anders in Erinnerung zu haben. Sollte der Wärter über Nacht ein falsches Bild von Mr. Wellhorn bekommen haben, das seine Wahrnehmung getrübt hat? Sollte dieser Mr. Wellhorn sich tatsächlich verändert haben – er, der doch ohnehin schon merkwürdig genug schien …

Dann, als der Wärter dicht genug vor diesem Kapitän stand, drehte sich der Mann blitzartig um. Er schien den Wärter gehört zu haben, schließlich war es still im Hafen, und so konnte sich jeder Schritt in sein Gehör eingraben.

Stumm blickten sich zwei Augenpaare an.

Dem Wärter wurde mulmig. Er wußte nicht, ob er sich freute oder ob er eine Unheimlichkeit spürte. Denn er wußte in diesem Augenblick, daß er nicht der einzig Überlebende war. Vor ihm stand ein anderer Kapitän, der genauso darüber überrascht schien, daß es außer ihm noch einen weiteren gab, der sich in dieser Ruinenstadt aufhielt.

»Wer sind Sie?« fragte der Wärter mit zittriger Stimme, denn er glaubte zunächst, in diesem Mann einen Partner von Mr. Wellhorn zu erkennen, von dessen Existenz er bisher nichts wußte.

»Das Gleiche wollte ich Sie auch gerade fragen!« erwiderte der Kapitän, der seine Mütze zurechtschob und dessen Gesicht eine Mischung aus Freude und Skepsis verriet.

»Ich bin der Leuchtturmwärter dieser Stadt. Zwar ist der Leuchtturm zerstört, aber ich wohne trotzdem noch hier, weil mein Haus unbeschädigt blieb.«

»Interessant!« gab der Kapitän zurück. »Und wer – glauben Sie – bin ich?«

Der Wärter fand diese Frage unverschämt. Schließlich hatte er sich vorgestellt und hatte ein gewisses Recht, zu erfahren, wer sein Gegenüber war.

»Nein!« sagte der Wärter. »Ich rate Ihren Namen nicht. Sie können mir ruhig verraten, wie Sie heißen!«

Der Kapitän schaute zu dem großen Schiff, dem Tanker, und wendete dann seinen Blick auf den Leuchtturmwärter, der diesen Blickwechsel sofort registriert hatte. »Ich bin der Kapitän von der da!« sagte der Mann und zeigte auf den alten Pott.

Der Wärter blickte auf die wellige Schiffswand und entzifferte den Schriftzug. ›Tanker Oila ZA-Q7‹ hatte er sich zuletzt in sein Notizbuch eingetragen …

»Sie sind der Kapitän der Oila?«

»Ja, genau. Von der Oila!«

»Wie haben Sie das Inferno hier erlebt?« fragte der Wärter sichtlich verwirrt. »Vor allem, wie haben Sie *überlebt*?«

Der Oila-Kapitän blickte auf den Asphalt und ließ seinen Fuß mit einem Kieselstein spielen. Dann kickte er ihn in Richtung Wasser – doch da er sich verzielte, flog der Stein nicht in das Wasser hinein, sondern auf das Deck des Wellhornbootes, das den Aufprall mit einem blechernen ›Plong‹ quittierte.

»Eine gute Frage!« sagte der Oila-Kapitän und kratzte sich dabei die Nase, als wollte er vor Scham sein Gesicht verdecken.

Der Wärter verstand das nicht. Zwar war ihm klar, daß seine Frage tatsächlich gut war – nur wie konnte man darauf eine solche Antwort geben?

Der Wärter schwieg. Dann, nachdem der Oila-Kapitän tief Luft geholt hatte und diese ausblies, als wollte er sein Lungenvolumen testen, rückte er nochmals seine Kapitänsmütze zurecht und fing an zu erzählen:

»Ich bin schon einige Tage hier. Und ich werde hier wohl auch noch eine Weile bleiben. Mein Öltanker erwartet noch eine Lieferung. Es waren sowieso ein paar Tage hier im Hafen einkalkuliert – wenn ich mir das alles aber hier so ansehe, glaube ich, daß es eher ein paar Wochen werden!«

Der Wärter nickte. Das Inferno mußte alles lahmlegen.

»Und wie haben Sie nun das alles überlebt?« fragte er nochmals bohrend, weil ihn diese Frage wie eine Daumenschraube umklammerte.

»Wie ich das überlebt habe? – Wie soll ich denn das wissen! Da müssen Sie meine braune Flasche fragen, die ist immer dabei!«

Der Wärter stutzte: »Braune Flasche?«

»Hmm. – Braune Flasche. – Ich trinke hin und wieder Alkohol. Na ja, eigentlich den ganzen Tag über. Eigentlich immer wieder zwischendurch …«

»Sie als Kapitän eines Öltankers trinken Alkohol?« argwöhnte der Wärter erstaunt, weil er glaubte, ein Schiffsführer müsse immer einen klaren Kopf behalten.

»Na was meinen Sie denn, wie das Leben auf einem solchen Pott ist, hä? Draußen ist das Meer aufgewühlt, der kalte Wind bläst ins Gesicht, und wenn ich dann wochenlang unterwegs bin, muß ich mich aufwärmen! Das macht jeder!«

Der Wärter nickte zögernd. Er verstand es ja irgendwie, schließlich erlebte er die See auch jeden Tag und war für eine innere Erwärmung immer dankbar.

›Aber wenn jemand immer wieder Alkohol trinkt‹, so dachte der Wärter, ›noch dazu, wenn dieser ›Jemand‹ eine große Verantwortung hat, dann quält ihn ein Problem.‹

146

»Ich möchte davon ausgehen, daß Sie sich Ihrer Verantwortung bewußt sind – ich spreche da aus eigener Erfahrung, schließlich verlangt mein Beruf als Leuchtturmwärter ebenfalls eine große Aufmerksamkeit!«

»Sie sagen es!« versuchte der Oila-Kapitän zu beschwichtigen. »Sie sagen es!«

»Sie wollen also andeuten, daß Ihre braune Flasche Alkohol Sie so tief in den Schlaf gezogen hatte, daß Sie von dem Unwetter nichts mitbekamen?«

»Hier an Land bin ich doch gut aufgehoben! Hier liegt meine Oila und ich muß nichts bewegen! Was wollen Sie!? Sind Sie nebenberuflich Polizist oder Priester?!«

»Nein, nein!« erwiderte der Wärter. »Verzeihen Sie, ich bin etwas aufgerieben. Das Unwetter hatte mich im Leuchtturm überrascht und wie durch ein Wunder bin ich noch am Leben. Dann ging ich den Hafen entlang und sah die Verwüstung – und ich sah, daß ich der Einzige bin, der überlebt hat … dachte ich jedenfalls …«

»Ich war auch schockiert, als ich das Chaos sah. Es stinkt ja immer noch nach Müll. Und das, obwohl der Wind alles wegblasen müßte!« sprach der Oila-Kapitän.

»Ja ja, der Wind. Für gewöhnlich sorgt ja auch der Wind für ein bewegtes Meer!« Der Wärter blickte heimlich auf das Wellhornboot.

»Für gewöhnlich?« wiederholte der Oila-Kapitän mit einem skeptischen Blick.

»Ich weiß«, sagte der Wärter mit zögernder Stimme, »ich weiß, daß dieses U-Boot hier damit etwas zu tun hat. Und ich kann den Besitzer dieses Bootes noch nicht richtig einschätzen.«

Der Oila-Kapitän schwieg. Er erinnerte sich, daß er gerade erst ebenfalls von diesem Tauchboot in den Bann gezogen wurde.

»Dann gibt es also doch noch jemanden Dritten, der überlebt hat?«

»Der Täter überlebt doch meistens ...« erwiderte der Leuchtturmwärter und bereute in diesem Augenblick seine Aussage, weil er einen Verdacht, eine Schuldmöglichkeit offen geäußert hat. – Gegenüber jemandem, den er ebenfalls noch nicht richtig kannte.

»Dann müssen Sie mir davon erzählen!« forderte der Oila-Kapitän ihn auf. »Sie machen mich sehr neugierig!«

»Als ich nach dem Unwetter zu diesem U-Boot kam, sah ich aus seinen Fenstern Blitze zischen. Das Wasser um dieses Tauchboot herum dampfte. Die Schiffe waren alle zerstört und woanders hingetrieben worden – so wie jetzt. Nur Ihr Kahn, Ihre schwere Oila blieb im Hafen liegen. Ich hatte Balken und Fahrräder auf Ihrem Schiff entdeckt, die das Meer dort hingewirbelt hat. Die Schiffswand war genau wie jetzt noch wellig und verrostet.«

»Blitze?« fragte der Oila-Kapitän.

»Ja, Blitze. Sie verblaßten dann bald, aber ich konnte sie gut erkennen. Und sehen Sie: Das U-Boot hat keinen Kratzer!« Der Wärter war froh, nun einen neuen Gesprächspartner zu haben.

»Ja ja, das stimmt. Nicht eine Schramme! Wie konnte das bloß so kommen!?«

»Wenn ich das nur wüßte!« entgegnete der Wärter. »Ich weiß aber in jedem Fall, daß es hier nicht mit rechten Dingen zugeht!«

Der Oila-Kapitän schwieg und betrachtete sich das U-Boot mit skeptischem Blick. Dann atmete er wieder tief durch und blies die Luft aus seinen Lungen, als wollte er ausprobieren, ob sich das U-Boot wie ein Papierschiffchen wegpusten ließ.

»Sie brauchen sich keine Hoffnung zu machen!« erklärte der Wärter. »Dieses Tauchboot ist verhext! Es hat keinen Maschinenraum, es blitzt aus den Fenstern, und der Besitzer sagt ständig, daß er vom Meer kommt!«

»Vom Meer? – Wir kommen doch alle irgendwie vom Meer! Das ist vielleicht nur so ein Spruch, eine Metapher!« versuchte der Oila-Kapitän den Wärter zu beruhigen.

Der Wärter nickte und fühlte, daß es der Boots-Besichtigung bedurfte, um diesen Oila-Mann zu überzeugen, dessen Blick wegen der Wirkung der braunen Flasche etwas unklar wirkte.

»Keinen Maschinenraum, sagen Sie?« fragte er den Wärter, der wieder nickte und den Mann still ansah. »Womit fährt denn dieses U-Boot dann?«

»Womit dieses U-Boot fährt?« Der Wärter tat so, als hätte er die Frage nicht verstanden.

»Ja, mit Benzin oder sonstigem Treibstoff kann es ja nicht fahren! Auch Kohle geht nicht ohne Maschinenraum!«

»Das lassen Sie sich mal am besten von Mr. Wellhorn erklären – der kennt sich da bestens aus!« entgegnete der Wärter und zauberte sich ein triumphierendes Lächeln ins Gesicht.

»Mr. Wellhorn? – Ist das der Heimatführer hier in dieser Stadt?«

»Nein, nein. Mr. Wellhorn ist der Besitzer von dem Wellhornboot!«

»Wellhornboot?«

»Von diesem U-Boot hier! Es ist das Wellhornboot! Und der Kapitän heißt Mr. Wellhorn!« erklärte der Wärter und blickte wie ein nervöses Kind auf die Wulst des Tauchbootes.

Der Oila-Kapitän grinste: »Wissen Sie was? Vielleicht hat das U-Boot ja deswegen keinen Kratzer, weil es möglicherweise abgetaucht ist, während es hier draußen wütete!«

»Abgetaucht im Hafenbecken? Einfach so? – Und wieso zuckten dann die Blitze aus den Fenstern? Und der Wasserdampf? – Nein, nein. Dieses Tauchboot ist der Urheber für dieses Elend hier, und ich mußte mir außerdem noch die Geschichte von Charlie anhören!«

»Sie machen es aber spannend. Erst Wellhornboot, dann Mr. Wellhorn – und jetzt ›Charlie‹! Wer ist denn das jetzt schon wieder?«

»Charlie war ein Selbstmordkandidat«, erklärte der Wärter, »Charlie hatte sich auf einer Insel verkrochen, um sich mit den anderen vom großen Felsen herunterzustürzen. Dann, als er gebetet hatte und er dem Himmel alles anvertraute, was ihn beschäftigte, fühlte er eine innere Wendung und verließ die Insel lebend.«

»Das ist doch prima! Das ist eine gute Geschichte!«

»So, meinen Sie? – Nun gut, also Charlie hatte sich verliebt und eine Familie gegründet. Sie hatten viele Kinder, die zu starken Typen heranwuchsen. Und dann kam die Vergiftung. Die hatte dann alle dahingerafft und so starb die ganze Familie mit höllischen Qualen. So auch Charlie.«

Der Oila-Kapitän blickte den Wärter mit großen Augen an und wunderte sich. Dann, als er stammelnd nach Worten suchte, unterbrach ihn der Wärter:

»Sie müssen wissen, Charlie war nicht irgendwer. – Charlie hatte acht Beine!«

»Acht? – War die Vergiftung so schlimm?«

»Schlimm war sie. Aber sie war nicht die Ursache für die acht Beine. – Charlie war eine Strandkrabbe!«

Der Oila-Kapitän schüttelte den Kopf und glaubte, einen Irren vor sich zu haben. »Eine Strandkrabbe? – Sie scherzen!«

»Wenn hier einer scherzt, dann ist es dieser Mr. Wellhorn. Ich fragte ihn, warum das Inferno hier geschah, und er holte mich ins U-Boot hinein und erzählte mir nichts weiter als Märchen. Und die Geschichte von Charlie. – Ich weiß immer noch nicht, weshalb alles zerstört werden mußte.« Dabei wischte sich der Wärter die Augen trocken, es durchwühlte seine Seele, daß er alles noch einmal in Erinnerung rief und es laut vor jemandem aussprach.

Der Oila-Kapitän atmete tief durch, blickte benommen auf den Fußboden und resümierte daraufhin:

»Vorhin stand ich auf diesem Asphalt hier und blickte auf das U-Boot. Jetzt, wo ich etwas mehr weiß, denke ich, daß ich auf eine Teufelsmaschine gucke.«

»Das«, sagte der Wärter, »das fühlten auch die anderen Stadtbewohner, die das U-Boot vor der schlimmen Nacht gesehen hatten!«

Genau in diesem Augenblick quietschte das Turmluk und ein bärtiges Gesicht mit Pfeife zeigte sich.

»Tag, Herr Wärter!« rief Mr. Wellhorn dem linken der

beiden Männer zu. »Wenn Sie so weitermachen, müssen Sie sich bald ein Boot oder einen Wohnwagen mieten! Dann ist der Weg zu meinem U-Boot nicht mehr so weit!«

»Das«, flüsterte der Wärter dem Oila-Kapitän zu, »das ist Mr. Wellhorn!«

»Wer sind Sie?« fragte Mr. Wellhorn den Oila-Mann, der wie angewurzelt stehen blieb.

»Ich … ich bin der Kapitän der Oila! Von dem Öltanker! Quasi Ihr Nachbar!« rief er mit tiefer Stimme, die trotz aller Seebärigkeit nervös klang.

»Soso. Oila. Tanker. – Öl also. – Na schön.« murmelte Mr. Wellhorn gerade noch so, daß es seine beiden Zuhörer mitbekommen konnten.

»Brabbelt der immer so in sich hinein?« fragte der Oila-Kapitän den Wärter.

»Sie werden noch Ihr blaues Wunder erleben!« erwiderte der Wärter, der sich ein kleines Grinsen nicht verkneifen konnte. Irgendwie schien er sich auf einmal in der Rolle, Mr. Wellhorn persönlich zu kennen, doch wohl zu fühlen. Zwar hatte ihn dieser Walfischmützen-Typ immer genervt, doch jetzt, wo er einen Partner hatte, noch dazu einen Kapitän, fühlte er sich sicher, war sogar etwas stolz und es juckte ihn sehr stark, die Rolle Mr. Wellhorns zu übernehmen und das Boot von innen zu zeigen. Er lebte in zwei Welten.

So wußte der Wärter auf einmal nicht, zu wem er sich mehr hingezogen fühlte. Zu dem Kapitän der Oila, der eine gute Rückendeckung bieten würde, um die Attacken von Mr. Wellhorn abzuwehren, oder zu diesem Walfischmützen-Typ, der doch so ganz anders war als der

Durchschnittsmensch und trotz seiner Unheimlichkeit interessant wirkte und neugierig machte.

»Wollen Sie beide nicht an Bord kommen?« fragte Mr. Wellhorn mit prüfendem Blick.

»In diesen Blecheimer? Der ist doch viel zu eng!« erwiderte der Oila-Kapitän. »Da bekomme ich bestimmt Platzangst!«

»Mein U-Boot ist anders. Es kann überall hin. Und ich komme vom Meer!«

»Sehen Sie«, sagte der Wärter zu dem Oila-Mann, »sehen Sie, jetzt kommen seine Phrasen!«

Der Oila-Kapitän nickte stumm. Aber er konnte es nicht erwarten, ins U-Boot hineinzugehen. Seine Platzangst hatte er nur vorgeschoben, um eine Reaktion zu testen. Das Tauchboot reizte auch ihn, es hatte ihn wie zuvor den Wärter gefangengenommen und wie eine Droge eingelullt. Und das, obwohl – oder vielleicht weil – es die magischen Kräfte der Katastrophe besaß, und man dem kleinen Wellhornboot eben dies nicht zutraute.

Die beiden Männer waren nicht zu bremsen. Wie neugierige Jungs gingen sie über die Rampe und standen dann auf dem Deck des Wellhornbootes. Sogar der Wärter fühlte dieses Kribbeln im Bauch, obwohl er ja schon alles gesehen hatte. Wahrscheinlich war es die Neugierde, wie ein anderer gestandener Kapitän die Merkwürdigkeiten dieses Tauchbootes mitsamt seinem Besitzer aufnahm. Und so freute sich also auch der Wärter wie ein kleines Kind.

Mr. Wellhorn wies die beiden ein: »Jetzt, wo wir nicht mehr zu zweit, sondern zu dritt in diesem U-Boot sein werden, gibt es noch ein paar Dinge zu beachten:

Machen Sie keine ruckartigen Bewegungen! Schauen Sie genau hin, wohin Sie Ihre Füße setzen! Und passen Sie auf Ihren Kopf auf! Und vor allem: Fassen Sie nicht die alten Bücher an!«

Der Wärter staunte. Genau diese Informationen, die ja Warnungen sind, hätte auch er bekommen müssen, als er das erste Mal in den Bauch des Wellhornbootes stieg. Nur ein ›es ist eng hier‹ bekam er zu hören, und er mußte alleine mit der Leiter klarkommen, die urplötzlich in der Luft aufhörte. Und was hatte es mit den Büchern auf sich?

Auch der Oila-Kapitän spürte das Kribbeln. Seinen Tanker fand er ja schon besonders, aber ein U-Boot, das war mal etwas anderes …

Die beiden Männer – als erster der Wärter – folgten Mr. Wellhorn, der sich an der kalten Leiter durch den Turm in das Innere hangelte. Dann, als auch der Wärter auf den Bodenplatten stand und zur Seite wich, damit der Oila-Mann folgen konnte, beobachtete er gespannt die Schritte des Tanker-Kapitäns. Auch dieser Mann wußte nicht, wie er sich in der Luft bewegen sollte, und so knallte er mit seinen schweren Schuhen auf die Bodenplatten, die mächtig schepperten.

»Sie hätten die seitlichen Leisten nehmen müssen, dann wären Sie sanfter angekommen!« sagte Mr. Wellhorn zu dem irritiert blickenden Mann, der trotz seiner Seemannserfahrung der Leiter einen abwertenden Blick zuwarf und unsicher schien.

Der Wärter schmunzelte. Er erinnerte sich an die Stunde, in der auch er auf den Boden geknallt war, und freute sich insgeheim, daß er - ähnlich wie bei einem

Film, den man sich ein weiteres Mal ansieht - eine Wiederholung erlebte.

Mr. Wellhorn lehnte sich ans Steuerrad und fixierte die Kompaßnadel. Dann wanderte sein Blick vom Wärter zum Oila-Mann.

»Sie fahren Öl über die Meere spazieren?« fragte Mr. Wellhorn seinen Neuling.

»Ja, Öl. In meinem Tanker!«

»Und Ihr Schiff ist auch richtig gut?«

»Wie meinen Sie das?« fragte der Oila-Kapitän mit forscher Stimme.

Mr. Wellhorn machte ein nachdenkliches Gesicht: »Na, ist Ihr Schiff auch so richtig gut?«

Der Oila-Kapitän wußte nicht, was er darauf antworten sollte. Schließlich würde eine Wiederholung der Frage im fast selben Wortlaut keine neue Sichtlage bringen. Und weil er sich darunter nichts vorstellen konnte, sagte er:

»Unsere Öltanker sind immer gut! Wir fahren schon viele Jahre zur See und wir kennen uns aus!«

»Soso. Auskennen tun Sie sich. Schon viele Jahre. – Wenn ich mir Ihren Pott so ansehe, glaube ich Ihnen das mit den vielen Jahren!« erwiderte Mr. Wellhorn und putzte seine Pfeife, die er anschließend in einer Halterung aus Holz stellte.

»Warum«, fragte dann der Oila-Mann, »warum sollen wir nicht die alten Bücher anfassen!?«

Mr. Wellhorn machte ein finsteres Gesicht, so als würden sich alle Stürme und alle schwarzen Gräber der verschlingenden See in seinem Kopf treffen und ein Spektakel veranstalten.

»Weil diese Bücher«, sagte Mr. Wellhorn dann mit vibrierender Stimme, »weil diese Bücher wichtig und einzigartig sind!«

»Welche Bücher sind das nicht?« – der Oila-Mann konnte sich diese Frage nicht verkneifen, weil er die Aussage dieses Walfischmützen-Typs für wichtigtuerisch hielt.

Mr. Wellhorn setzte sich auf die Bank und verschränkte seine Arme, dabei lehnte er sich zurück.

»Diese Bücher sind älter als das Meer!«

Die beiden schwiegen. Weder der Wärter noch der Oila-Mann konnten darauf etwas entgegnen. Wer oder was würde schon älter als das Meer sein?

Dann, nachdem einige Zeit mit Schweigen verstrichen war, fragte der Oila-Mann: »Wissen Sie, was noch älter als das Meer und Ihre Bücher ist?«

Mr. Wellhorn schwieg und regte sich nicht. Wie eine Wachsfigur saß er auf der Bank und blickte den Oila-Kapitän an.

»Der Ursprung!« sagte der Oila-Mann dann mit triumphierendem Gesicht.

»Ich weiß, daß Sie eine braune Flasche mit Alkohol benutzen und ich weiß, daß Sie sich nur einmal in der Woche waschen!« sprach Mr. Wellhorn in gedehntem Ton.

Der Wärter, aber noch viel mehr der Oila-Mann glaubten ihren Ohren nicht zu trauen. Woher bitte wußte dieser U-Boot-Mann solche privaten Details? Und was sollte dieser Einwurf?

Der Kapitän der Oila brachte kein Wort heraus. Und der Wärter fühlte, wie unheimlich dieser Mr. Wellhorn wurde. Mit jedem Tag, so glaubte er, wuchs diese

Unheimlichkeit, die scheinbar immer unergründlich blieb.

»Ich habe das Gefühl, daß Sie uns etwas mitteilen wollen, nur was das ist, wissen wir nicht. Und ich frage mich, warum Sie die Dinge nicht direkt ansprechen, warum Sie immer in Rätseln reden – und ich frage mich, was für eine Vergiftung das war, die Charlie dahingerafft hat!« rief der Wärter und fühlte sich dabei so richtig gut, weil er seinem Frust Luft verschafft hatte.

»Braune Flasche.« murmelte Mr. Wellhorn, so als wollte er es dem U-Boot ganz allein anvertrauen.

»Was ist, mögen Sie meine Fragen nicht? Meinen Sie vielleicht wirklich, daß ich als Leuchtturmwärter mit meinen Synapsen unsinniges Zeug rede? Ich komme auch vom Meer!«

Der Oila-Mann blickte abwechselnd von Mr. Wellhorn zu dem Wärter und wußte in diesem Augenblick nicht, wer von den beiden als Sieger aus dem Wortgefecht hervorgehen würde.

»Sie als Tanker-Kapitän wollen mir weismachen, was der Ursprung ist? Sie – der das einfachste Leben führt und sich über so gut wie nichts Gedanken macht?« Mr. Wellhorns Stimme klang wie ein Vulkan, aus dem unregelmäßig glühende Lava bricht.

Der Oila-Mann wurde sich sehr unsicher, und er wußte nicht, was er erwidern sollte. Er fühlte sich beobachtet und durchleuchtet, und er fragte sich, welche Macht dieser Mr. Wellhorn noch besitzen könnte. Am liebsten wollte er sofort aus dem Boot klettern.

Aber er fühlte auch, daß ein Wegrennen die Lösung nicht brächte, und er spürte auch die Neugierde, den

Wissensdurst. Auch dieser Oila-Mann wurde vom U-Boot angezogen, so als hätte es wie eine Droge sein Opfer in die Gewalt gebracht.

So schwiegen alle und lauschten dem glucksenden Wasser, das von außen kräftig an die Bordwand klatschte.

Vielleicht war es ganz gut, daß die drei ihrem Schweigen folgten. Vielleicht war es richtig, daß ein neuer Satz, eine neue Frage vermieden wurde – so konnten die letzten Worte, so seltsam sie auch waren, ihre Wirkung finden und sich die Gemüter abkühlen.

Aber der Wärter, der ja eigentlich nicht wie der Oila-Kapitän in der Konfrontations-Situation war, fragte sich immer noch, welchen Sinn das alles hatte – und was das für eine Vergiftung war, die Charlie …

»Braune Flasche.« murmelte Mr. Wellhorn nochmals in die Stille, dann stand er auf und ging in den Bugbereich zum Globus. Nachdem er diesen ein paar Mal gedreht hatte und seinen Finger auf eine Insel legte, blickte er zu seinen beiden Besuchern und schaute dann zum Boden.

»Öl« kam es dann seemännisch kurz von Mr. Wellhorn, und dabei sah er den Wärter an.

*

Mistress Greenwood saß auf einer lederbezogenen Bank und ließ teilnahmslos die am Fenster vorbeirauschende Landschaft auf sich wirken. Sie hatte den Elf-Uhr-Zug genommen und hoffte, recht bald in der Stadt zu sein. Es war eine unglaublich lange Fahrt. Immer wieder mußte sie umsteigen, weil die Züge ihre Strecken nicht zu Ende fahren konnten. So hatte sie zwischendurch den

Bus genommen und mußte während dieser Reise auch schon übernachten.

Überall sah es verwüstet aus, die Bäume waren umgestürzt und die Häuser wirkten wie nach einem Krieg. Auf den Weiden lagen tote Kühe, hin und wieder hatten sich Schafe und Pferde in Bewässerungs-Gräben verfangen und lagen verrenkt wie in ihrem eigenen Grab – sie waren schon lange tot. Niemand hatte sich um diese armen Kreaturen gekümmert, zu groß war das Elend. Und die Menschen, die noch lebten, waren entweder verletzt oder hatten ein Trauma.

Es waren wenige Menschen, die dazu in der Lage waren, eine Schaufel in die Hand zu nehmen und anzupacken. Sie gaben sich die größte Mühe und versuchten, das Gröbste hinzubiegen. Sie nahmen ihre letzten Kräfte und ließen ihr Privatleben gänzlich im Stich – nur das allgemeine Aufbauen, das für alle eine Basis bot, das war wichtig. Aber das reichte nicht. Es waren zu wenig Menschen, die dafür die Kraft besaßen.

Mrs. Greenwood spürte Unbehagen bei dem Anblick dieses Übels. Sie konnte das nicht ertragen, versetzte sich deshalb in einen Tagtraumzustand, der ihr Gemüt schützen sollte. Und deswegen saß sie auf dieser lederbezogenen Bank und ließ teilnahmslos die Landschaft vorüberziehen.

»Die Fahrkarten bitte!« rief eine männliche Stimme, die Mrs. Greenwood aus dem Dämmerzustand riß und hochfahren ließ.

»Keine Angst!« beruhigte der Schaffner sie. »Ich beiße nicht! Und wenn es nach mir gehen würde, könnten alle Fahrgäste umsonst fahren – bei dem Chaos da draußen ...«

Mrs. Greenwood suchte in ihrer Handtasche nach den Tickets, die sie eigentlich schnell zu finden glaubte. Aber es dauerte einige Zeit, bis sie sie in die Finger bekam und dem Schaffner reichen konnte.

»Sie haben ja schon eine endlose Fahrt hinter sich!« sagte er, und dann verzog er gequält sein schönes Gesicht: »Dahin wollen Sie? In diese Stadt?«

»Ja!« gab Mrs. Greenwood etwas genervt zurück, auch sie spürte Unbehagen bei dem Gedanken, in jene Hafenstadt fahren zu müssen.

»Was treibt – Entschuldigung! – was treibt Sie denn dorthin?« – der Schaffner hatte in letzter Zeit nur geringbesetzte oder gar leere Züge zu betreuen. So konnte er in Ruhe plaudern.

»Meine Kamera!« erwiderte Mrs. Greenwood und versuchte dabei entspannt zu wirken.

»Sie haben Ihre Kamera noch in der Stadt? – Die wird längst weggespült sein!«

»Nein, nein – ich habe meine Kamera hier im Gepäck!« lächelte sie den netten Herren an. »Ich gehe dorthin, weil ich ein paar Aufnahmen machen möchte!«

Der Schaffner nickte. »Von der Zeitung sind Sie, stimmt's?«

»Ja. Ich komme von einem Magazin, und als wir hörten, was passiert war, bekam ich den Auftrag.«

Der Schaffner lächelte zurück, überreichte die Tickets und verabschiedete sich mit einem Handgruß. Dann schloß er die Schiebetür des Abteils und ging zu den nächsten Fahrgästen.

Mrs. Greenwood freute sich, mit dem Schaffner ein paar Worte mehr gewechselt zu haben als es normalerweise üblich ist. Irgendwie meinte sie, daß die Menschen hier netter geworden sind – jedenfalls hatte sie die Einwohner hier grober und polternder in Erinnerung. Mrs. Greenwood glaubte, daß die Katastrophe die Ursache dafür war. ›Wenn Menschen in größte Bedrängnis geraten, verändern sie sich, sie werden kameradschaftlicher, wärmer und hilfsbereiter‹, dachte sie, ›jedenfalls solange, bis bessere Zeiten kommen …, denn wenn die Not vorbei ist, wird auch der Egoismus wieder seinen Platz finden.‹

Mrs. Greenwood war eine kluge Frau. Sie war darüber hinaus auch nett anzusehen, ihr schönes Gesicht wurde von einer dichten Haarpracht umrahmt. Im Sommer trug sie immer hübsche Kleider, jetzt im Herbst aber bevorzugte sie dicke Pullover und lange Hosen.

Sie blickte zu dem ledernen Gepäck, das sie in der Ablage untergebracht hatte. In Gedanken ging sie noch einmal alles durch, was sie zum Fotografieren brauchte, sämtliche Blenden, Geräte und Filme.

Sie war gut ausgebildet. Für das Magazin arbeitete sie schon viele Jahre, auch hatte sie mal einen Bildband herausgegeben, in dem auch ihre Fotos zu sehen waren. Sie hatte weder einen Mann noch eine eigene Familie, ihr Beruf hatte sie immer so gefordert, daß es in ihrem Privatleben nur noch Zeit für den Staubsauger und den Putzlappen gab. Alles andere fand keinen Platz mehr bei ihr – sie, die doch so aktiv im Beruf war und diesen auch gleichsam als ihr Hobby empfand.

Mrs. Greenwood blickte hinaus. Sie erinnerte sich daran, daß sie ihre Kindheit in dieser Landschaft einst verbrachte, daß sie über Wiesen gerannt war und die Kühe geärgert hatte. Sie erinnerte sich an die vielen Ausflüge, die nicht nur auf das Land, sondern auch direkt an die Küste führten. Und sie dachte an die Stadt, an den Leuchtturm, den sie als Kind besonders mochte. »Wenn ich einmal groß bin«, sagte sie damals, »dann wohne ich ganz oben im Leuchtturm!«

Es war schon lange her. Mrs. Greenwood stellte wieder einmal fest, wie schnell doch die Zeit verflog, und sie dachte daran, daß es auch für sie Zeit wäre, Kinder in die Welt zu setzen. Aber sie liebte ihren Beruf über alles, und den richtigen Mann hatte sie immer noch nicht gefunden.

Sie blickte immer wieder hinaus und versuchte den kalten Schauer, der ihr über den Rücken lief, zu ignorieren. Der Anblick war scheußlich. Aber sie mußte es tun, dieses Hinausblicken, dieses Konfrontieren, schließlich war sie Journalistin und mußte sich den Dingen stellen. Sie wußte, daß ihre Tagträume, mit denen sie nach innen flüchten wollte, keine Lösung waren und nur vorübergehend eingesetzt werden dürften.

›Wer die Augen schließt, fällt herunter!‹ dachte sie und erinnerte sich an einen Artisten, der nicht nur auf dem Seil seine Kunststücke vorführte.

Bingo war ein netter Kerl. Seine Ausstrahlung machte Glauben, daß er nicht einen Tag älter wurde, und sein Optimismus kannte keine Grenzen. Jeden Tag schien er neue Kraft zu schöpfen und setzte sich neue Ziele. Er war voller Tatendrang. Und er war sehr sportlich. Als er im Zirkus auf dem Seil tanzte, war kein Netz zur Sicherung gespannt, und so mußte er sich voll konzentrieren. Manchmal schien es, daß er zwar doch die Augen schloß – aber nur für vielleicht anderthalb Sekunden, dann war sein Blick nach vorne gerichtet. Offen. Klar. Bingo bekam starken Applaus. Bei jeder Vorstellung mußte er eine Zugabe geben, denn die Zuschauer waren hungrig nach seiner Kunst.

»Wer die Augen schließt, fällt herunter!« sagte Bingo, als er Mrs. Greenwood kennenlernte und sie ihn nach seinem Lebensmotto fragte. Er meinte das nicht nur für seine Hochseilartistik. Er dachte da an Grundsätzliches. Mrs. Greenwood mochte Bingo sehr. Sie hatte sich in ihn verliebt, und Bingo war ebenfalls sehr angetan von der hübschen Lady. Nur, wie sie ihr Leben gemeinsam gestalten sollten, das war ihnen nicht klar. Er, der Artist, der mit dem Zirkus um die Welt zieht, sie, die Journalistin, die meistens im Lande bleibt und die Welt zu erklären versucht …

Es konnte nicht klappen. Sie lebten zu verschieden und konnten keinen Kompromiß schließen.

Mrs. Greenwood blickte noch immer hinaus und spürte, daß die Fahrt nicht mehr lange dauern konnte. Zwar war die Gegend verwüstet, doch hier und da erspähte sie etwas, das sie zuordnen konnte und so wußte sie, wieviel der Wegstrecke noch zu bewältigen war. Deshalb überlegte sie bereits, von welcher Stelle aus es am besten sei, die Katastrophe zu schildern. Sie fragte sich, welche Motive die stärksten wären, und wie das Leben in der Stadt aussah.

Sie fieberte regelrecht der Ankunft entgegen.

*

»Was meinen Sie mit ›Öl‹?« fragte der Wärter Mr. Well-horn, der seinen Blick noch immer auf beide Schüler gerichtet hatte.

Mr. Wellhorn klopfte auf den Globus und nickte be-dächtig, dann streichelte er die Stelle, auf der die Insel eingezeichnet war. »Öl.« wiederholte er leise – so als ob es nur der Globus hören durfte.

Der Wärter wollte gerade eine Frage stellen, als Mr. Wellhorn überraschend losbrach: »Sie haben ganz richtig verstanden! Öl! Charlie hatte eine Vergiftung durch Öl bekommen, das aus einem defekten Tanker geflossen war! Alles verklebte, seine Freßwerkzeuge waren so stark verschmiert, als hätte er Zement gegessen! Und darüber hinaus ist das ganze Meer mit Chemikalien, Schadstof-fen und Umweltgiften belastet!«

Der Wärter schwieg. Auch der Oila-Kapitän brachte keinen Ton heraus.

»Na? Was denken Sie jetzt!? Sie – der Kapitän des Öl-tankers Oila!« schrie Mr. Wellhorn den Kapitän an.

Dieser blickte stumm zu Boden. Er wußte ja von der Geschichte, der Wärter hatte sie ihm erzählt.

»Wissen Sie, ich mache mir keine Gedanken! Mein Tanker hat kein Leck!« sagte er dann mit unschuldiger Miene.

»So! Meinen Sie!« rief Mr. Wellhorn. »Und Sie glauben das morgen auch noch?«

Der Oila-Mann nickte und meinte, nicht zuständig für Charlie zu sein. Dann blickte er zu Mr. Wellhorn und sagte: »Der Wärter hat mir die Geschichte von der Krabbe Charlie erzählt, das ist alles sehr bedauer-lich – aber: Was habe ich damit zu tun?«

Mr. Wellhorn verließ ruckartig seine Position am Globus und hangelte sich am Steuerrad vorbei zu den Sitzbänken. »Was Sie damit zu tun haben?« fragte er mit bebender Stimme.

Der Oila-Mann nickte und zuckte mit den Schultern.

»Schauen Sie sich doch mal Ihren Tanker an!« rief Mr. Wellhorn. »Ihre Schiffswand ist voller Flicken, sie ist wellig und verrostet, und die Motoren quälen sich so laut, daß man glaubt, sie fallen auseinander! – Und mit diesem Pott wollen Sie auch morgen noch das Meer befahren?«

Der Oila-Mann fühlte sich herausgefordert: »Ich sagte doch, daß wir schon viele Jahre damit fahren und daß wir uns auskennen! Wie wollen Sie als U-Boot-Fahrer einen Tanker beurteilen!?«

»Ich komme vom Meer!« Mr. Wellhorn blickte aus dem runden Fenster in das bewegte grüne Wasser.

Der Wärter rieb sich die Bauchdecke und erinnerte sich an seine letzte Mahlzeit. »Ich habe Hunger!« sagte er. »Vielleicht gehen wir kurz hinaus, um etwas Eßbares zu holen?«

Mr. Wellhorn grinste: »Wo bitte wollen Sie denn in dieser Stadt noch etwas besorgen?«

Der Wärter nickte. Ihm war tatsächlich entfallen, daß die Stadt zerstört war. Und gerade in diesem Augenblick juckte ihn wieder die wichtigste Frage:

»Mr. Wellhorn! Warum haben Sie diese Stadt zerstört!?«

Mr. Wellhorn befingerte die Fächer eines Schrankes in der Ecke. Dann holte er einen Teller heraus und füllte diesen mit Äpfeln, die er gleich einer Magie aus einem Belüftungsrohr hervorzauberte.

»Hier, nehmen Sie«, sagte er dann zu dem Wärter, »ich habe auch noch Tintenfisch-Saft!«

Gierig nahm der Wärter den ersten Apfel und biß herzhaft in ihn hinein.

»Nein, danke. Ich glaube, Tintenfisch-Saft brauche ich jetzt nicht!«

»Geht mir genauso!« beschied der Oila-Mann, der sich ebenfalls einen Apfel griff und knackend zubiß.

»Sie wollen keinen Tintenfisch-Saft? Schmeckt gut!«

Der Wärter überlegte, warum dieser Walfischmützen-Typ unbedingt diesen Saft anbieten wollte. Aber so sehr er auch nachdachte, er kam zu keinem Ergebnis.

»Warum bieten Sie uns keinen Tee oder Mineralwasser an?« fragte er kauend.

»Weil ich will, daß Sie diesen Tintenfisch-Saft trinken, deshalb!«

»Ist das ein Zaubertrank, der uns hilft, Ihre Phrasen zu entschlüsseln?« fragte der Oila-Mann mit vollem Mund.

Mr. Wellhorn blickte nochmals aus dem runden Fenster in die Unendlichkeit des Meeres.

»Vielleicht …«, stöhnte er, ging dann zu dem Regal und holte ein altes, ledernes Buch heraus.

»Aber wenn Sie nichts trinken wollen, müssen Sie auch nicht!« brubbelte er dann, während er das alte, zum Teil eingerissene Buch durchblätterte und dabei jede Seite wie Porzellan behandelte.

Der Wärter wunderte sich. Zwischen einigen Seiten lagen Fischschwänze, die baumelnd heraushingen.

»Was sind denn das für Dinger?«

»Das sind Lesezeichen.« murmelte Mr. Wellhorn und

blieb mit seinem prüfenden Blick an einer Seite hängen.

»Buddy!« kam es in gedehntem Ton aus seinem bärtigen Gesicht.

Die beiden Besucher schauten sich an. Was hatte ihr Gastgeber gerade gesagt?

»Buddy!« wiederholte Mr. Wellhorn, der zu ahnen schien, daß seine beiden Schüler immer etwas Zeit brauchten, bis sie begriffen hatten.

»Ist ›Buddy‹ wieder so eine Krabbe?« mutmaßte der Wärter und verkniff sich diesmal das Kauen.

»Nein, Buddy war keine Krabbe.«

»Liegt die Betonung auf ›war‹?« – der Wärter fühlte, daß zwar jedes Wort eine Phrase, aber ebenso gut auch wahren Inhalts sein konnte.

»Sie interessieren sich für Buddy?« stichelte Mr. Wellhorn, während er das Buch zuschlug.

»Unbedingt! Erzählen Sie! Hatte er auch einen Selbstmordversuch unternommen?«

Mr. Wellhorn lehnte sich an das Steuerrad, atmete tief durch und blickte, als wollte er sich auf etwas besonders fest konzentrieren, zu dem runden Fenster.

»Buddy«, sagte er und verschränkte die Arme dabei, »Buddy war sehr groß. Und dunkel! Er wog sehr viel und hatte keineswegs die Absicht, sein Gewicht zu verringern.«

»Dann war er ja ganz anders als die anderen, die ja immer auf eine gute Figur achten!« rief der Wärter dazwischen und amüsierte sich dabei.

»Buddy ruhte in sich selbst. Er brauchte die anderen nicht, aber trotzdem war er für sie da. Wenn man Buddy brauchte, dann kam er auch, und das machte ihn bei den meisten beliebt.«

»Bei den meisten?« fragte der Oila-Kapitän.

»Es ist doch immer so, daß man nicht alle zum Freund haben kann. Feinde gibt's doch überall und zu jeder Zeit!« – Mr. Wellhorn wunderte sich über diese einfache Frage.

»Buddy«, fuhr er fort, »Buddy hatte eben auch Gegner, und gegen diese mußte er kämpfen. Da er aber leider oft alleine unterwegs war, kam ihm dann niemand zu Hilfe. Und so schlug er sich alleine durchs Leben.«

Mr. Wellhorn ging direkt zum runden Fenster hin und blickte in das dunkelgrüne trübe Wasser.

»Dabei hatte Buddy eigentlich keine Ambitionen, sich mit anderen zu prügeln, er war friedfertig und liebte die Ruhe, die er gleichmäßig hindurchwanderte.«

»Nun sagen Sie uns doch, was für ein Tier Buddy ist!« rief der Oila-Mann und bewegte seine Hände dabei sehr energisch.

Mr. Wellhorn blickte ihn stumm an. Dann führte er seine Hand an den Bart und kraulte ihn langsam. »Sie sind wohl auch so ungeduldig, was?«

Der Oila-Mann lehnte sich zurück und schaute zur Decke des U-Bootes, an der Rohre und Handräder, Hebel und Balken waren.

»Wie kann man hier nur leben …«, murmelte er und versuchte so, das Gespräch in eine andere Bahn zu lenken.

»Wie können Sie auf Ihrem Tanker leben!« rief Mr. Wellhorn zurück. »Dort stinkt es und es ist alles vernachlässigt, dreckig!«

»Das ist eben die Macht der Gewohnheit, Mr. Wellhorn, ich bin mit der Oila verwachsen wie der Baum mit der Erde!«

»Das haben Sie jetzt schön gesagt«, erwiderte Mr. Wellhorn, »aber glauben Sie mir: Niemand ist so meerverbunden wie ich mit meinem Wellhornboot!«

»Sind Sie nicht ein klein wenig zu sehr von sich überzeugt?« brachte sich der Wärter in das Gespräch. »Ich glaube, Sie spielen uns hier ein Theater vor! Und ich würde das vielleicht auch verstehen, wenn ich nicht wüßte, was Sie uns mit dem Boot angetan haben!«

Mr. Wellhorn blickte wieder wie unbeteiligt aus dem runden Fenster. Ein Fisch schwamm gerade vorbei und glubschte in das Wellhornboot hinein.

»Sehen Sie!« sagte Mr. Wellhorn. »Der Fisch da, der schaut mich an! Wir kennen uns!«

»Ach ja?« gluckste der Oila-Mann. »Wie heißt er denn? Und war er auch schon bei Ihnen zur Therapie?«

Da gab ihm der Wärter einen Buff: »Ich warne Sie!« mahnte er. »Wir sind hier in seiner Gewalt!«

»Ich verrate Ihnen seinen Namen nicht! Sie müssen noch eine Weile zuhören, dann erzähle ich Ihnen vielleicht auch etwas über diesen Fisch!«

Mit gespielter Freundlichkeit nickte der Oila-Mann dem Walfischmützen-Typ zu. Dabei registrierte er kurz den Blick des Wärters, der seinen Zeigefinger auf die Lippen legte.

»Buddy war unser Thema«, fuhr Mr. Wellhorn fort, »Buddy liebte die Ruhe, die er gleichmäßig hindurchwanderte. – Und er wanderte tatsächlich! Seine Strecken führten über Tausende von Kilometern! Sie konnten gar nicht lang genug sein!«

»Warum ist er so viel gewandert?« brachte sich der Wärter ein.

»Er hatte Nachrichten zu übermitteln.« kam es von Mr. Wellhorn zurück. Dann ging er zum Globus im Bugbereich und tippte auf die Insel, die er schon vorhin befingert hatte.

»Hier, an dieser Insel ist er vorbeigekommen.« sagte Mr. Wellhorn und zeigte auf die Stelle.

»Hatte er ein eigenes Schiff?« ... der Wärter interessierte sich sofort dafür – er, der doch die Schiffe so liebte.

»Buddy brauchte kein Schiff!« entgegnete Mr. Wellhorn und machte ein stolzes Gesicht. »Buddy war unabhängig!«

»Können Sie uns bitte mit klaren Fakten volltexten!?« brubbelte der Oila-Kapitän zu diesem Mann mit Bart.

»Klare Fakten wollen Sie, Käpt'n Oila?« – Mr. Wellhorn spürte deutlich die Ungeduld seines schlampigen Ebenbildes.

»Ja, genau! Ihre Rätselsprache geht einen auf den Keks!« meinte Käpt'n Oila und guckte dabei den Wärter an.

»Wenn Sie nur klare Fakten wollen und meinen, damit durch die Welt kommen zu können, dann irren Sie! – Auch, wenn man Ihnen mal etwas anderes beigebracht hat, ich sage Ihnen im Namen des Meeres: Der Weg ist das einzige Ziel, das es zu erreichen lohnt! Der Weg!« Mr. Wellhorn fühlte sich wie ein Priester, der den dümmsten Schafen eine Predigt hält und diese ständig wiederholen muß, weil jeder nur an das Hinausgehen denkt und folglich geistig abschaltet.

Der Oila-Käpt'n nickte nur zögernd und versuchte,

still Mr. Wellhorns Rüge anzunehmen – auch, wenn es nur zum Schein war.

Mr. Wellhorn schlich zentimeterweise im Boot hin und her, ähnlich wie ein gefangenes Tier im Zoo. Aber gefangen war er ja nicht, er war ja in seinem Zuhause. Doch er spürte Unbehagen, wenn er seinen Schülern etwas erzählte und immer wieder unterbrochen wurde. So wurde er nervös und versuchte das wieder mit einem tiefen Blick aus dem runden Fenster ins Meer auszugleichen.

»Buddy«, fuhr Mr. Wellhorn fort, »Buddy war unabhängig, er kam an dieser Insel vorbei – und er brauchte kein Schiff. Dabei war er keineswegs mit besonderen Kräften ausgestattet, nein, er sah ganz normal aus: Hinten eine riesige Flosse, vorne ein großes Maul, und dazwischen der kräftige, glänzende Körper, der mit Furchen versehen das reinste Muskelpaket war.«

»Dann war Buddy also ein Wal!« staunte der Wärter und schnippte dabei mit den Fingern.

»Genau. Buddy war ein Wal, ein Pottwal wie er im Buche steht!« Mr. Wellhorn blickte stumm auf das Buch mit den Fischschwänzen.

»Erzählen Sie weiter!« forderte der Wärter ihn auf und machte es sich bequem.

Mr. Wellhorn ließ sich das nicht zweimal sagen.

»Buddy hatte also Nachrichten zu übermitteln. Das klingt seltsam, nicht wahr?«

»Nö! Überhaupt nicht!« blubberte Käpt'n Oila im ironischen Tonfall.

Aber Mr. Wellhorn ließ sich davon nicht beeindrukken. Schließlich wollte er nicht aus der Haut fahren.

»Buddys Nachrichten«, fuhr er dann mit fester Stimme

fort, »Buddys Nachrichten waren von großer Wichtigkeit. Er hatte die Aufgabe, in alle Meere zu schwimmen und die Meeresbewohner zu informieren. Das erforderte sehr viel Können! Nicht nur seine Kraft wurde gebraucht, da er ja durch alle Meere schwamm, sondern eben auch sein Geist!«

»Tjaja«, murmelte der Wärter vor sich hin, »ohne Hirn keinen Zwirn!«

Mr. Wellhorn erzählte weiter, obwohl Käpt'n Oila wegen des Wärter-Spruchs vor sich hin lachte.

»Sein Geist war das wichtigste Werkzeug, das er hatte!« Mr. Wellhorn klopfte gegen die dumpf klingende Stahlwand des Wellhornbootes. »Schließlich mußte er alle Sprachen der Meere beherrschen!«

»Alle Sprachen der Meere?«

»Genau. Alle Sprachen. Schließlich spricht eine Krabbe anders als eine Qualle, und eine Qualle spricht anders als ein Seestern!«

Der Wärter staunte nicht schlecht. Daß die Meerestiere unterschiedliche Sprachen sprechen und sich somit untereinander nicht verständigen können, wußte er nicht. »Haben denn die Meeresbewohner nicht eine zentrale Sprache – so wie es die Menschen mit Englisch machen?« fragte der Wärter neugierig.

»Diese Welt«, erwiderte Mr. Wellhorn, »diese Welt ist eben eine andere. Und die gängige Ansicht, ein Fisch sei eben stumm wie ein Fisch, ist großer Unfug!«

Der Wärter vergaß in diesem Augenblick die zerstörte Stadt und seinen geliebten Leuchtturm. In Gedanken trieb er im Meer und ließ sich von dem Geheimnis darin einhüllen.

»Buddy mußte also mit der Krabbe reden, mit der Qualle, mit dem Seepferdchen, mit den Haien, kleinen und großen Fischen, mit den Algen und mit was sonst noch alles. Und das überall! Jeder Winkel, jede Ecke wurde von Buddy heimgesucht und aufgeklärt.«

»Das hat bestimmt sehr lange gedauert«, mutmaßte der Wärter, »da war er womöglich ein ganzes Jahr für eine Meldung unterwegs?«

Mr. Wellhorn schmunzelte. »Das war ja das Tolle! Buddy schaffte das alles in unglaublicher Kürze! Und er schaffte das allein!«

Dann ging Mr. Wellhorn zu dem Buch mit den Fischschwänzen und blätterte darin. Kurz grübelte er, verzog sein Gesicht zu einer angestrengten Miene, dann schlug er das Buch wieder zu und stellte es an seinen Platz.

»Buddy«, erzählte er weiter, »Buddy hatte deswegen viele Freunde, die ihn bewunderten und die stolz darauf waren, ihn zu kennen. Die meisten hatten Respekt, und auf die Frage, wo Buddy denn zu Hause sei, antworteten die anderen alle: ›Überall! Buddy ist überall zu Hause, und bei uns ist er immer willkommen!‹. Buddy ging es somit gut – und es wäre ihm noch besser gegangen, wenn er nicht auch Neider gehabt hätte.«

»Neider!« wiederholte der Oila-Kapitän.

»Genau. Neider!« brachte sich Mr. Wellhorn gleich wieder ein, denn er wollte keine der nächsten Minuten dem Oila-Käpt'n überlassen.

»Diese Neider«, sagte er dann, »diese Neider gab es unter allen Meeresbewohnern. Große Fische, mittelgroße Fische, Tümmler und auch Rochen gönnten Buddy das alles nicht. Aber vor allem andere Wale, die von ihrer

Rasse her Buddy am nächsten standen, begriffen nicht, warum gerade Buddy diese ehrenhafte Aufgabe bekam und nicht sie. Buddy war einfach zu gut.

So verfolgten manche Wale Buddy heimlich, andere versuchten, sich ihm in den Weg zu stellen und am Weiterkommen zu hindern. Aber Buddy kam damit klar. Entweder versprach er seinen Widersachern tolle Erlebnisberichte nach dem Heimkommen oder er wich ihnen so geschickt aus, daß sie es zunächst gar nicht merkten, daß Buddy aus ihrer Mitte herausflitzte und sie alleine stehen ließ. Dann, als ihnen klar wurde, daß Buddy sie reingelegt hatte, begriffen sie seine Stärke. Nicht nur schlauer war er, sondern auch schneller. Buddy war meilenweit weg, und so konnten sie ihn nicht mehr einholen. Verblüffend, daß manche von ihnen es trotzdem immer wieder versuchten, Buddy heimlich zu verfolgen. Ihr Mißerfolg mußte ihnen einen tiefen Riß in ihre Seele bringen. Buddy war unschlagbar!«

»Und wer kämpfte nun gegen Buddy?« fragte der Wärter.

»Es gab da eine ganze Armee von Kraken. Sie hatten sich überall verteilt und warteten auf ihn. Dann, als er in ihrer Nähe war, krochen sie aus ihrem Versteck und umzingelten ihn. Und so wurde er angegriffen – von feigen Schleimbeuteln!«

»Was für ein Motiv hatten diese Kraken? Und warum profitierten sie nicht von den Neuigkeiten, die Buddy verbreitete?« fragte der Wärter, der noch immer im Geiste von der Stadt weit entfernt war und sich nur noch dem Meer widmete.

Mr. Wellhorn verzog sein Gesicht zu einer traurigen

Maske, die sich dann in ein wütendes Antlitz verwandelte: »Diese Armee war so etwas wie eine Mafia. Die Kraken spionierten überall und wollten das System auseinanderbrechen. Deshalb mochten sie es nicht, daß Buddy alle informierte. Nur, wenn alle dumm blieben und nicht gewarnt werden könnten, glaubten diese Kraken, eine Chance zu haben und das Meer-Reich zu übernehmen.

Und diese Schleimbeutel kratzten übel an Buddy. Sie umzingelten ihn nicht nur, sondern sie fügten ihm sehr schmerzhafte Wunden zu. Und das tat höllisch weh! Schließlich waren es sehr starke Riesen-Kraken! So mußte er gegen diese Kraken kämpfen – und er kämpfte um sein Leben. Und weil diese Schleimbeutel seine Haut verletzten und in ihrer Überzahl kaum zu bändigen waren, biß Buddy ihnen die Arme ab!«

Der Oila-Käpt'n schluckte seinen Würgereiz hinunter. Die Sache mit den Armen, die Buddy abbiß, ekelte ihn an. Dann, nachdem er seinen Kopf verneinend geschüttelt hatte, blickte er zu Mr. Wellhorn und sagte: »Das ist ja grauenhaft! Ich bin gespannt, was wir noch zu hören bekommen!«

»Eine ganze Menge!« antwortete Mr. Wellhorn und lächelte dabei geheimnisvoll.

»Buddy hatte also Freunde und Feinde. Wie im wirklichen Leben. Und er lebte sein Leben allein, obwohl er alles für andere tat. Nur diese anderen waren ihm wichtig, und er wurde nicht müde, diese Aufgabe jahrein, jahraus gewissenhaft zu erfüllen.«

Jetzt dachte der Wärter doch wieder an seinen Leuchtturm, und wie wichtig ihm seine Aufgabe war.

Er erinnerte sich an die Möwe, die den Turm umkreiste, an sein Notizbuch mit den Schiffsnamen und an die vielen Arbeiten, die er oben zu verrichten hatte. ›Tanker Oila ZA-Q7‹ hatte er sich zuletzt in sein kleines Buch geschrieben …

Mr. Wellhorn holte tief Luft, als ob er die nächsten zehn Sätze in einem Atemzug herausbringen wollte.

»Buddy«, sagte er dann, »Buddy hatte einmal ein kleines Mißgeschick erlebt, das jeder Wal fürchtete.«

Gespannt lauschten Käpt'n Oila und der Leuchtturmwärter Mr. Wellhorns Worten, die sich schwer wie Hinkelsteine in ihre Köpfe eingruben.

»Es war in der Nacht. Buddy war wieder unterwegs, um Meldungen zu überbringen, und er war schon lange auf seinem Pfad. Manchmal wurde er aber müde, auch der Stärkste verliert schließlich einmal seine Kraft – und so kämpfte er in dieser Nacht gegen den Schlaf.

Buddy glaubte auch diesen Kampf gewinnen zu können und schwamm weiter, wenn auch nicht so schnell wie die Stunden zuvor. Dann hörte er plötzlich aus der Ferne einen Hilferuf. Dieser Ruf kam zwar von sehr weit, doch da Wasser ja bekanntlich sehr gut leitet, hörte Buddy dieses Signal so stark, als würde es direkt neben ihm geschehen.

Buddy vergaß seine Müdigkeit, Buddy vergaß seine Aufgabe, Meldungen zu übermitteln – Buddy schwamm sofort in die Richtung, aus der der Hilferuf kam. Und er schwamm schnell. Sehr schnell. Sich unklar darüber, woher er diese neue Kraft nahm, schwamm er immer weiter, und als der Hilferuf sich wiederholte, rief er zurück.«

Der Oila-Kapitän konnte seinen Mund nicht schließen. Ihn faszinierte die Vorstellung, daß ein Wal sehr sozial ist und jemandem zu Hilfe eilt.

»Sie müssen sich Buddys Antwort wie ein Gejaule vorstellen, das im Wasser nicht nur in die tiefsten Weiten dringt, sondern auch immer wieder zurückgeworfen wird und sich mit dem nächsten Ruf vermischt. Es klingt gespenstisch und läßt die Haare zittern!« erklärte Mr. Wellhorn und grinste in sich hinein.

»Dann«, sagte Mr. Wellhorn, »dann schwamm er also immer geradeaus, nur da er tatsächlich müde war, wurde er bald langsamer und irgendwann schlief er doch ein. Wie ein geheimnisvoller Vorhang schwebte er auf der Stelle in der mystischen Welt des Ozeans.

Als er am nächsten Morgen erwachte, hatte er die Orientierung verloren. Das passierte ihm sonst nie, er war immer im Bilde – nur dieses eine Mal war es nicht so. Buddy schwamm zaghaft weiter durch das stille Meer – bis er plötzlich wieder den Hilferuf hörte. Wie vom Blitz getroffen eilte Buddy diesem Ruf entgegen, antwortete wieder mit Gejaule und schwamm immer schneller in die eine Richtung.

Aber es dauerte lange, bis er wieder einen Hilferuf vernahm, diesmal aber aus der anderen Richtung. – ›Sollten das wieder diese Kraken sein, die mich verwirren wollen?‹ fragte er sich. Da er aber den Hilferuf ernst nahm und glaubte, gebraucht zu werden, schwamm er weiter, wechselte die Richtung und wurde immer schneller.

Der Hilferuf ertönte noch oft. Und Buddy fühlte seine Pflicht. Er schwamm noch lange. Viel zu lange. Die Stunden zählten bald einen ganzen Tag, und so wurde es wieder Abend und Buddy bekam die Müdigkeit zu spüren.«

»Und wo ist genau das Problem?« fragte der Wärter, der die Antwort am liebsten sofort hören wollte.

»Warten Sie ab!« beschwichtigte Mr. Wellhorn und lehnte sich wieder an das Steuerrad.

»Buddy«, fuhr er dann fort, »Buddy schlief ein und ließ sich von der Strömung treiben. Obwohl er schwer war, ging das. Buddys Flossen regulierten von ganz alleine seine Lage, so konnte er abschalten und in den Schlaf sinken.«

Mr. Wellhorn ging zum Fenster und blickte in das Grün des Wassers. Wieder schwamm ein Fisch vorbei und glubschte Mr. Wellhorn an.

»Na, Kleiner!« sagte er zu ihm und lächelte. Der Fisch nickte und drehte sich um, als ob Mr. Wellhorn ihm eine geheime verschlüsselte Nachricht übermittelt hätte, die er sogleich weitergeben mußte.

»Als Buddy wieder aufwachte, traute er seinen Augen nicht! Ihm war übel, weil er ein schweres Gewicht auf seinem Körper spürte, und sein Herz schien anders zu schlagen. – Was war geschehen?« prüfte Mr. Wellhorn seine Schüler und blickte dabei auf den Kapitän der Oila.

»Gute Frage!« erwiderte Käpt'n Oila und zuckte mit den Schultern.

Auch der Wärter war außerstande, eine Antwort zu finden. »Verraten Sie es uns!« rief er Mr. Wellhorn zu.

»Buddy«, sprach Mr. Wellhorn weiter, »Buddy war auf Grund gelaufen! Er war gestrandet! Die Strömung hatte ihn in die Küstennähe getrieben, und da er wegen der starken Müdigkeit zu tief schlief, hatte er es nicht gemerkt!«

Mr. Wellhorn ließ einen tiefen Atemzug in die Luft dringen und blickte ernst ins Leere.

»Wale erdrücken sich selbst mit ihrem eigenen Gewicht – so wie Elefanten. Trägt sie das Wasser, so haben sie kein Problem damit, kommen sie aber an Land, dann heißt es: Helm ab zum Gebet!«

Die beiden Zuhörer blickten traurig zu ihrem Lehrer und hatten großes Mitleid mit Buddy. Irgendwie hatten sie Buddy in ihr Herz geschlossen.

»Buddy bewegte sich mit aller Kraft. Er versuchte sich aus der mißlichen Lage zu befreien, indem er umherzappelte und sich bog, sich in die abartigsten Körperhaltungen brachte. Es war sehr, sehr schwer!

Die Zeit drängte. Wenn die Kräfte nachlassen würden, wäre sein Schicksal besiegelt! Dann würde er jämmerlich ersticken! An seinem eigenen Gewicht!«

Der Wärter faßte sich an den Brustkorb und atmete tief ein, so als glaubte er Buddys Qualen am eigenen Leibe zu spüren.

»Buddy rief nun ebenfalls um Hilfe. Sehr laut und sehr lange. Aber es kam niemand, und Buddy spürte, daß er seine Kräfte lieber für das Freischaufeln nutzen sollte. Und so bewegte er sich, als wäre er aufgespießt, robbte aus seiner Lage in Zentimeterlängen weg. Immer und immer wieder brachte er die Kraft dazu auf, bis er eine Strömung spürte und sich endlich von ihr treiben lassen konnte.«

»Dann hatte Buddy also dieses Problem gelöst?« fragte der Wärter.

»Ja. Buddy hatte die Strandung überlebt und schwamm seinen Weg zurück. Er wollte seine Aufgaben erfüllen, und ihm war bewußt, daß irgend etwas faul an der Sache war.«

»Was denn?« fragte Käpt'n Oila.

Mr. Wellhorn ließ sich für die Beantwortung dieser Frage natürlich Zeit. Er wußte, wenn er gleich des Rätsels Lösung preisgäbe, würden seine Zuhörer das Erzählte bald vergessen haben. Und das wollte er nicht. So überprüfte er einige Hebel und Räder im U-Boot-Innern, murmelte Worte wie »hart am Wind« oder »voll bis Oberkante Unterkiefer« und lehnte sich erst nach einer in sich gekehrten Besinnungsphase an das Steuerrad, von dem er seine Schüler anblickte.

»Ultraschall!« kam es dann wieder seemännisch kurz von ihm, und dabei kraulte er sich seinen weißen Bart.

»Ultraschall?« fragte der Wärter wißbegierig.

»Hmm. Genau. Sie wissen schon. Echolot. Sonar. Diese akustischen Peilungen, die die Schiffe ins Meer senden, damit sie wissen, wie tief es ist. Und dann die Fischerboote, die mit diesem Schall die Schwärme orten! – Es gibt viel zu viel davon. Die Masse, die das Geschäft erst bringt, fordert große Technik, nur ein paar Fischchen sind doch kein Fang! Und diese Technik ist der Ultraschall. So orten sie viele Fische, große Schwärme, die sie dann in einem Zug einfangen können. So werden dann nicht nur zu viele Fische dem Meer entnommen, sondern es werden auch Wale verwirrt, die in dem Ultraschall einen Partner zu erkennen glauben und ihm folgen – und wenn es an den Strand geht …«

»Sie meinen«, argwöhnte der Kapitän der Oila, »daß

der Hilferuf eigentlich ein Ultraschall war und Buddy fast in den Tod gelockt hätte?«

»Genau!« bestätigte Mr. Wellhorn und nickte eifrig.

»Moment mal!« mischte sich der Wärter ein. »U-Boote fahren doch auch mit Ultraschall! Das funktioniert wie bei Fledermäusen! – Wie ist das denn mit Ihrem Boot hier? Sie müßten doch auch Ultraschall haben! Und dann wären auch Sie für Buddys Beinahe-Tod verantwortlich!«

Mr. Wellhorn lächelte in sich hinein. Er spürte die Logik, die den Wärter beschäftigte, und er fand die Frage gut. Dann ging er nochmals zu dem runden Fenster, an dem sich diesmal kein Fisch zeigte. Einen tiefen Atemzug ließ er gegen die Scheibe fließen, die sich für kurze Zeit vernebelte.

»Das Wellhornboot ist anders!« sagte er, wischte mit einem Tuch den Hauch von der Scheibe und fügte hinzu: »Ich komme vom Meer!«

Diese Worte waren es, die den Wärter wieder beschäftigten. Er hatte sie schon zu oft gehört und sah darin keinen Sinn. Natürlich kommen U-Boote vom Meer …

›Warum‹, dachte der Wärter, ›spielt dieser Walfischmützen-Typ immer wieder diese Leier?‹

Hatte das eine tiefe Bedeutung? Oder waren es Ausflüchte, weil Mr. Wellhorn einer Konfrontation aus dem Wege gehen wollte?

Der Wärter wußte es nicht. Er wußte nur, daß er – diesmal in Begleitung – in diesem Wellhornboot saß und sich Geschichten erzählen ließ, die im Ganzen unglaubwürdig blieben. Wer will denn beweisen, daß Krabben beten? Wer kann bezeugen, daß Wale eine solche Höchstleistung vollbringen? Und: Wer kann versichern, daß Mr. Wellhorns Geschichten keine Lügengebilde sind, die in eine Falle locken sollen!?

Der Wärter beobachtete den U-Boot-Mann, als dieser sich voller Leidenschaft mit dem Globus und der Insel beschäftigte. Es schien, als ob Mr. Wellhorn leise vor sich hin irgendwelche Gebete murmelte, die er dem Globus anvertraute.

»Ist Buddys Geschichte damit beendet?« fragte Käpt'n Oila mit einem Gähnen.

»Nein!« rief Mr. Wellhorn zurück und ärgerte sich darüber, daß sein Ebenbild dem Schlafen näher war als seiner Erzählung.

»Buddy«, fuhr Mr. Wellhorn fort, »Buddy ging also weiter seinen Aufgaben nach, und so schwamm er seiner Wege, bis er damit fertig war. Als er seine Pflicht getan hatte, trat er den Rückweg an und zog so schnell er konnte in seine Heimat zurück.«

Mr. Wellhorn löste sich vom Globus wie von einem Bild, an dem er sich nicht satt sehen konnte. Dann aber blickte er seine beiden Schüler an und fragte:

»Wissen Sie, was der Gipfel der Geschichte ist?«

Die beiden schüttelten den Kopf. Natürlich konnten sie das nicht wissen, und dieser Walfischmützen-Typ wußte, daß sie das nicht wissen konnten. Warum also fragte er?

»Sie werden uns den Gipfel sicher gleich verraten, sonst macht es Ihnen doch keinen Spaß!« antwortete Käpt'n Oila mit einem triumphierenden Grinsen.

Mr. Wellhorn fixierte ein Rohr, das sich leicht angebogen in der Horizontalen an die Wand klammerte. Mit Bedacht strich er darüber, als wollte er die Saiten einer Geige streicheln.

»Der Gipfel war«, sagte Mr. Wellhorn, »der Gipfel war, daß keine Strömung, kein Ultraschall und keine Kraken ihm letztlich etwas antun konnten!«

»Das ist doch prima!« erwiderte der Wärter und verstand nicht die Traurigkeit im Gesicht des U-Boot-Mannes.

»Glauben Sie das wirklich?« fragte Mr. Wellhorn den Wärter, der nicht verstand, was diese Frage sollte.

»Ja, aber sie erzählten uns von den Kraken, die ihn so quälten, daß er deren Arme abbiß! Da kann es doch nur fantastisch sein, daß keiner dieser Feinde ihm letztlich etwas antun konnte! Das *ist* doch der Gipfel!« sprach der Wärter und versuchte dabei, den Oila-Kapitän als Partner hierfür zu gewinnen.

Käpt'n Oila nickte müde. Ihm war es zwar nicht gerade egal, aber er spürte seine Müdigkeit, die ihn schon eben zum Gähnen angeregt hatte. Was sollte er also anderes tun als nicken?

»Vielleicht«, fuhr Mr. Wellhorn fort, »vielleicht wäre es doch besser gewesen, wenn Buddy von den Kraken getötet worden wäre! … vielleicht!«

Der Wärter glaubte, nicht recht zu hören: »Wie meinen Sie das?«

»Wissen Sie«, sagte Mr. Wellhorn, »die schlimmsten Feinde sind gar nicht die schlimmsten!« – seine Stimme zitterte dabei wie eine Maultrommel.

Der Wärter verstand kein Wort.

»Buddy wurde eines Tages überrascht!« bot Mr. Wellhorn als nächstes Häppchen an und registrierte sehr wohl die staunenden Gesichter seiner Zuhörer – obwohl er in eine gewisse Art von depressiver Stimmung fiel. – »Überrascht!« wiederholte er sich dann.

Kurz darauf blickte der U-Boot-Mann wieder aus dem runden Fenster und schien von dem Wasser magisch angezogen zu sein. Es war, als würde er von dieser Scheibe hypnotisiert werden, und ein Ausbrechen aus dieser Weggetretenheit schien unmöglich.

Der Oila-Kapitän spielte mit seinen Schnürsenkeln, die er fester binden zu müssen glaubte. Und der Wärter schaute wie ein kleines Kind zum Vater – zu Mr. Wellhorn.

»Nun sagen Sie es schon!« forderte der Wärter ihn auf.

Mr. Wellhorn holte tief Luft und hob seinen gebeugten Körper in die Höhe.

»Buddy«, sagte er dann mit zögernder Stimme, »Buddy schwamm ganz friedlich, er war einige hundert Meter tief und tauchte irgendwann auf. Als er dann kurz an der Luft war und wieder abtauchte, meinte er, aus dem Augenwinkel heraus einen Schatten gesehen zu haben. Aber das beunruhigte ihn nicht, er wunderte sich nur. Dann glaubte Buddy, daß es sich um einen anderen Wal gehandelt haben könnte, und so beendete er schnell seinen Tauchgang und schoß wieder in die Höhe.«

Mr. Wellhorn machte eine Pause, er blickte wieder aus dem Fenster und schien eine Schweigeminute nötig zu haben. Dann, als er ein paar mal tief Luft geholt hatte, fuhr er mit seiner Erzählung fort: »Er war also wieder an der Luft. Draußen. Über ihm der freie Himmel. – Und kein Wal!«

»Kein Wal?« wiederholte der Wärter.

»Genau. Kein Wal! – Und so war er sehr erschrocken, daß der Schatten, den er gesehen hatte, eben kein Wal, sondern ein großes dunkles Schiff war, das geradewegs auf ihn zufuhr.«

Der Wärter faltete seine Hände so stark zusammen, als wollte er sich mit ihnen festhalten.

»Dieses Schiff«, sagte Mr. Wellhorn, »dieses Schiff fuhr so schnell, daß der liebe, gute Buddy, obwohl er ja sehr schnell und sehr geschickt war, nicht wenden konnte, und ein schnelles Abtauchen schien ihm ebenfalls unmöglich.«

Wieder machte Mr. Wellhorn eine Pause und kraulte sich den Bart.

»Erzählen Sie weiter!« forderte der Wärter ihn auf, und auch der Oila-Kapitän nickte dabei Zustimmung.

Mr. Wellhorn blickte mit müden Augen seine Zuhörer an, blinzelte kurz und sagte dann: »Plötzlich jaulte ein Pfeifton durch die Luft. Irgendwas blitzte an dem Schiff, die Sonne blendete außerdem sehr stark. – Und dann spürte Buddy einen tiefen, bohrenden Schmerz!«

Mr. Wellhorns Gesicht wurde wütend. Aus seinen Augen stach die grenzenlose Kraft, die der Wärter ihm schon immer zugeschrieben hatte und die er immer fürchtete.

»Dieser Schmerz, der sich erst hineinbohrte, steigerte sich dann zu einem überstarken Ziehen, und Buddy glaubte, er würde aufgerissen werden! Sein ganzer Körper fühlte sich wie Feuer an, und er glaubte, daß er sich wie eine Bananenschale aufschälte. Brüllend brachte sich Buddy in die Höhe, versuchte dann durch Tauchen nicht nur den Schmerz zu kühlen, sondern auch die Geißel loszuwerden. Immer wieder kam er aber an die Luft, nachdem er für kurze Zeit wenige Zentimeter unter Wasser war.

Er hatte keine Chance. Sein Fleisch brach auf und

der Schmerz durchwühlte ihn wie es ein Maulwurf mit der Erde tut. Buddys Atem wurde schwerer, sein Herz schlug wie die Pauke eines Orchesters. Er bekam Panik. Er schrie um Hilfe, immer wieder, und er versuchte, wegzuschwimmen. Es half alles nichts. Buddy spürte, je mehr er sich anstrengte, desto schwächer wurde er und desto stärker wurde der Schmerz in seinem Fleisch. Dann, als Buddy wieder aus dem Augenwinkel heraus den Schatten sah, wurde ihm klar, daß er einem Walfänger in die Quere gekommen war, und er spürte deutlich, daß seine wirklich allerletzte Stunde nahte.

Buddy hatte vor dieser Stunde, dieser allerletzten, nicht viel Angst. Jedenfalls nicht so viel wie darüber, *wie* diese Stunde vorübergehen würde, und wie lange diese Stunde dauerte.

Buddy weinte. Seine Tränen vermischten sich mit dem Salzwasser der See, so daß er sich wünschte, schnell durch einen Ruck dahinzugehen. Vor seinen Augen spielte sich sein ganzes Leben ab, er sah sich seine Strecken abschwimmen, und er sah auch seine Not, als er gestrandet war. Aber diese Kraft von damals hatte er jetzt nicht mehr. Sein Körper lief aus, und so verschlechterte sich seine Wahrnehmung. Durchflossen von Trauer und Vernebelung zog er immer schwächer an dem stählernen Haken, der durch ein dickes Tau mit dem Schiff verbunden war und von dem er sich befreien wollte. Hatte es bisher noch so ausgesehen, als ob Buddy das Schiff ziehen würde, so wurde jetzt klar, daß das Schiff ihn verfolgte – und wenn es dann soweit wäre, würden sie ihn an Bord hieven.

Buddy weinte wieder. Dabei wurde er so müde, daß er

völlig willenlos war. Matschig und in sich versunken ließ er sich zu der Schiffswand ziehen, an der sich große Geräte quietschend in Bereitschaft brachten. – Und dann peitschte ein gequälter Schrei durch das aufgewühlte Meer …«

Der Wärter schaute Mr. Wellhorn mit offenem Mund an, den er vor Ergriffenheit nicht schließen konnte.

Käpt'n Oila ging es nicht anders. Seine Müdigkeit war verflogen und die Spannung hatte sich in sein Gemüt eingepflanzt. Er war traurig.

»Dann ist dieser Tod durch den Walfänger schmerzlicher als alles andere?« fragte Käpt'n Oila seinen Lehrer.

»Genau. Vor allem das, was dahinter steht, ist schmerzlicher!« erwiderte Mr. Wellhorn mit bedrücktem Blick.

»Wie meinen Sie das?« – der Wärter wollte sofort eine Antwort bekommen.

»Wenn das Meer sich seine Tiere nimmt, wenn das Meer es zuläßt, daß sich diese Tiere gegenseitig umbringen, dann ist das in Ordnung, weil es dem System der Natur entspricht. Wenn aber der Mensch eingreift und sich übermäßig der Dinge bedient, kommt das Gleichgewicht durcheinander, und das schadet dem ganzen System – bis ins letzte Glied!«

Käpt'n Oila brachte sich schnell ein, bevor der Wärter diese Chance nutzen konnte: »Aber Wale wurden doch schon immer von Einheimischen gejagt, was ist daran übermäßig und systemstörend?«

Mr. Wellhorn kam zum Kapitän der Oila dicht heran und versuchte, die Antwort mit ruhiger Stimme zu geben, wenngleich ihm nicht danach war: »Einheimische, lieber Käpt'n Oila, Einheimische jagen ja auch nicht Dutzende Wale in einer Woche! Einheimische jagen *einen* Wal, von

dem sie sich lange, lange ernähren! Und unser Buddy
war kein einziger Wal, er war bereits der x-te auf dem
Walfänger, der schon überquoll mit Walfleisch, das bereits an Bord weiterverarbeitet wurde!«

Die beiden Zuhörer spürten Mr. Wellhorns Wut, seine
Trauer, obwohl er sich im Griff zu haben schien. Sie
fühlten, daß diese Geschichte ihm besonders nahe ging,
und sie wagten es nicht, eine Frage zu stellen.

Mr. Wellhorn ging zum Bugbereich und spielte mit
dem Globus, den er einige Male drehen ließ. Dann, als
der Globus sich oft genug bewegt hatte, ließ Mr. Wellhorn seinen Finger auf ihn fahren und brachte die Kugel
direkt auf der eingezeichneten Insel zum Stehen.

»Der Ruf der Wellhornschnecke.« murmelte er dann
schwermütig in seinen Bart und ließ seinen Blick ganz
fest auf dieser Insel kleben.

Der Wärter versuchte sich abzulenken, indem er die
vielen Räder und Hebel musterte, die überall zu sehen
waren und schon fast wie Weihnachtsbaumschmuck
wirkten. Dann galt seine Aufmerksamkeit dem Verlauf
der Rohre, die nebeneinander lagen und mit Klammern
zusammengehalten wurden. Er war in diesem U-Boot,
vor dem er immer große Angst gehabt hatte. Er wußte,
daß dieses Tauchboot, dieser Walfischmützen-Typ die
Verursacher des Infernos in der Stadt waren. Er erinnerte sich daran, befürchtet zu haben, von diesem Mann
getötet zu werden – und jetzt saß er hier mit einem anderen Kapitän und wurde Zeuge von einem niederge-
schlagenen, seltsamen Mann, der sich ›Mr. Wellhorn‹
nannte.

»Ist Buddy der Grund dafür, daß Sie eine Kapitänsmütze

mit einem Walfisch aus Gold tragen?« fragte der Wärter in der Hoffnung, lange genug gewartet zu haben.

Mr. Wellhorn löste sich langsam aus seiner gebückten Haltung, die er noch immer am Globus innehatte. Dann ging er ebenso langsamen Schrittes zu dem Steuerrad und blickte den Wärter lange an. Für einen Moment musterte er auch die Augen des Oila-Kapitäns, dann schaute er zu den Bodenplatten und ließ seine Schuhsohlenkante daran hin- und herfahren. Er blieb stumm. Und genauso stumm blieben der Wärter sowie Käpt'n Oila, die in nahezu bequemer Körperhaltung auf der Bank saßen.

»Ich komme vom Meer.« hörten sie dann Mr. Wellhorns Stimme leise flüstern.

Käpt'n Oila und der Wärter waren sich einig darüber, am nächsten Tag wieder zu dem Wellhornboot zurückzukehren, als sie das U-Boot verließen und über die Rampe auf den Asphalt gelangten. Dieser Mr. Wellhorn hatte sie neugierig gemacht, und auch der Wärter, dem Mr. Wellhorns Art eigentlich nicht gefiel, und der sich trotzdem zu diesem Walfischmützen-Typ hingezogen fühlte, meinte, einen weiteren Besuch für wichtig zu befinden.

»Bis morgen dann!« sagte Käpt'n Oila, und der Wärter nickte, während er die Hand zum Abschied hob.

So ging der Kapitän der Oila auf das benachbarte Schiff, den Öltanker, der so schrecklich verbraucht aussah und den Mr. Wellhorn kritisiert hatte. Ihn interessierte das alles nicht. Er hatte seinen Job zu machen, mußte pünktlich seine Fracht abliefern und das Schiff sicher über die Meere steuern. Alles andere, wie die Beschaffenheit der Oila, so dachte er, war die alleinige Pflicht des Reeders.

Mit sich und dem Schiff zufrieden legte er sich in die Koje und lauschte dem Stöhnen, das aus dem Rumpf der Oila emporstieg und sich überall bemerkbar machte.

›Morgen werde ich wiederkommen‹, dachte er, ›dann werde ich Mr. Wellhorn noch einmal unter die Lupe nehmen und ihn kritisch betrachten‹.

So nahm er die besagte Flasche, die mit Alkohol gefüllt war und erleichterte sie um einige Schlucke, gefolgt von einem satten Rülpser. Dann legte er sich auf die Seite und schlief sofort ein. Und nach einer gewissen Zeit war es wieder so, als ob das leichte Schwanken der Oila und ihr Ächzen im Hafenwasser sich dem Rhythmus des Atems anpaßten. Im selben Takt, in dem der Oila-Kapitän schnarchte, bewegte sich die Oila in der hereinbrechenden Nacht.

Der Wärter ging noch ein bißchen in der Ruinenstadt spazieren, um die eingeschränkte Bewegungsmöglichkeit, die er im Tauchboot erfahren hatte, wieder auszugleichen. Tief atmete er die kühle Luft ein, die im Herbst jeden Tag kälter zu werden schien. Der Wärter fragte sich, wie der nächste Winter wird, und er erinnerte sich daran, bereits schon jeden Sommer nicht mehr zu wissen, wie kalt es im Dezember werden konnte. Genauso war er nicht in der Lage, sich im tiefsten Winter vorzustellen, daß man in den Monaten des Sommers heftig schwitzte.

Er kam an seinem Leuchtturm vorbei, und obwohl er sich vorgenommen hatte, ihn nicht lange anzusehen, war er außerstande, seinen Blick von dem Turm loszureißen. Er war doch sein ›Ein und Alles‹! Von ihm aus hatte er die Schiffe beobachtet, diese dann in sein selbstgebasteltes Buch eingetragen und sich auf die nächste Nacht gefreut.

Er wußte, daß er diesen Leuchtturm so schnell nicht wieder besteigen würde. Zu sehr war der Turm zerstört, und ein Wiederaufbau schien nicht in Sicht. Schließlich war die Stadt zu einem Ruinenmeer geworden, und die Menschen waren nicht mehr da.

Mit gemischten Gefühlen machte er sich dann auf den Heimweg. Der Hunger packte ihn und ließ seine Schritte schneller werden. Und obwohl er noch immer nicht geraden Weges zu seinem Haus marschieren konnte, weil ja immer noch die Folgen des Unwetters seine Wege blockierten, kam er diesmal schneller zu seiner Bleibe als sonst.

War es der Hunger, der ihn trieb? War es die Erfahrung, die ihn schneller werden ließ? Der Wärter wußte es nicht genau. Er wußte aber, daß er Hunger auf ordentliche Brote hatte und sich nach einem heißen Tee sehnte. Auch eine Suppe wollte er sich kochen.

Der Wärter öffnete die schwere Tür, die dabei etwas quietschte. Dann betrat er den Flur und blickte auf den Zettel, den er seinem Sohn geschrieben hatte. Er lag noch immer unverändert neben dem bekritzelten Papier. Der Sohn war also noch nicht zurückgekehrt.

Der Wärter ließ sich in seinen Sessel fallen und genoß die Ruhe im Haus. Dann, nachdem er so einige Minuten verharrt hatte, stand er auf und machte sich in der Küche eine Suppe warm, die er mit Brotkrümeln vermischte und langsam auslöffelte. Dann nahm er die großen Brotscheiben, bestrich sie mit Butter und legte mehrere Wurstscheiben darauf. Auch Käse und Schinken verleibte er sich ein, dann trank er den Tee aus und ließ sich müde im Stuhl hängen.

›Was ist‹, dachte der Wärter, ›wenn dieser Mr. Wellhorn mich tatsächlich in eine Falle locken will?‹

Der Wärter spürte die gemischten Gefühle, die aus seinen Gedanken wuchsen. Gedanken, die einerseits das Übel sahen, andererseits aber auch die Faszination erkannten. Sonst hätte er doch nicht wieder das Wellhornboot aufgesucht, wenn da nicht ein Funken Reiz gewesen wäre!

Der Wärter ließ die letzte Geschichte noch einmal Revue passieren. Dann, nachdem er alles in seinem Kopf wiederholt hatte, pickte er sich die Höhepunkte wie Pralinen aus einer Schachtel heraus: Buddy strandete. Buddy rettete sich. Buddy schwamm große Strecken und informierte alle. Buddy war beliebt und wurde trotzdem von Kraken gejagt. Und er wurde von einem Walfänger ermordet, der aus Gewinnsucht handelte. Schließlich sagte Mr. Wellhorn, daß dieser Walfänger schon mit Fleisch überquoll.

Dieser arme Buddy …

Der Wärter fragte sich aber noch etwas: Hatte dieser Mr. Wellhorn die Wahrheit gesagt, als er davon sprach, daß Buddy alle Sprachen der Meerestiere beherrschte? Noch nie hatte er gehört, daß Wale Nachrichten übermittelten!

Und hatte Mr. Wellhorn es ehrlich gemeint, daß Buddy diese langen Strecken in kürzester Zeit zurücklegte? – Und dann auch noch allein?

Der Wärter erinnerte sich daran, daß dieser Walfischmützen-Typ auch von der Not dieser Tiere sprach. Er sagte, daß Wale sich bei einer Strandung mit ihrem eigenen Gewicht erdrücken, und er verglich das mit Elefanten.

Der Wärter wußte nicht, ob diese Dinge richtig sind, und obwohl er als Einwohner einer Seestadt dazu in der Lage sein müßte, war er außerstande, dieses in Erfahrung zu bringen.

Bei einem langen Gähnen spürte er, daß es an der Zeit war, diesen Tag abzuschließen und das Gedankenwirrwarr zu beenden. Mit schlurfenden Schritten bewegte er sich ins Bad und machte sich frisch. Dann ging er ins Bett, und obwohl er eigentlich noch lesen wollte, hing sein Kopf schwer wie eine Bleikugel herunter – so sackte er zur Seite und schlief ein.

Der Wind pfiff wieder stark vom Meer in Richtung Stadt. Er durchzog den zerstörten Leuchtturm und ließ aus ihm einen seltsamen Ton erklingen, der gespenstisch in der Luft lag und dem Heulen eines Seegeistes ähnelte.

Dieser Wind wirbelte in der Stadt, und wieder klangen die Ruinen wie Orgelpfeifen, deren Töne dem Kreischen von Teufeln glichen, die in einer Kirche gefangen waren.

Früher, als die Menschen noch nicht so informiert und aufgeklärt waren, glaubten sie an die Kräfte der Götter, und sie glaubten, daß im tiefen Meer Seeungeheuer nur darauf warteten, wieder einem Schiff zu begegnen. Es existierten Bilder, auf Leinwand mit Öl gemalt, die schreckliche Szenen zeigten – etwa einen riesigen Fisch mit langen Armen, der plötzlich aufgetaucht war und das Schiff umklammerte. Dann – so konnte man es auf den Bildern erkennen – riß dieser Fisch das Boot um und zog es mit der Besatzung in die Tiefe. In die dunkelste Grausamkeit des Meeres, in der die Menschen ertranken und vom Ungeheuer gefressen wurden. Auch diejenigen, die vom Schiff sprangen und schwimmend das Weite suchten, wurden von dem Monster einverleibt …

Diese Gedanken sind in der gegenwärtigen Zeit nur noch Aberglaube. Die Menschen wurden aufgeklärt und konnten sich naturwissenschaftlicher Erkenntnisse bedienen. So wußten sie, daß es im Meer aller Wahrscheinlichkeit zumindest solche Monster nicht mehr gab. Wenngleich die tiefsten Tiefen noch immer unerforscht waren, konnten die Menschen davon ausgehen, in keine gruselige Grausamkeit dieser Art mehr verwickelt zu werden.

Trotzdem war dem Wärter mulmig, als er des Nachts erwachte, weil ihn schwere Träume quälten. Sodann phantasierte er, daß Mr. Wellhorn von einem anderen Stern gekommen ist.

*

Das Licht aus dem Hotelfenster strahlte stark in die Dunkelheit, die von keiner anderen Lichtquelle aufgehellt wurde. Es war ein altes Hotel. Eigentlich sollte es längst abgerissen werden und einem modernen Neubau weichen, doch da es unterschiedliche Interessen der Eigentümer gab, wurde das Vorhaben mehrmals verschoben.

So blieb dieses alte Haus schon längere Zeit nur wenig bewohnt, da manches nicht repariert wurde und der Herberge somit der Ruf der Mittelmäßigkeit vorauseilte.

Jetzt aber, als die Flut die ganze Stadt zerstört hatte, war der Zustand dieses Hotels besser als der der anderen Häuser. Die Flut hatte das Hotel verschont, weil es wie das Haus des Wärters weiter oben auf einem Berg stand, dort, wo das Wasser nicht hinkam. Dennoch gab es kaum Zimmerbuchungen, denn selbst die Menschen, die es vielleicht wegen der geringen Preise aufsuchen würden, kamen nicht, weil sie von dem Unwetter gehört hatten und einen Besuch dieser Stadt für nicht erstrebenswert hielten.

So brannte also nur aus einem Zimmer Licht, das stark in die Dunkelheit strahlte. Mrs. Greenwood hatte sich dort einquartiert, weil sie einen Artikel über das Unwetter schreiben wollte und ein paar Tage in der Stadt zu bleiben beabsichtigte. Sie saß in einem Sessel, neben dem eine Stehlampe halbwegs gutes Licht gab. Doch dieses Licht reichte nicht aus, so hatte Mrs. Greenwood die Deckenleuchte eingeschaltet, und somit erstrahlte dieses Zimmer in fast weihnachtlichem Glanz.

Die Journalistin blätterte in einigen Büchern, die sie sich von zu Hause mitgebracht hatte. Es waren Sachbücher, die von der Geschichte der Stadt handelten und die sie schon als junges Mädchen in den Händen gehalten hatte. Die Seiten waren schon vergilbt und eingerissen, trotzdem hob Mrs. Greenwood sie weiterhin auf, eben weil sie als Journalistin auf ein Archiv angewiesen war und weil sie sich auch gerne an ihre Kindheit in der Stadt erinnerte.

Die Geschichte dieser Stadt reichte weit zurück. Könige hatten sie besucht, Erfindungen wurden gemacht und auch ein Krieg hat schon stattgefunden. Mrs. Greenwood erinnerte sich an ein Heimatmuseum, das viele Gemälde und Modelle zeigte, auch originale Möbelstücke und Bastelarbeiten waren zu sehen.

Die Zeit, die inzwischen verstrichen war, hatte ihr trotz intensiver Heimatgefühle einen gewissen Abstand zu dieser Stadt gegeben, und so konnte sie sich nur noch bruchstückhaft an das Museum erinnern. Den Leuchtturm aber, den sie als kleines Kind schon bewundert hatte, und in dem sie einmal wohnen wollte, bekam sie noch als klares Bild vor ihr geistiges Auge. Sie brauchte bloß die Lider zu schließen, dann ›sah‹ sie ihren Leuchtturm und meinte auch, das Kreischen der Möwen zu hören.

Genau in diesem Augenblick erinnerte sie sich an ihre Lieblingsmahlzeit, die von ihrer Mutter gerne angerichtet wurde: Eierkuchen mit Äpfeln, dazu eine heiße Schokolade und als Nachtisch Kekse. Diese Kekse waren es, die sie fast in den Wahnsinn trieben. Sie waren selbstgemacht und schmeckten so gut, daß die Mutter sie nicht nur im Winter, sondern auch im Sommer, und das jede Woche, backen mußte.

Mrs. Greenwood lächelte, als sie diese Bilder in ihr Gedächtnis rief. Für einige Minuten war sie unfähig, die Zeilen ihrer Bücher zu erfassen, weil sie bei jedem dritten Wort an diese Kekse denken mußte und gleichsam großen Appetit darauf bekam. Sie dachte daran, bei ihrer Heimkehr das Rezept zu suchen, das ihre Mutter ihr vererbt hatte, und das sie seit einigen Jahren vermißte.

Die Mutter war schon lange tot.

Manchmal dachte Mrs. Greenwood daran, in ihre Heimatstadt zurückzuziehen und das Haus, in dem sie aufgewachsen war, wieder zurückzukaufen. Sie hatte auch schon mit ihrem Finanzberater darüber gesprochen, doch letztlich fehlte ihr der Mut dazu, auch wußte sie, daß der Arbeitsmarkt in dieser Stadt schwieriger war als dort, wo sie zur Zeit wohnte.

Nun war das alles egal. Sie wußte, daß ihr Haus tiefer lag, im Stadtkern, und sie wußte somit, daß es zerstört sein mußte. Die Flut – das hatte sie schon vor wenigen Tagen erfahren – ließ keine Hütte ungeschoren, die unten im Stadtbereich lag.

Mrs. Greenwood legte ihr Buch beiseite und nahm sich einen Notizblock. In diesen Block Papier schrieb sie sich einige Stichpunkte, an denen sie sich am nächsten Tag orientieren wollte. Sie wollte dabei systematisch vorgehen, die Hauptstraßen wie die kleinen Nebenstraßen durchlaufen und von jeder Straße ein Foto machen. Die Kirche wollte sie fotografieren, den Hafen, ihr altes Haus – und natürlich den Leuchtturm. Dann überprüfte sie ihre Geräte und ordnete die noch unbelichteten Filmrollen, die in kleinen Büchsen untergebracht waren und die sie numeriert hatte. Das Fotografieren war ihre Lebensaufgabe, aber genauso gerne berichtete sie auch in Textform. Nur: Interviews mit den Stadtbewohnern, die unten im Stadtkern und am Hafen lebten, würde sie nicht mehr führen können. Schließlich war ihr bisher kein Mensch begegnet und die Einwohner, die in diesem Hotel arbeiteten, eigneten sich auch nicht für eine eindrucksvolle Berichterstattung, denn erstens hatten sie das Unwetter nur am Rande erlebt und zweitens waren sie so maulfaul, als müßten sie für jedes ausgesprochene Wort einen Tag ihres Lebens opfern. Es waren seltsame Gestalten, die durch das Hotel eilten, um die Arbeit zu verrichten. Sie wirkten wie Geister, deren Gesichter mit weißer Kuhmilch übergossen wurden, und jedes Geräusch ließ sie vor Schreck zusammenfahren.

So fühlte Mrs. Greenwood, daß sie als einsamer Indianer durch die Stadt streifen mußte, und sie spürte, daß es nicht einfach für sie werden würde. Schließlich hatte sie starke Bindungen an diese Stadt, die in ihrem Gemüt fest verwurzelt waren. Doch genau das war der Grund, warum ihr Chef sie für diese Reportage ausgesucht hatte. Er wußte, daß Mrs. Greenwood dort aufgewachsen war, und er glaubte daran, daß sie einen sehr guten Bericht abliefern würde, daß sie ihre Bindung an die Stadt mit ihrer journalistischen Professionalität verknüpfen konnte. Ihr Chef war sogar so nett, ihr ein paar Tage mehr für diesen Bericht zur Verfügung zu stellen, schließlich wußte er, daß Qualität auch seine Zeit brauchte.

So knipste Mrs. Greenwood das Licht aus, nachdem sie sich für den Schlaf zurechtgemacht hatte und legte sich voller Wohlbehagen in das Bett, von dem sie glaubte, daß es weich und kuschelig war. Aber dem war nicht so. Das Bett war viel zu klein und hart wie eine Schiffsplanke – und wenn Mrs. Greenwood sich zur Seite drehte, knarrte der Bettkasten so stark, daß sie glaubte, auch die Bodendielen bewegten sich mit und das ganze Zimmer beginne zu ächzen.

Es war gespenstisch in jener Nacht. Die Stille der

Nacht, die sonst durch Autogeräusche und Schiffsgetute unterbrochen wurde, fand jetzt lediglich im hin und wieder stattfindenden Ruf der Silbermöwe ihre Abwechslung. Mrs. Greenwood war einerseits froh über diese Stille, zumal sie sich davon eine ruhige Nacht und somit einen tiefen Schlaf erhoffte. Andererseits aber spürte sie auch eine belastende Macht, die aus der Stille emporwuchs, und für eine Weile glaubte sie, ein böser Geist hätte sich hier niedergelassen und wartete auf den günstigsten Augenblick, in dem er ein neues Unheil anrichten könnte.

Diese Stille nicht mehr ertragend, schaltete Mrs. Greenwood das Licht ein, nahm sich wieder ein Buch zur Hand und blätterte genüßlich in den vergilbten Seiten. Doch obwohl sie der Text fesselte und sie hungrig nach neuen Zeilen war, sah sie sich außerstande, weitere Seiten zu erfassen und legte ihren Kopf in das viel zu flache Kissen. Einen tiefen Seufzer ließ sie in die Stille fahren, dann knipste sie das Licht wieder aus und bemühte sich, in das Land der Träume hinabzugleiten.

Müdigkeit und Aufgewühltsein waren ihre Begleiter in dieser Nacht. Deshalb wechselte sie die Stunden mit Schlafversuchen und einigen Leseproben ab, und erst nach Stunden, schon weit nach Mitternacht, machte sie ihre Augen endlich zu.

Ruhig lag das Wellhornboot im Hafenwasser, noch immer neben der Oila, die leichte Knarrgeräusche von sich gab. Mr. Wellhorn schlief schon lange. Er hatte sich ebenfalls zuvor in seine Lektüre vertieft, verglich die Seekarten mit seinem Globus, doch nachdem er so einige

Zeit verbracht hatte, wurde er sehr müde und löschte das Licht.

Mr. Wellhorn schlief tief und fest. Nichts und wieder nichts konnte ihn um seinen Schlaf bringen, er fühlte sich sicher in seinem Tauchboot, das er immer wieder gerne streichelte und an dem er regelmäßig Wartungsarbeiten ausführte.

Mr. Wellhorn war mit seinem U-Boot verheiratet. Er konnte sich nichts anderes vorstellen, als dieses Leben zu führen und durch die Meere zu fahren, mit seinem Wellhornboot den Erdball zu erschließen. Das Meer, sei es auch noch so rauh und hart, war die Heimat für ihn. Es war seine Lebensquelle, aus der er immer wieder neue Kraft schöpfte, und aus der er nie wieder austreten wollte. Er wollte sein ganzes Leben so verbringen, und er wußte, daß er auch im Meer begraben sein mußte.

Dieses ›Muß‹ war ein freiwilliger Zwang. Mr. Wellhorn spürte, daß er dem Meer so stark verbunden war, daß es keinen anderen Ort geben konnte als diesen einen. Und so schlief er sanft in seiner weißen Hängematte, die im Bugbereich hing und die seinen Atembewegungen folgte.

*

Am nächsten Morgen wachte Mrs. Greenwood früh auf, und sogleich verließ sie ihr unbequemes Bett und ging zum Fenster. Ihre müden Augen erblickten die Ruinenstadt, die sich düster präsentierte. Von ihrem oben gelegenen Hotelzimmer konnte sie die Stadt gut überblicken, doch da es noch nebelig war, reichte dieser Blick nicht weit. So beunruhigte sie sich nicht darüber, daß sie den Leuchtturm nicht sah und machte den Morgennebel dafür verantwortlich.

Mrs. Greenwood ging, nachdem sie eine ausgiebige Dusche genommen hatte, in den Frühstücksraum hinunter und bediente sich des spärlich servierten Buffets. Eine Müslischale, etwas Milch und ein paar Graubrotscheiben konnte sie in die Finger bekommen, schließlich entdeckte sie auch die abgepackten Butter- und Marmeladepäckchen.

Sie aß das Frühstück mit einigem Hunger, und sie spürte schon jetzt die Wirkung der Seeluft.

»Seeluft macht hungrig!« hatte ihre Mutter immer gesagt, begleitet von einem Lächeln, das ihre Wangen anschwellen ließ.

Nachdem sie sich das Frühstück einverleibt hatte, blieb sie noch eine kurze Zeit auf dem Stuhl sitzen, um ihre Gedanken zu sortieren und sich bewußt darüber zu werden, daß sie in der nächsten Stunde ihre alte Heimat besichtigen wird.

Ihre alte, zerstörte Heimat …

Mrs. Greenwood nahm sich vor, die Lage so nüchtern zu betrachten, wie es ein Berichterstatter tun sollte, und sie erhoffte sich, dadurch die Dinge mit einer größeren Distanz zu sehen. So stand sie dann auf und ging auf ihr Zimmer. Sie nahm sich ihre Geräte und die Tasche mit den unbelichteten Filmrollen, griff den Notizblock und verschloß die Zimmertür.

Mrs. Greenwood ging langsamen Schrittes den Berg hinunter und war versucht, jeden Augenblick bewußt wahrzunehmen. Es war noch immer still. Kein Motorgeräusch, keine Menschenrufe – nur die Stille, die wieder von dem gelegentlichen Kreischen der Möwen begleitet wurde – von weißen Vögeln, die immer hungrig auf der Suche sind.

Der Wind pfiff ihr entgegen. Aber dieser Wind blies nicht sonderlich stark, dennoch kräftig genug, um bei einem Besucher einen maritimen Eindruck zu hinterlassen. Mrs. Greenwood ging immer weiter, bis sie im Tal angekommen war und die ersten Häuser erkannte.

Sie sah die Ruinen. Fast jedes Haus hatte kein Dach mehr, hier und da fehlten die Wände ganz oder teilweise, und überall waren die Fensterkreuze herausgerissen. Mrs. Greenwood mußte stark schlucken, als sie tote Tiere auf den Wegen sah, die noch immer so dazuliegen schienen, wie sie die Flut angeschwemmt hatte. Überall hing Seetang an den Laternen, die zum Teil umgeknickt waren. Ein Haus, dessen Dach nur leicht beschädigt war, beherbergte eine Boje, deren Kette sich um den Schornstein gewickelt hatte. Glassplitter, Holzbalken, verrostete Metallteile und Schiffsgeräte lagen auf einer Wiese, und zwischen zwei Zaunpfählen hatte sich eine Schiffsschraube festgefressen.

Mrs. Greenwood nahm ihren Fotoapparat und hielt diese unglaublichen Bilder fest. Sie fotografierte die Häuser, aus denen die Menschenleere deutlichst ablesbar war, die toten Tiere und die Schiffsschraube zwischen den Pfählen.

Ihr wurde übel. Der seltsame Geruch lag noch immer in der Luft, und sie konnte sich das nicht erklären, zumal sie glaubte, daß der Wind das alles längst bereinigt haben müßte. Also setzte sie sich auf einen Stein und schloß für kurze Zeit die Augen. Dann holte sie tief Luft und ging weiter in die Stadt hinein.

So kam Mrs. Greenwood in das Zentrum der Stadt, vorbei an weiteren zerstörten Häusern. Sie hoffte, daß das alles nur ein böser Traum sei, aus dem sie bald erwachen würde. Ein Alptraum, an den sie sich ewig erinnern sollte …

Aber mitnichten. Diese Stadt war Realität, und genauso waren die Ruinen rauheste Wirklichkeit. Das Schicksal hatte zugeschlagen und alles in Frage gestellt.

Mrs. Greenwood legte immer wieder ihren Fotoapparat an und hielt die erschütternden Bilder fest. In ihr Notizbuch schrieb sie ein paar Bemerkungen, dann schlurfte sie weiter und stand nach einiger Zeit vor ihrem ehemaligen Haus.

Sie war wie gelähmt. So als hätte sie Beton gegessen, stand sie erstarrt vor ihrem alten Haus, das sie nur an einigen Winzigkeiten wiedererkennen konnte. So war die Farbe der Fensterrahmen sehr charakteristisch, und sie wunderte sich, daß die neuen Bewohner sie nicht überpinselt hatten. Auch erkannte sie einen Balken, der direkt über der Tür eingemauert war. Diese Details und der Standort des Hauses ließen sie gewiß werden, daß es sich um ihre alte Bleibe handelte, die nun mit einem halbierten Dach und stark eingerissenen Wänden einzustürzen drohte.

Kein Mensch. Kein Ruf.

Mrs. Greenwood wußte nicht, welche Gefühle sie zuerst verarbeiten sollte – die der lähmenden Fassungslosigkeit oder die der Trauer. Sie spürte außerdem noch eine Wut hochkommen, die sie nicht abzureagieren in der Lage war. Am liebsten wäre sie sofort davongerannt, und sie bereute es zutiefst, diesen Auftrag angenommen zu haben. Sie wußte, daß es besser gewesen wäre, die Augen zu verschließen und zu Hause weiter ihrer eigenen Wege zu gehen. Aber sie hatte nun einmal diesen Auftrag angenommen und geradlinig, wie sie eben war, wollte sie diesen Job auch zu Ende führen.

Sie versuchte, den sich aufdrängenden Erinnerungen ihrer Kindheit aus dem Weg zu gehen, indem sie ganz sachlich den Tatbestand in ihr Notizbuch schrieb und auch immer wieder zu den anderen Häusern blickte, die sie nicht mit ihrer eigenen Vergangenheit in Verbindung brachte. Aber es nützte nichts. Immer wieder schwebten vergangene Bilder vor ihrem geistigen Auge, und obwohl sie eine tapfere Frau war, begann sie zu weinen.

Sie weinte erst leise, so wie ein kleiner Bach zwischen den Steinen dahinrieselt. Dann wurde ihr Weinen zu einem Schluchzen, und bald darauf ähnelte dieser Schmerz einem reißenden Wildwasser, das durch nichts zu bändigen war. Sie brauchte sich nicht zu genieren. Sie war allein. Kein Mensch. Kein Ruf. Nur ihre Gefühle waren ihre Begleiter, die sie nicht loszulassen schienen.

Dann, nach einer Weile, als Mrs. Greenwood sich beruhigt hatte, fragte sie sich, warum sie keine toten Menschen sah. Sie konnte sich nicht erklären, wie das Unwetter entstanden war, sie konnte sich auch nicht erklären, warum das Hotel, wenngleich es ja auf einem Berg lag, vollkommen verschont wurde – aber sie konnte sich erst recht nicht erklären, warum keine Menschen zu sehen waren! Es mußte doch Überlebende gegeben haben! Und es müßten tote Menschen zu sehen sein, die die Flucht nicht geschafft hatten oder überrascht wurden. Nichts dergleichen.

Mrs. Greenwood überlegte, ob die Flut schon vorauszusehen war und die Bewohner rechtzeitig davonlaufen konnten – doch erinnerte sie sich nicht an eine so gravierende Wettervorhersage. Sie überlegte auch, ob sie in die Ruinen hineingehen sollte, um vielleicht einen Hinweis oder sogar wirklich einen Menschen zu finden, doch sie fühlte starkes Unbehagen dabei und erinnerte sich daran, daß beschädigte Häuser auch ganz plötzlich einstürzen könnten.

Nach einiger Zeit riß sich Mrs. Greenwood aus dieser Ecke und beschloß, weiter zu gehen und auch die anderen Häuser anzusehen.

Tote Fische, Seetang und Müll lagen herum, umsäumt von Stahlstangen und verrosteten Behältern, die alle sehr groß waren und ganz gewiß nicht von Menschenhand auf den Rasen gebracht wurden.

Mrs. Greenwood fotografierte wieder, und als der Film zu Ende ging, nahm sie aus ihrer Tasche einen zweiten Apparat, in dem schon ein Film eingelegt war. Dann machte sie sich wieder ein paar Notizen und ging weiter ihrer Wege.

Mrs. Greenwood staunte nicht schlecht, als sie vor dem Leuchtturm ihrer Kindheitsträume stand. Sie erinnerte sich daran, früher gesagt zu haben »wenn ich einmal groß bin, dann wohne ich ganz oben im Leuchtturm«.

Ihr war klar, daß das ein Kindheitstraum war. Ihr war aber auch klar, daß dieser Turm nie mehr bewohnt werden konnte. Er sah wie ein zerrissener Baum aus, der mit zahnstocherartigen Balken durchbrochen war, und der den Wind heulend hindurchsausen ließ, als wolle er sein Leid klagen und darum bitten, abgerissen zu werden.

Mrs. Greenwood versuchte, die Erinnerungen wegzudrücken, und gerade dadurch wurden diese Erinnerungen stärker, so daß sie wieder von ihnen überwältigt wurde. Aber sie blieb tapfer, atmete die frische Luft vom Meer tief ein und pausierte eine Weile. Dann ging sie zunächst langsam, später schnelleren Schrittes zu dem Hafen, den sie genau wie den Leuchtturm auf das Zelluloid bannen wollte.

Sie ging nach wie vor nicht den geraden Weg. Sie mußte immer wieder Kurven ziehen und manchmal auch ein Stück zurückgehen, um dann von einer anderen Stelle auf ihren eigentlichen Pfad zu gelangen. Überall lagen halbe Schiffe auf dem Asphalt, Tonnen, Kranteile und Container. Zerbrochene Rohre und Autoteile klemmten sich nach wie vor zwischen Stahlplatten, und immer wieder moderten tote Fische auf dem Boden. Es stank noch immer fürchterlich.

Mrs. Greenwood mußte somit sehr bewußt ihre Füße bewegen, so fühlte sie sich wie auf einem Minenfeld. Deshalb konnte sie kaum ihren Blick in die Umgebung schweifen lassen und mußte, wenn sie ein Motiv für ihre Fotos suchen wollte, stehenbleiben. Das Bild aber, das sich inzwischen in ihrem Kopf eingegraben hatte und immer wieder das Inferno vergegenwärtigte, veränderte sich nicht. Überall sah es gleich katastrophal aus, und wenn man eine längere Zeit durch diese Stadt wandern würde, müßte man zu dem Schluß kommen, daß es auf der ganzen Welt so aussah.

Mrs. Greenwood machte eine Pause, aber sie fand

keine passende Stelle, auf der sie sich niederlassen konnte. Überall war es glitschig, und zwischen Balken und Metallwänden hingen Quallen und Seeigel. So versuchte sich Mrs. Greenwood im Stehen in eine gewisse Entspannung zu bringen, doch da ihre Schulter mit der Fototasche behangen war, gelang ihr das nicht.

Mrs. Greenwood stiefelte langsam weiter durch das Hafengelände, in dem mit Algen bewachsene Balken und Pfähle herumlagen und Undefinierbares unter sich vergruben. Sie wußte, daß das Unwetter schon einige Tage zurücklag, sie wußte auch, daß das Inferno sehr, sehr stark war – aber daß es noch immer so aussah, als wäre vor einer Stunde erst der Sturm losgebrochen, das hatte sie nicht erwartet. Schließlich hätten ja auch Ortsfremde Aufräumarbeiten durchführen können.

Mrs. Greenwood blieb auf dem Asphalt stehen, als sie einen zerschundenen Tanker erblickte, der trotz seiner deutlichen Abnutzungsspuren besser aussah als der Rest der Welt. ›Tanker Oila ZA-Q7‹ las sie von dem Schild ab und fragte sich, ob es auf diesem Pott doch noch Leben gäbe.

Sie war außerstande, einen klaren Gedanken zu fassen, und für einen Moment zweifelte sie an der Echtheit dieses Tankers, der vor ihren Augen sachte im Hafenwasser hin- und herwippte. Dann, nachdem sie die Augen für kurze Zeit geschlossen hatte und sie daraufhin wieder öffnete, wurde ihr aber klar, daß ihre Wahrnehmung noch funktionierte. Sie sah tatsächlich einen Tanker! Sofort nahm sie ihren Fotoapparat und drückte den Auslöser, der die Pocket ein ›Klick‹ machen ließ. Zufrieden, ein noch einigermaßen erkennbares Schiff gefunden zu haben, notierte sie sich den Namen in ihr Notizbuch und nahm sich vor, am nächsten Tag noch einmal vorbeizuschauen. Als sie sich dann aber aufraffte, diesen Platz zu verlassen, traute sie ihren Augen wieder nicht, denn direkt vor einem kleinen schwarzen U-Boot sah sie einen Mann stehen.

Sie wagte keinen Mucks. Still und wie angewurzelt verharrte sie auf der Stelle, und die Sekunden fühlten sich wie Minuten an. Da stand also ein Mann, der ständig auf dieses schwarze U-Boot blickte, das im allerbesten Zustand war und im Sonnenlicht glänzte.

Mrs. Greenwood rieb sich die Augen, als müßte sie die Müdigkeit aus ihnen herauskitzeln. Dann blickte sie noch einmal ganz genau diesen Mann an, der sich im Profil präsentierte und ebenfalls wie gelähmt im Hafen stand.

Mrs. Greenwood ging langsamen Schrittes zu diesem Mann hin, so als würde sie sich einem wilden Tier nähern, das sie erlegen wollte. Gerade in diesem Augenblick drehte sich der Mann um, und so blickten sich zwei Augenpaare lange an.

»Was machen Sie denn hier?« fragten beide gleichzeitig, so als würden sie einen Sprechgesang einüben.

Mrs. Greenwood fühlte sich unsicher. Zwar kam es ihr recht, daß es noch jemand Überlebenden gab, den sie interviewen könnte, dennoch beschlich sie ein unheimliches Gefühl. – Wer war dieser Mann?

Auch dem Mann war mulmig. Zwar freute er sich, daß schon wieder ein Mensch in sein Leben trat – noch dazu ein weiblicher – trotzdem wußte er nicht, wie diese Person hierhergekommen war und was sie wollte.

Dann, nachdem Mrs. Greenwood die Ruhe nicht mehr ertragen konnte, sagte sie:

»Ich … ich bin Mrs. Greenwood, ich bin Journalistin und berichte für ein Magazin!«

»Angenehm«, antwortete der Mann zögernd, »ich bin der Leuchtturmwärter dieser Stadt!«

»Der Leuchtturmwärter? Von dem guten alten Leuchtturm, den ich als Kind so liebte?«

»Na ja, was eben davon übrig blieb. – Ganz schöner Flurschaden überall!«

»Sie sagen es. Aber: Sind Sie der einzig Überlebende hier? Wo sind die anderen?«

»Die anderen?« fragte der Wärter mit bebender Stimme und ließ sein Gesicht traurig aussehen. »Die anderen … tja – ich bin der einzige, der das alles überlebt hat. Jedenfalls so ziemlich. Auf dem Tanker Oila lebt noch jemand, aber der ist ja nicht von hier.«

Mrs. Greenwood inspizierte noch einmal das Schild von dem Tanker Oila ZA-Q7.

›Es lebt also wirklich jemand auf diesem Pott‹, dachte sie und atmete tief ein, als wollte sie die Luft in ihren Lungen konservieren.

»Wie haben Sie das Inferno überlebt?« fragte sie und griff sich ihren Notizblock.

»Es ist alles so unglaublich! – Ich … ich hatte nachts auf dem Leuchtturm Dienst. Dann schlief ich ein. Auf einmal wurde ich durch einen lauten Knall geweckt – und es hatte eine gewisse Zeit gebraucht, bis ich begriff, was sich draußen abspielte! Das ganze Meer war aufgewühlt und schwarz. So schwarz wie dieses U-Boot hier. Ich überlegte, ob ich in die Stadt flüchten sollte, doch bevor ich meine Pläne überdenken konnte, brachen die Wassermassen über den Leuchtturm herüber.«

»Das muß ja grauenhaft gewesen sein!« brachte sich Mrs. Greenwood ein, die dabei in Steno-Schrift ihren Notizblock vollschrieb.

»Sie sagen es! Ich sah meine letzte Stunde nahen!« – der Atem des Wärters ging schwer, so als müßte er große Gewichte heben. Es durchwühlte sein Gemüt, das alles noch einmal im Geiste zu erleben.

»Was ist dann passiert? Sind Sie geflüchtet?«

»Nein. Ich war unfähig zu denken. Ich blieb im Turm. Auch als die Wassermassen sich durch den Turm nach unten wühlten und die Stahltür herausgeschleudert wurde, blieb ich oben. Ich glaubte irgendwie instinktiv, daß ich dort sicher sei!«

»Wie man sieht, hatte Ihr Instinkt recht gehabt!« scherzte Mrs. Greenwood und versuchte zu lächeln, um den Wärter in eine etwas bessere Stimmung zu bringen.

»Es war trotzdem ein Wunder! Am nächsten Morgen wachte ich auf und sah den Schaden erst richtig. Das Dach war weg, Möbel waren zerschlagen und überall hing etwas aus dem Meer herum! Es war furchtbar!«

»Hatten Sie keine Freude gespürt, überlebt zu haben?«

»Na ja – irgendwie schon. Doch ich fühlte auch Wut und Trauer. Mir tat der ganze Körper weh. Ich fühlte mich … so richtig schlecht!«

Der Wärter ließ seinen Blick über das Wasser zu dem Himmel wandern, um seine Gedanken zu sortieren und nicht wieder völlig deprimiert zu werden.

»Sie müssen mir noch mehr erzählen!« forderte Mrs. Greenwood den Wärter auf.

»Das können Sie haben!« Der Wärter blickte zu dem Wellhornboot: »Schauen Sie sich dieses U-Boot hier an!«

Mrs. Greenwood fixierte das schwarze Tauchboot und fotografierte es aus mehreren Blickwinkeln.

»Es ist früh gekommen, lange vor dem Unwetter«, erzählte der Wärter mit wütender Stimme, »und nach dem Unwetter ging ich zu diesem U-Boot und sah aus den runden Fenstern Blitze zucken. Das Wasser zischte. Aber nur um dieses U-Boot herum war der qualmende Dampf – woanders war das Wasser ruhig!«

»Was wollen Sie damit sagen?«

Der Wärter zögerte mit der Antwort. Er spürte, daß die Geschichte unglaubwürdig klang und er glaubte, daß die Journalistin ihn für einen Verrückten halten würde.

»Sie müssen mir glauben, Mrs. Greenwood! Ich bin kein Durchgedrehter, der ein Trauma hat und der die Welt anders sieht, als sie ist!«

»Haben Sie keine Angst! Ich sehe doch selbst, was mit meiner alten Heimatstadt passiert ist! Reden Sie einfach drauf los!«

Der Wärter nickte stumm und versuchte, seine Gedanken zu ordnen. Aber es nützte nichts, und so quollen seine Worte wie aus einem Vulkan heraus:

»Dieses U-Boot hier«, rief er in die Stille des Hafens, »dieses U-Boot ist verantwortlich für den Schaden! Dieses Teufelsfahrzeug hatte das Unwetter magisch angezogen und es um ein Vielfaches vergrößert! Überall das Chaos hier! Nur dieses U-Boot blieb ganz und hat keine Kratzer!«

Der Atem des Wärters ging sehr schnell, und er spürte sein Herz vor Erregung kräftiger schlagen.

»Sie meinen …«, fragte Mrs. Greenwood vorsichtig, »daß dieses U-Boot die wirkliche Ursache für das Inferno ist?«

Der Wärter nickte. In seinen Augen bildeten sich Tränen, die herunterrollten und die er sich mit der Hand sogleich wegrieb.

»Genau!« sagte er. »Dieses U-Boot ist gekommen, um die Stadt zu zerstören! Auch, wenn es nur wie ein übergroßes Blechspielzeug aussieht, hat es die bösesten Absichten!«

Mrs. Greenwood schwieg und betrachtete sich das Tauchboot. Sie machte noch ein paar Fotos und notierte sich wieder etwas.

»Und warum stehen Sie dann noch hier? Wenn das U-Boot so gefährlich ist, könnte sich das Übel doch wiederholen und Sie schließlich auch noch umbringen!« – Mrs. Greenwood spürte großes Unbehagen – schließlich stand sie auch schon einige Zeit davor.

Der Wärter nickte, und ihm wurde bewußt, in welcher bizarren Situation er lebte. Aber jetzt, wo er schon so viel erzählt hatte, würde das Verschweigen des Restes auch nichts mehr bringen, und so erzählte er weiter:

»In diesem Boot lebt ein Mann, der ein Schild um das Sehrohr gehangen hatte. ›Ich komme vom Meer‹ stand darauf geschrieben. Ich bin auf das U-Boot gesprungen und habe es mit meinen Fäusten verprügelt – und ich habe geschrien vor Wut.«

Der Wärter machte eine kurze Pause und blickte Mrs. Greenwood an, die sich noch immer ihre Notizen machte.

»Dann«, fuhr der Wärter fort, »öffnete sich das Turmluk und ein bärtiger Mann mit einer Pfeife guckte mich
an. Auf seinem Kopf trug er eine Kapitänsmütze, die
einen goldenen Wal an ihrer Front hatte. – Heute weiß
ich, daß es Mr. Wellhorn war!«

»Mr. Wellhorn!« wiederholte die Journalistin und
schrieb sich den Namen in ihren Notizblock.

»Ja, genau. Und dieses U-Boot nennt er das ›Wellhornboot‹!«

Mrs. Greenwood notierte sich auch diesen Namen und
schüttelte vor Erstaunen den Kopf. »Erzählen Sie weiter!«
forderte sie den Wärter auf.

»Ich habe ihn zur Rede gestellt! ›Sie sind an allem
schuld‹ rief ich, und ich sagte auch, daß ich ihn verklagen werde!«

»Was hat dieser Mr. Wellhorn dazu gesagt?«

»Nichts!« entgegnete der Wärter und lächelte etwas in
sich hinein. »Nichts!«

»So richtig nichts?« wiederholte Mrs. Greenwood leicht
ungläubig.

»So richtig gar nichts nichts! Und nachdem ich mich
ausgeheult hatte, sagte er dann doch vier Worte!«

»Sie machen es aber spannend!« Mrs. Greenwood blätterte dabei ein paar Seiten ihres Notizblockes zurück,
überprüfte einige Textstellen und schaute den Wärter
wieder an: »Nun sagen Sie schon diese vier Worte!«

»Ich komme vom Meer!«

Mrs. Greenwood notierte sich auch dies und behielt
den Stift danach noch in der Schreibstellung, weil sie
weitere Zitate erwartete. »Und was war noch?« fragte
sie.

»Der Ruf der Wellhornschnecke ist der Schrei der toten Seelen!‹ Und später sagte er mir noch: ›In Ihrem Kopf kreisen Gedanken, deren Bedeutung nichtig ist!‹«

Mrs. Greenwood schaute auf: »Das ist doch Wahnsinn! Sie hatten ihm gesagt, daß er schuldig ist und daß Sie ihn verklagen werden – und dieser Mr. Wellhorn antwortete darauf nur mit diesem nichtssagenden Ausspruch?«

Der Wärter nickte: »Aber es kam noch besser! Ich bekam zu hören: ›Morgen ist der Tag der Antworten, Sie werden alles erfahren!‹«

Mrs. Greenwood nickte ebenfalls und konnte sich die Frage nicht verkneifen:

»Und? Haben Sie Antworten?«

»Ich bin tatsächlich wiedergekommen, und Mr. Wellhorn bot mir ein Gespräch im U-Boot an.«

»Was denn – Sie waren drin? In diesem U-Boot, von dem Sie glauben, daß es das Unwetter ausgelöst hatte?«

Dem Wärter wurde wieder klar, in welcher seltsamen Situation er war und er fühlte deutlich, daß die Geschichte wirklich sehr ungewöhnlich ist.

»Das ist noch nicht alles!« sagte der Wärter und blickte dabei auf das Wellhornboot.

Mrs. Greenwood konnte nur ein »ich höre« herausbringen, ungeduldig wartete sie auf weitere Informationen.

»Dieser Mr. Wellhorn erzählte mir von einem Typen, der Selbstmord machen wollte, sein Plan war, sich von einem hohen Felsen zu stürzen. Aber als er oben ankam, hatten ihn himmlische Gedanken heimgesucht, und so setzte er seinem Leben kein Ende, sondern er lief langsam den Felsen hinunter und gründete eine Familie. Diese Familie lebte dann sehr glücklich, bis sie alle krank wurden und starben!«

Mrs. Greenwood konnte sich keinen Reim darauf machen.

»Wissen Sie, wer dieser Typ war?« fragte der Wärter die Journalistin herausfordernd.

Mrs. Greenwood schüttelte stumm den Kopf.

»Dieser Typ hatte acht Beine und lebte vorwiegend am Strand!« fügte der Wärter hinzu und beobachtete Mrs. Greenwood sehr genau.

»Acht Beine?«

»Ja. Er hieß Charlie und war eine Strandkrabbe. Und die Ursache für seinen Tod war eine Ölvergiftung, die von einem defekten Tanker hervorgerufen wurde!«

Mrs. Greenwood konnte ihren Mund vor Staunen nicht mehr schließen und wußte nichts darauf zu erwidern. So richtig gar nichts nichts …

»Da war aber noch etwas.« murmelte der Wärter und blickte Mrs. Greenwood aus dem Augenwinkel heraus an.

Mrs. Greenwood blätterte ihren Notizblock um und hielt sich bereit.

»Da war noch die Geschichte mit Buddy! Buddy hatte das Meer durchschwommen und Informationen an alle Meeresbewohner gegeben. Dabei konnte er alle Sprachen! Eines Tages wäre er fast gestrandet. Doch stark wie Buddy nun einmal war, robbte er sich frei und schwamm weiter, bis ihn jemand gefangennahm!«

»Gefangennahm?« wiederholte Mrs. Greenwood zögernd.

»Ja. Genau. Buddy war ein Wal, und dieser Jemand, der ihn gefangennahm und umbrachte, war ein Walfänger! – Sie können auch den Kapitän der Oila fragen! Der war auch an Bord des Wellhornbootes!«

Mrs. Greenwood hatte sich auch das notiert und war müde. Diese Nachrichten überforderten sie, solche Neuigkeiten hatte sie noch nie aufgeschrieben. Deshalb setzte sie sich, obwohl der Asphalt überall mit schleimigen Resten überzogen war, auf den Boden.

»Also fassen wir das alles mal zusammen!« sagte sie und blätterte ihren Notizblock durch. »Dieses U-Boot heißt ›Wellhornboot‹, und der Besitzer heißt ›Mr. Wellhorn‹.«

»Richtig!« bestätigte der Wärter.

»Dann sagten Sie, daß dieses U-Boot früh gekommen ist, und nachdem Sie das Unwetter überlebt hatten, sind Sie zu diesem Wellhornboot gegangen und sahen Blitze aus den Fenstern – und das Wasser zischte.«

»Genau, so war es!« erwiderte der Wärter.

»Dann habe ich mir aufgeschrieben, daß ein Schild am Sehrohr hing, auf dem ›Ich komme vom Meer‹ zu lesen war. Sie stellten diesen Mr. Wellhorn zur Rede und Sie wurden zunächst nur angeschwiegen.«

»Perfekt!« bestätigte der Wärter.

»Dieser Mr. Wellhorn sagte dann aber trotzdem etwas zu Ihnen, und zwar: ›Der Ruf der Wellhornschnecke ist der Schrei der toten Seelen‹ und ›In Ihrem Kopf kreisen Gedanken, deren Bedeutung nichtig ist‹.«

Der Wärter nickte und atmete tief durch. Es erleichterte ihn, daß Mrs. Greenwood ihn ernst nahm und das alles festhielt.

»Dann sagten Sie, sind Sie in das U-Boot hineingegangen und haben sich von Mr. Wellhorn Geschichten erzählen lassen. Also da war die Story von dem Selbstmörder, der sich doch nicht umbrachte und der eine Familie gründete – und schließlich durch eine Ölvergiftung ums Leben kam. Verursacht von einem defekten Öltanker.«

»Richtig, das war Charlie!« – stimmte der Wärter zu und lächelte dabei etwas.

»Charlie … – also dann war da noch der ›Buddy‹!« sagte Mrs. Greenwood und fügte hinzu: »Dieser Buddy war ein Wal, der Höchstleistungen vollbrachte und alle Sprachen der Meeresbewohner beherrschte. Und dieser Buddy wurde dann von einem Walfänger getötet.«

»Charlie und Buddy!« bestätigte der Wärter.

»Mir fällt auf«, sagte Mrs. Greenwood, »daß beide Tiere, also die Krabbe Charlie und der Wal Buddy, eines unnatürlichen Todes gestorben sind!«

Der Wärter ließ diese Worte wie eine Welle durch seinen Gehörgang rauschen und blickte wieder gleich einem Kaninchen, das vor einer Schlange hockt, zu dem Wellhornboot.

»Darf ich ein Foto von Ihnen machen?« fragte Mrs. Greenwood.

»Wie bitte? – Ach so, jaja, Sie können mich gerne fotografieren!« sagte der Wärter und richtete seine Frisur.

Es machte ›Klick‹. Mrs. Greenwood machte dann noch eine zweite Aufnahme von dem Wärter, als dieser sich aus seiner Erstarrung gelöst hatte und sich unbeobachtet fühlte.

»Tag, Wärter!« rief plötzlich eine männliche Stimme aus dem Hintergrund.

Beide drehten sich um und erkannten Käpt'n Oila, der seine Hände in die Hosentaschen stopfte und lässigen Schrittes näherkam.

»Tag Käpt'n Oila!« sagte der Wärter mit einem leichten Lächeln. »Darf ich bekanntmachen: Mrs. Greenwood, Journalistin!«

Käpt'n Oila und Mrs. Greenwood begrüßten sich mit leichtem Handschlag, und dabei war es die Journalistin, die ihr Gesicht verzog, weil die Hände des Tanker-Kapitäns sehr schmutzig waren.

»Was haben Sie mit Ihren Händen gemacht?« fragte sie ihn.

»Maschinen repariert!« erwiderte der Oila-Mann. »Was ist«, fragte er dann den Wärter, »wollen wir jetzt Mr. Wellhorn besuchen?«

Der Wärter nickte und schaute Mrs. Greenwood an: »Wollen Sie auch mitkommen?« Er wünschte sich ihre Gegenwart sehr stark.

Mrs. Greenwood schwieg. Sie war sich unsicher. Einerseits wollte sie diesen U-Boot-Fahrer kennenlernen, um sich ein eigenes Bild zu machen, andererseits aber fühlte sie auch Unbehagen dabei, in eine Inferno-Maschine einzusteigen.

Dann aber dachte sie, daß sie ja nicht alleine in dem Wellhornboot wäre, sondern in Begleitung zweier Männer, vornean dem Wärter, sei.

»Ich komme mit!« entschied sie dann und überprüfte ihre Tasche, während plötzlich das Turmluk des Wellhornbootes quietschte und Mr. Wellhorn herausgekrochen kam.

»Da sind Sie ja!« rief Mr. Wellhorn. »Und wie ich sehe, sogar in weiblicher Begleitung!«

Der Wärter nickte und stellte Mrs. Greenwood vor: »Sie ist Journalistin! Wir alle möchten gerne noch einmal das U-Boot von innen sehen, und ich glaube, Mrs. Greenwood hat da ein paar Fragen!«

»Soso!« erwiderte Mr. Wellhorn. »Fragen haben Sie! – Na, wenn das so weiter geht, müssen wir demnächst in Schichten arbeiten! Mehr als vier Leute passen nämlich nicht hinein!«

Mr. Wellhorn schien es nicht zu beunruhigen, daß ein weibliches Wesen sein Wellhornboot besichtigen wollte. Auch, daß sie eine Journalistin war, ließ in ihm keine sonderliche Nervosität aufkommen.

»Kommen Sie herein!« rief er und verschwand im U-Boot-Turm.

Käpt'n Oila folgte ihm zuerst. Schnell war er im Turm verschwunden und wußte diesmal sehr gut, welche Schritte er wohin tun sollte.

»Ich warne Sie!« sagte der Wärter zu der Journalistin. »Die Leiter hört mittendrin auf und schwebt in der Luft. Sie müssen dann die seitlichen Leisten benutzen – das erwartet Mr. Wellhorn! Und noch etwas: Passen Sie auf, daß Sie sich nicht stoßen, und lassen Sie die Finger von den alten Büchern!«

»Bücher?« fragte Mrs. Greenwood mißtrauisch.

»Ja, Bücher. Sie sind ihm sehr wichtig. – Warten Sie, ich gehe vor.«

Der Wärter tat wie gesagt und ließ sich ohne Schwierigkeiten vom Ende der kalten Stahlleiter an den seitlichen Leisten herunter, so daß er in Kürze auf den Bodenplatten stand.

Mrs. Greenwood, die wegen ihrer Tasche nicht so beweglich war, schaffte es nur mit Mühe, die Leiter hinunterzuklettern und auf die Bodenplatten zu gelangen.

Alle vier waren nun im Wellhornboot und blickten um sich.

Mrs. Greenwood schaute mit großen, neugierigen Augen umher und fragte nach kurzer Zeit: »Darf ich Fotos machen?«

»Ist gestattet!« kam es von Mr. Wellhorn seemännisch kurz zurück.

Mrs. Greenwood ließ sich das nicht zweimal sagen. Schnell griff sie ihre Pocket und fotografierte so ziemlich alles, was es zu sehen gab: Das Steuerrad, die Bänke, den Kompaß und den Globus, die weiße Hängematte und die große Lampe, die wie eine Wellhornschnecke aussah. Auch die Kiste hinten brachte sie aufs Filmchen, und dann setzte sie sich auf die Bank.

»Gefällts Ihnen?« fragte Mr. Wellhorn und verschränkte seine Arme dabei.

»Ja – nett hier, aber auch ziemlich eng!«

Der Wärter bestätigte das durch ein intensives Nicken und kraulte sich dabei die Nackenhaare.

Kurz darauf schaute sich Mrs. Greenwood nochmals im Boot um und richtete ihren Blick auf das Heck des Wellhornbootes.

»Wo ist denn der Maschinenraum?« fragte sie. »Ich sehe keinen Motor!«

Mr. Wellhorn guckte stumm aus dem Fenster in das Grün des Meerwassers. Tief atmete er ein und machte ein genervtes Gesicht. ›Schon wieder‹ schien er gedacht zu haben, ›immer dieselben Fragen‹. Dann drehte sich Mr. Wellhorn zu der Frau hin und kam ganz dicht an sie heran. Mit tiefer bebender Stimme ließ er auch dieser Person die Antwort zu Gehör bringen: »Dieses Boot«, sagte er dann, »dieses Boot braucht keinen Motor! – Es fährt mit den toten Seelen der Wellhornschnecken!«

Mrs. Greenwood schwieg und blickte den U-Boot-Fahrer staunend an. Dann griff sie sich ihren Notizblock und notierte diesen Ausspruch.

»So etwas«, sagte sie dabei, »so etwas habe ich ja noch nie gehört! – Seit wann kann denn ein Schiff mit toten Seelen betrieben werden?«

Mr. Wellhorn machte wieder ein genervtes Gesicht und ließ seinen Blick zur Decke wandern. Dann schaute er den Wärter und den Oila-Kapitän an, ging zum Fenster und guckte hinaus.

»Ich komme vom Meer.« murmelte er in die Stille hinein.

Mrs. Greenwood notierte sich auch diesen Spruch. Dann guckte sie den Wärter an, der mit einem kleinen Nicken ihren Blick quittierte.

»Hören Sie!« forderte die Journalistin den U-Boot-Mann auf. »Sie müssen doch wissen, daß Ihre Sprüche nicht logisch sind! Was denken Sie sich dabei, wenn Sie uns mit solchen Antworten kommen – wir wollen doch verstehen, und ich als Journalistin muß das alles den Menschen da draußen klarmachen! Also, deshalb frage ich Sie: Seit wann kann ein Schiff mit toten Seelen betrieben werden – und vor allem: Wie funktioniert so etwas?«

Mr. Wellhorn schmunzelte in das dicke Fensterglas und schien das Grün des Meeres zu genießen. Noch mehr Genuß aber schien ihm die Reaktion dieser Frau zu bereiten, und so steigerte sich sein Schmunzeln zu einem Lachen.

»Sie machen sich über uns lustig?« fragte die Journalistin, nahm ihren Fotoapparat und verewigte Mr. Wellhorn auf Zelluloid.

»Mr. Wellhorn!« rief die Journalistin. »Ich habe mir die Geschichte mit der Krabbe Charlie erzählen lassen. Auch von der Story mit dem Wal Buddy habe ich Kenntnis. Und ich weiß auch, daß Zeugen davon berichten, Ihr U-Boot vor dem Unwetter gesehen zu haben, und daß diese Zeugen nach dem Inferno Blitze aus Ihren U-Boot-Fenstern wahrnahmen. Auch das Wasser um Ihr Tauchboot herum zischte!«

Mr. Wellhorn schwieg.

»Das klingt danach, als ob Sie und Ihre Tauchmaschine das Unwetter ausgelöst hätten, und meine Frage, wie der Antrieb mit toten Seelen funktioniert, beantworten Sie mit einem Lachen.«

Mr. Wellhorn schwieg noch immer.

»Ist Ihnen eigentlich klar, daß Sie dafür verantwortlich gemacht werden können?« fragte Mrs. Greenwood und schrieb etwas in ihren Block. »Dieses Unwetter ist überraschend gekommen, es ist sehr, sehr stark gewesen, hat die ganze Stadt zerstört – mit Ausnahme Ihres Tauchbootes! Ihr U-Boot hat nicht einen Kratzer, es glänzt wie frisch aus der Fabrik!«

Mr. Wellhorn löste sich von dem dicken Fensterglas und lehnte sich an das Steuerrad. Dann blickte er Mrs. Greenwood lange an.

»Kennen Sie eigentlich auch die Geschichte von Felicitas?« fragte er dann.

»Felicitas?« wiederholte Mrs. Greenwood verwundert, die fast vergaß, sich diesen Namen zu notieren.

»Genau. Felicitas!« Mr. Wellhorn verschränkte die Arme.

»Nein. Ich kenne nichts davon. Was soll damit sein? Beantwortet Felicitas meine Fragen?« – Mrs. Greenwood fühlte, daß dieser U-Boot-Mann schwer zu knacken war.

»Felicitas war sehr klein und wuchs langsam zu einer schönen Figur heran. Aber sie war nicht die einzige, die so langsam heranwuchs, alle ihre Freundinnen brauchten eine Menge Zeit, bis sie so aussahen wie die Schönheit persönlich.«

»Sie werden uns sicher gleich verraten, wer Felicitas wirklich war!« forderte Mrs. Greenwood ihren Erzähler heraus.

»Felicitas war so weiß wie die Reinheit einer klaren Seele. Sie hatte nichts zu befürchten – zumindest was ihr Gewissen anging. Felicitas war oft alleine unterwegs und genoß das ruhige Leben, aber sie ging auch häufig aus und traf sich mit anderen.«

»Sie machen es aber spannend!« bemerkte Mrs. Greenwood und notierte sich alles in Steno-Schrift.

Der Wärter beobachtete mit Genuß, daß diese Journalistin ihre Arbeit machte, diesem Mr. Wellhorn auf den Zahn fühlte.

Käpt'n Oila aber, der am Abend zuvor noch dachte, diesen Mr. Wellhorn unter die Lupe nehmen zu wollen, um ihn kritisch zu betrachten, versank in eine Willenlosigkeit, die es ihm gerade noch gestattete, der Erzählung zu folgen. Eine Motivation, Mr. Wellhorn etwas zu fragen, hatte er nicht. Wahrscheinlich war es die Flasche Alkohol, die ihn so apathisch machte.

»Wenn Sie so ungeduldig sind, warum sind Sie dann Journalistin geworden?« fragte Mr. Wellhorn die Frau, die ihn schon zweimal unterbrochen hatte.

»Warum ich meinen Beruf ergriffen habe? – Vielleicht verrate ich es Ihnen. Aber nur, wenn Sie mir auch meine Fragen beantworten!«

Mrs. Greenwood lächelte dabei triumphierend und hatte das Gefühl, diesem Mr. Wellhorn vielleicht doch Paroli bieten zu können.

»Hmm.« machte Mr. Wellhorn und zog dabei die Augenbrauen hoch.

Der Wärter lächelte.

»Also«, sagte Mr. Wellhorn, »wo waren wir stehen geblieben? – Ach ja: Felicitas ging oft aus und genoß das Leben auch mit anderen. Felicitas … Sie war so schön, daß viele sie beneideten und ihr die Schönheit nicht gönnten. Dabei waren diese vielen anderen auch schön, nur Felicitas war eben am schönsten von allen. Und sie wußte das. Aber: Sie nutzte das nicht aus. Sie hielt auch mit ihnen Kontakt und half bei den Problemen, die diese weniger Hübschen hatten. Und sie tat das nur aus einem Grund!«

»Welchem?« fragte der Wärter.

»Damit auch diese weniger Hübschen das Gefühl bekamen, etwas wert zu sein – auch, wenn sie nicht dem ganz perfekten Schönheitsideal entsprachen!«

Mr. Wellhorn machte eine Pause und blickte wieder aus dem Fenster in das unendliche Grün. Dann drehte er sich um und erzählte weiter: »Felicitas …«

»Augenblick!« rief Mrs. Greenwood dazwischen. »Ich verstehe etwas nicht!«

Mr. Wellhorn schaute der Journalistin gespannt in die Augen.

»Sie sagten, daß Felicitas schön war, und daß viele sie beneideten, ihr die Schönheit nicht gönnten!«

»Richtig!« erwiderte Mr. Wellhorn.

»Dann sagten Sie«, fuhr Mrs. Greenwood fort, »daß diese anderen auch schön waren, nur Felicitas war eben am schönsten und wußte das.«

»Korrekt!« sprach Mr. Wellhorn und wußte nicht, worauf diese Frau hinauswollte.

»Sie sagten dann, daß Felicitas dies nicht ausnutzte, sondern sie hielt auch mit denen Kontakt, die weniger hübsch waren, und sie half ihnen auch noch!«

»Sie haben aber gut zugehört!« entgegnete Mr. Wellhorn mit kritischem Blick.

»Wo liegt die Logik?« fragte die Journalistin. »Welchen Nutzen hatte Felicitas, wenn sie den weniger Hübschen half – meinetwegen aus einem christlichen Motiv heraus – aber diese weniger Hübschen sie beneideten und ihr die Schönheit nicht gönnten? Das sind doch Neider! Und wenn Neider da sind und etwas nicht gönnen, kommt es zu Stacheleien, zu Auseinandersetzungen! Und diese Konfrontationen müßten Felicitas doch davon abgehalten haben, ihren Widersachern auch noch zu helfen!«

Mr. Wellhorn ließ seinen Blick wieder aus dem Fenster hinauswandern, und es hatte den Anschein, daß er mit seinen Lippen ein nicht hörbares Gebet sprach.

»Sie dürfen nicht«, erwiderte der U-Boot-Mann dann nach einer längeren Pause, »Sie dürfen nicht die Meeresbewohner mit den Augen Ihrer eigenen Artgenossen betrachten! Es ist alles anders, und das, was Sie als Zusammenhang zu erkennen glauben, ist in Wirklichkeit ein Lügengebilde!« – Dann murmelte er noch: »Ich komme vom Meer.«

Mrs. Greenwood wußte in diesem Augenblick nicht, was sie denken sollte, und sie glaubte plötzlich, daß ihre Frage unlogisch war und daß alles, was dieser Mr. Wellhorn sagte, richtig sein muß. Sie fühlte sich wie ein Patient, der eine zu starke Narkose bekommen hatte. So befand sie sich in einem schwammigen Zustand, der es ihr für kurze Zeit unmöglich machte, sich selbst wiederzufinden. Dann aber verflog dieses Gefühl und Mrs. Greenwood konnte sich wieder als Journalistin erkennen, die hier einen besonders schrulligen alten Herrn vor sich hatte, und den sie aushorchen mußte.

Mr. Wellhorn ging nach vorne und spielte mit der weißen Hängematte, indem er sie leicht anschubste wie eine Schaukel, auf der ein kleines Kind sitzt. Dann atmete er tief durch und blickte auf den Globus.

»Meeresbewohner.« murmelte er den fragenden Gesichtern seiner Schüler zu, und dabei war es der Wärter, der ungeduldig mit den Fingern auf der Sitzbank trommelte.

»Sie müssen uns jetzt verraten, wer Felicitas wirklich war, sonst verstehen wir nichts!« forderte Mrs. Greenwood den U-Boot-Mann auf.

»Sie wollen verstehen?« – Mr. Wellhorn grinste triumphierend. »Warum wollen Sie eigentlich immer sofort alles wissen?«

»Das gehört zu meinem Beruf!« erwiderte die Journalistin. »Uns interessiert auch, warum die Stadt zerstört wurde!«

Mr. Wellhorn hustete gekünstelt. »Was ergibt es für einen Sinn«, sagte er, »wenn man gleich alles weiß? Das Leben wäre doch langweilig und sinnlos, wenn Sie gleich mit dem Ergebnis in eine Aufgabe starten! Stellen Sie sich vor, Sie sind schon satt, bevor Sie gegessen haben – das wäre doch gegen das Leben!«

Mrs. Greenwood mußte in sich hineinlächeln. Sie erinnerte sich an ihre Lieblingsspeise: Eierkuchen mit Äpfeln, dazu eine heiße Schokolade und zum Schluß selbstgemachte Kekse. Mrs. Greenwood konnte sich nicht vorstellen, auf diesen Genuß zu verzichten, weil sie nach Aussage dieses schrulligen alten Herrn schon satt sein könnte, bevor sie den Eierkuchen anschneidet. Das wäre tatsächlich gegen das Leben.

»Gegen das Leben?« fragte Mrs. Greenwood. »Sie wollen mir erzählen, was gegen das Leben ist? Sie, der mit dem Inferno zusammenzuhängen scheint?«

Mr. Wellhorn spielte wieder mit der Hängematte und blickte dabei aus dem Fenster. »Was gegen das Leben ist, entscheiden nicht wir!« kam es dann von ihm zurück.

»So? Wer dann?« – der Wärter hatte das Gefühl bekommen, sich einmischen zu müssen.

Mr. Wellhorn drehte sich langsam wie ein Roboter zur Seite und blickte bohrend in die Augen des Leuchtturmwärters.

»Das Leben!« sagte er dann und kraulte sich den Bart. »Das Leben entscheidet, was gegen das Leben ist! – Liegt doch auf der Hand, oder?«

»Wir sind aber auch ›das Leben‹!« erwiderte die Journalistin mit herausfordernder Miene.

Mr. Wellhorn, der diesen Spruch deutlich gehört hatte, blickte die Journalistin lange an.

»Sie brauchen mich gar nicht so streng anzusehen!« sprach Mrs. Greenwood zu ihm. »Ich habe schon richtig gedacht: Wir Menschen sind auch ›das Leben‹, und somit können wir auch entscheiden, was gegen das Leben ist!«

Mr. Wellhorn schloß für kurze Zeit die Augen, dann blickte er seine Schüler an:

»Sie haben es nicht begriffen, Sie denken nur bis zum Tellerrand!«

Mrs. Greenwood stutzte. Dann notierte sie sich wieder die Worte von diesem U-Boot-Mann im Steno-Stil.

Mr. Wellhorn überprüfte die Deckenrohre und fuhr mit seinem Vortrag fort:

»Wenn Sie mir sagen, daß wir, also wir Menschen, auch ›das Leben‹ sind, dann haben Sie sicher einen richtigen Gedanken. Nur die Fortführung Ihres Gedankens ist falsch: Wir sind zwar auch ›das Leben‹, aber wir dürfen uns nicht erlauben, Entscheidungen zu treffen, aus denen resultiert, ob etwas für oder gegen ein Leben ist!«

Mrs. Greenwood staunte über die Aussage dieses Mannes. War dieser Mann ein Vergeistigter, der den Boden unter den Füßen verlor? Ein Mann, der so alleine lebt, daß er den Sinn für die Realität hinter sich gelassen hat?

»Wir stehen doch aber an der Spitze der Erdbewohner! Wir beherrschen die Erde und sind die schlauesten Geschöpfe! Weil wir denken können, weil wir planen und vorausschauen, sind wir die Krönung der Natur! Kein anderes Lebewesen kann so etwas vollbringen!« – Mrs. Greenwood war erregt und mußte sich stark beherrschen.

Mr. Wellhorn nickte mit einem Lächeln, das eher ein übersteigertes Selbstbewußtsein bezeugte, als daß es Sympathie bekunden würde.

»Und deshalb«, fuhr Mrs. Greenwood fort, »dürfen und müssen wir die Entscheidungen treffen, die gegen oder für das Leben sind! Wir sind die einzigen auf dem Erdball, die dazu in der Lage sind! – Soll etwa eine Qualle diese Entscheidungen treffen?«

»Genau das ist es!« rief Mr. Wellhorn der Lady zu, die genau wie die beiden Männer vor Schreck zusammenzuckte. Auch das Finger-Trommeln des Wärters verstummte blitzartig.

»Jetzt endlich haben Sie den Knoten gelöst!« rief Mr. Wellhorn, der dabei mit den Händen klatschte und im ganzen Gesicht strahlte.

Mrs. Greenwood machte ein verärgertes Gesicht und stützte ihre Fäuste auf die Hüftknochen.

»Würden Sie mir bitte erklären«, forderte sie den U-Boot-Mann auf, »was Sie genau meinen und was ich darunter verstehen soll?«

Mr. Wellhorn freute sich über seinen Sieg und ging in Zentimeter-Schritten im engen Boot hin und her, so als würde er ein Professor sein und seinen Studenten die wichtigste Lebenslektion beibringen.

»Die Krabbe Charlie«, sprach Mr. Wellhorn, »die Krabbe Charlie und der Wal Buddy waren beide sehr, sehr kluge, ehrenwerte Geschöpfe, die ihr eigenes Leben führten und Anspruch auf Anerkennung hatten! Sie waren einzigartig, so wie jeder von uns, und sie erfüllten ihre Aufgaben gut. Es ist ihnen nie in den Sinn gekommen, sich über die anderen Geschöpfe, insbesondere den Menschen, zu stellen, nie hatte Charlie eine Entscheidung getroffen, die gegen das Leben des Menschen gerichtet war!«

Mrs. Greenwood schrieb alles mit, auch wenn ihr Staunen fast die Finger gelähmt hätte.

»Und genau das ist der Punkt! Der Mensch ist zu sehr in seinem Glauben verbohrt, alles beherrschen zu können und sich über die Dinge stellen zu müssen. Und darüber hinaus kostet er seine Herrschaft nicht nur aus – seine scheinbare Herrschaft! –, sondern er zerstört andere Lebewesen über seinen Anspruch hinaus, und das Schlimmste ist, er merkt es nicht, oder, wenn er es merkt, ist es ihm egal!« Mr. Wellhorn konnte seine Erregung nicht mehr bremsen.

»Und Sie haben ja gesehen«, fügte Mr. Wellhorn noch hinzu, »wie stark die Herrschaft, die scheinbare Herrschaft des Menschen ist! Die ganze Stadt ist der Beweis dafür!«

Mrs. Greenwood atmete durch, als ob sie sich erhoffte, am Ziel des Rätsels zu sein. »Das klingt fast so«, sagte sie dann, »als ob Sie das alles freut! Die Zerstörung! Die Rache!«

Der Wärter nickte Zustimmung, auch der Oila-Kapitän teilte die Meinung der Journalistin.

Mr. Wellhorn schaute wieder aus dem runden Fenster in das Grün des Meerwassers und kraulte sich seinen Bart. Dann bewegte er sich nach vorne zu dem Globus und streichelte die Insel, die er schon des öfteren begutachtet hatte.

»Ich komme vom Meer!« sagte er dann in diesmal deutlichem Ton.

»Wie war das noch«, fragte Mrs. Greenwood, »welchen Todes sind Charlie und Buddy gestorben?«

Mr. Wellhorn löste sich aus seiner Haltung und blickte die Journalistin an. Dann zog er mit der Nase seinen Schleim hoch, so als ob er Schnupfen hätte und zu faul wäre, sich die Nase zu putzen.

»Charlie starb an einer Ölvergiftung, die von einem defekten Öltanker verursacht wurde, und Buddy wurde von einem Walfänger getötet!« antwortete er dann mit kräftiger Stimme.

Die beiden Männer – der Wärter und der Käpt'n Oila – nickten und schauten dabei lange auf die Bodenplatten.

»Dann ist die Stadt-Zerstörung also die Rache dafür?« fragte Mrs. Greenwood in einem Ton, wie es Polizei-Beamte im Verhör mit eindeutigen Tatverdächtigen tun.

Mr. Wellhorn schwieg. Nicht aber aus Verlegenheit ließ er die Stille vorherrschen, sondern weil es seine Art war und weil er dadurch geheimnisvoller und mächtiger wirkte. Dabei schaute er wieder aus dem Fenster und ließ das grüne Wasser auf sich wirken, so als wäre es eine Medizin, die ihm neue Kraft gäbe und die sein Jungbrunnen sein könnte.

»Wie alt sind Sie eigentlich?« fragte Mrs. Greenwood.

Mr. Wellhorn regte sich nicht. Wie zu einer Steinsäule erstarrt stand er vor dem Fenster und blickte hinaus.

»Und sagen Sie jetzt nicht wieder, daß Sie vom Meer kommen! So viel Platz ist in meinem Steno-Block nicht, daß ich diesen Satz mehrmals aufschreiben könnte!«

Mrs. Greenwood bereute ihren Ausspruch in diesem Augenblick, zumal sie diesen U-Boot-Mann zwar herausfordern, aber nicht zu stark reizen wollte. Schließlich wollte sie mit Ergebnissen zu ihrem Chef zurückkehren – und nicht mit einem privaten Sieg.

Gespannt blickten Käpt'n Oila und der Leuchtturmwärter auf diesen Mann, der sie schon die ganzen letzten Tage beschäftigt hatte. Vor allem der Wärter war froh, daß Mrs. Greenwood da war und so gute Arbeit leistete.

»Ich bin älter als die Zeit und tiefer als das Meer!« kam es dann von Mr. Wellhorn zurück.

Mrs. Greenwood staunte zwar über diese Antwort, doch hatte sie wiederum nichts anderes erwartet als eine solche Phrase – denn eine direkte Aussage, die so klar wie eine Fensterscheibe ist, war bei Mr. Wellhorn eine Seltenheit!

»So alt schon?« fragte sie in mitleidigem Ton.

Mr. Wellhorn ließ sich von dieser Provokation nicht beeinflussen, und so führte er seine Erzählung fort: »Wollten Sie nicht etwas über Felicitas erfahren? Sie wissen doch hoffentlich noch, was ich über Felicitas erzählt habe? – Diese Schönheit, diese reine klare Seele …«

»Ja, natürlich, erzählen Sie!« forderte der Wärter ihn auf.

»Sie war«, sagte Mr. Wellhorn, »sie war die schönste, die allerschönste Wellhornschnecke, die es je gegeben hat, und ihr Gehäuse war so wohlgeformt, daß Künstler sie nachmodellierten. Bald schon gab es Abdrücke von ihrem Gehäuse, und Felicitas freute sich darüber wie ein kleines Kind.«

Mrs. Greenwood lächelte in sich hinein. Sie wußte, daß Mr. Wellhorn seine Geschichte ausschmücken würde, und daß er Felicitas so interessant wie nur möglich beschreiben wollte.

Die Wellhornschnecke Felicitas...

»Und sie hatte eine große Gabe!« fuhr Mr. Wellhorn fort und faltete dabei seine Hände, als wollte er zu beten anfangen.

»Jetzt sind wir aber gespannt!« rief Mrs. Greenwood und schlug wieder einen Bogen ihres Notizblockes um.

»Sie machte die schönste Musik, die es je im Meer gegeben hat!« – Mr. Wellhorn lächelte dabei, als hätte er die Musik nicht einfach nur gehört, sondern auch so intensiv genossen, daß ein Schwärmen unvermeidbar war.

»Wellhornschnecken können Musik machen?« fragte der Wärter überrascht.

Mr. Wellhorn blickte den Wärter kritisch an: »Na wissen Sie denn nicht, daß es auch Trompeten aus solchen Gehäusen gibt? Von Ureinwohnern auf Inseln? – Und sagten Sie nicht neulich erst: ›Wellhornschnecken sind schön geformt und erinnern mich an Trompeten‹?«

Der Wärter war erstaunt über das Erinnerungsvermögen des Walfischmützen-Typs. Er hatte doch tatsächlich vergessen, so etwas gesagt zu haben.

Käpt'n Oila schaute den Leuchtturmwärter von der Seite an, als würde er etwas Neues über ihn erfahren haben und dies für unplausibel halten.

Mrs. Greenwood erinnerte sich daran, wie sie sich als Kind eine Muschel ans Ohr hielt und das Meeresrauschen zu hören glaubte.

»Sie machte also die schönste Musik!« wiederholte Mr. Wellhorn das zuletzt Gesagte seiner Geschichte. »Felicitas sang in allen Tonlagen ausgezeichnet! Sie konnte alle

Töne und alle Stimmen nachmachen, so daß sie in allen Konzertgruppen mitsingen mußte!«

»Mußte?« wiederholte Mrs. Greenwood kritisch.

»Ja. Mußte! Sie war gefragt, und so manche hätten es auch gerne so gut gekonnt! Aus den Wünschen der Konzertgruppen, Felicitas dabei zu haben, wurden bald Forderungen, die sie nicht zurückweisen konnte, weil sie sich geschmeichelt fühlte und auch keine Chance versäumen wollte.«

»Chance!« wiederholte der Kapitän der Oila.

»Felicitas wollte ganz nach oben. Sie wollte die Stimme der Stimmen werden, denn obwohl sie schon jetzt sehr gut war, mußte sie noch einiges leisten, um an die Spitze der Spitze zu kommen – schließlich ist das Meer groß, und es gab viele Meeresbewohner!« – Mr. Wellhorn strahlte über das ganze Gesicht, und so schien es, daß er sich endlich wieder freute.

»Das Besondere aber ist auch noch dabei«, sagte er dann, »daß Felicitas durch ehrliche Arbeit und nicht durch harte Ellenbogen ihr Ziel erreichen wollte!«

›Wellhornschnecken haben doch gar keine Ellenbogen‹, dachte der Wärter und konnte sich ein Grinsen nicht verkneifen.

»Dabei meine ich mit Ellenbogen natürlich nicht die Knochen, sondern ich denke da an den übertragenen Sinn, sich ohne Rücksicht auf andere zum Ziel zu boxen!« sagte Mr. Wellhorn zu dem Wärter, der sich in diesem Augenblick fragte, ob dieser Walfischmützen-Typ Gedanken lesen konnte.

Mrs. Greenwood schrieb alles mit.

»Felicitas«, fuhr Mr. Wellhorn fort, »Felicitas nahm

zusätzlich noch Gesangsunterricht bei älteren Wellhornschnecken, die sich zur Ruhe gesetzt hatten. – Und sie übte fleißig! Jeden Tag probte sie mehrere Stunden, und bald waren diese Stunden zu zusammenhängenden Tagen geworden. Jeder wunderte sich über die Ausdauer von Felicitas. Zwar hatten auch die anderen einiges geleistet, Felicitas aber konnte alles besser. Und sie war die Schönste!

So übte sie also immer und immer wieder, bis sie an einem Wettbewerb teilnahm, in dem sie schon als Star begrüßt wurde – und aus dem sie auch als Sieger hervorgehen wollte.

Felicitas sang alleine, und sie wurde noch nicht mal von einem Instrument begleitet. Ihre Stimme hallte durch den Ozean, der ihren Gesang zu allen Kontinenten brachte. Ihre Stimme war so weich wie Seide und so anschmiegsam wie eine Katze. Ihr ganzes Wesen war erfüllt von dieser Leidenschaft, die ohne Ende aus ihr hervorquoll und jeden Tag stärker zu werden schien.

Ihre Zuhörer waren aufmerksam wie noch nie. Sie verhielten sich zwar immer still, auch bei anderen Künstlern, bei Felicitas aber waren sie so ruhig, daß man glauben konnte, sie wären bewußtlos geworden. Kein Geräusch. Kein Husten. Nur Felicitas!«

Mrs. Greenwood spürte, daß dieser U-Boot-Mann fasziniert, vielleicht sogar verliebt in diese Schnecke war, und sie fragte sich in diesem Augenblick, ob er eine Frau hatte, mit der er sein Leben teilte.

»Felicitas wurde bejubelt, als sie ihren Gesang beendet hatte, und die Zuhörer trugen sie über den Ehrenweg nach Hause. Das Publikum war begeistert, und Felicitas war es ebenso. Sie war der Star. Sie war der neue, an der

Spitze der Spitze stehende Star – das Licht am Himmel einer dunklen Welt.«

Mr. Wellhorn machte eine Pause und blickte wieder in das Grün des Fensters. Dann nahm er seine Pfeife und klopfte gegen ein Rohr.

»Ist die Geschichte damit beendet?« fragte der Wärter mit ungeduldiger Stimme.

»Nein!« erwiderte Mr. Wellhorn. »Ein bißchen müssen Sie noch aushalten!«

Der Wärter nickte wie ein kleiner Junge, der von seinem Lehrer eine gute Note in Aussicht gestellt bekommen hat.

Käpt'n Oila verschränkte seine Arme, als wäre er ein Prüfer, der sich innere Distanz zu diesem U-Boot-Mann verschaffen wollte.

»Felicitas trat nun in allen Konzert- und Opernhäusern des Meeres auf. Sie sang ihre Lieder immer wieder mit einer Leidenschaft und mit einem Glücksgefühl, so daß sie zum Vorbild aller Wellhornschnecken ernannt wurde und bald darauf einen Ehrenpreis bekam.« – Mr. Wellhorn konnte sich vor Begeisterung kaum bremsen.

Mrs. Greenwood war überrascht, daß es im Meer Opernhäuser gab, und sie fragte sich, wie diese aussehen mögen. Doch bevor sie diese Gedanken zu Ende bringen konnte, wandte sich Mr. Wellhorn an sie und sprach:

»Die Opernhäuser waren in Höhlen untergebracht und brüsteten sich mit Schmuckelementen und eleganten Kronleuchtern!«

Mrs. Greenwood war überrascht, daß sie ihre gedachte Frage beantwortet bekam, und ihr wurde dieser U-Boot-Mann unheimlich.

»Die Menge schrie nach Felicitas!« fuhr Mr. Wellhorn fort. »Felicitas wurde bald zur Stimme des Volkes. Zu der Stimme des Meeres in seiner Unendlichkeit und Tiefe!«

»Wie meinen Sie das?« fragte die Journalistin.

Mr. Wellhorn machte wieder eine Pause, dann nickte er, als ob er die Frage für logisch befinden würde.

»Ich meine das nicht politisch!« sagte er dann. »Sie war die Stimme des Volkes, weil sie aus den Herzen ihrer Zuhörer sang, und weil alle glücklich wurden, wenn sie Felicitas singen hörten! Sie war eine Art Seelenarzt für die Meeresbewohner!«

Der Wärter staunte mit offenem Mund, den er unfähig zu schließen war.

»Felicitas war das Signal, das Symbol der Hoffnung. Die Zuversicht des dunklen Meeres mit all seinen Gefahren und Risiken! Es war wunderschön für alle, diese Hoffnung im Herzen zu tragen, die von Felicitas dorthin eingepflanzt wurde. Ihre Stimme wirkte wie eine Schutzimpfung gegen die Macht der Traurigkeit und des negativen Denkens. Felicitas war für alle ein besonderer Wert, den alle höher einschätzten als die größte Macht des Meeres!«

»Was für eine ›größte Macht‹ war das genau?« fragte Mrs. Greenwood schreibbereit.

Mr. Wellhorn ging zu dem Globus und blickte auf die Insel, drehte den Globus etwas und bremste ihn dann sachte ab.

»Verrate ich nicht!« sagte er dann. »Die Macht ist nur dann eine Macht, wenn sie nicht erkannt wird und ein Geheimnis bleibt!«

Die Journalistin erschrak: »Sehen *Sie* sich als eine solche Macht? Sie, der doch ständig in Rätseln spricht und böses Unheil angerichtet zu haben scheint?«

Mr. Wellhorn blickte auf die Bodenplatten und schloß danach die Augen für längere Zeit. Dann ließ er einen leisen Summton in die Stille fahren, öffnete seine Augen wieder und blickte die Journalistin an.

»Ich komme vom Meer!« sagte er dann mit entschlußsicherem Blick.

Mrs. Greenwood schüttelte den Kopf wie eine Mutter, die sich keine Hoffnung mehr machte, daß ihr Sohn es zu etwas bringen würde. Dann unterstrich sie eine Notiz in ihrem Block und schaute zu Mr. Wellhorn auf: »Sie spielen mit uns ein Spiel, stimmt's?«

Mr. Wellhorn lächelte und schaute nochmals aus dem Fenster in das Grün des Meeres. Nach einem Husten klopfte er wieder mit der Pfeife gegen ein Rohr und richtete sein Ohr an dieses.

»Was lauschen Sie da?« fragte der Kapitän der Oila, der sich als Fachmann sah und dem Getue nicht folgen konnte.

»Das Wellhornboot ruft und ich möchte antworten!« sprach der U-Boot-Mann mit einem Grinsen und lehnte sich ans Steuerrad.

»Ach so. Das habe ich mir schon gedacht!« – Der Oila-Kapitän tat so, als wollte er nur sicher gegangen sein, ob er Mr. Wellhorn richtig eingeschätzt hatte.

Mrs. Greenwood notierte sich auch diesen Spruch und hoffte, bald mit dem Gespräch fertig zu sein, denn der letzte Papierbogen näherte sich unaufhaltsam.

»Wie ging es denn nun weiter mit Felicitas?« forschte sie.

Mr. Wellhorn wurde nachdenklich und kraulte sich den Bart. Dann verschränkte er seine Arme und nickte bedächtig. Sein Gesicht formte sich zu einer traurigen Maske, deren Erstarrung unvermeidbar schien. Sein Blick schweifte durch das U-Boot, und dabei schien er die Räder und Hebel zu fixieren, um sich von der Depression abzulenken, die ihn gerade jetzt heimgesucht hatte.

»Felicitas«, murmelte er, »Felicitas … es dauerte lange … die arme Felicitas …«

»Was sagten Sie gerade?« – die Journalistin wurde neugieriger denn je.

Mr. Wellhorn schüttelte und lehnte sich an ein Rohr, an dem ein Meßgerät montiert war. Tief atmete er wieder ein und schaute geraden Blickes zu Mrs. Greenwood: »Es ist sehr traurig. Felicitas wurde sehr, sehr krank! Ihre Stimme versagte, sie konnte keinen Ton mehr herausbringen. Nicht einmal zum Sprechen hatte es gereicht!«

»Was war passiert?« wollte der Wärter wissen.

Mr. Wellhorn wischte sich mit der Hand über's Gesicht, als würde er die Maske wegschieben, die er eben noch aufhatte. Dann blinzelte er sehr stark, so als ob er einen Fremdkörper aus dem Auge entfernen wollte. Mit den kräftigen Fingern massierte er seine Stirn, und als dann sein müde wirkendes Gesicht wieder freikam, glaubte Mrs. Greenwood, Mr. Wellhorn hätte sich in ein Häufchen Elend verwandelt.

»Ihre Krankheit war gänzlich unbekannt. Niemand im Meer wußte eine Therapie, niemand konnte helfen. Nichts. Gar nichts. Ihre Stimme war für immer zerstört und konnte nie wieder zurückgeholt werden. Nie mehr!«

Mr. Wellhorns Augen bekamen einen feuchten Glanz, und es schien, als würde er zu weinen beginnen. Aber vielleicht war es auch nur das seltsame Licht im U-Boot, das jeden Glanz anders als im Tageslicht unter freiem Himmel wirken ließ.

»Was … was war dann passiert?« fragte Mrs. Greenwood, die ihr Mitgefühl nicht verbergen konnte.

Mr. Wellhorn atmete nochmals tief ein und begann mit bebender Stimme weiter zu berichten: »Felicitas wurde sehr traurig darüber, daß sie ihre Stimme nicht mehr hatte. Sie trauerte aber nicht so sehr wegen ihrer verlorenen Karriere, sondern tatsächlich nur deswegen, weil sie ihre Stimme nicht mehr benutzen konnte – sie war eben leidenschaftlich und sang mit ganzem Herzen des Gemütes wegen. Für sich und andere! Felicitas wurde depressiv und sah keinen Sinn mehr in ihrem Leben. Sie wollte mit diesem Leben im Meer nichts mehr zu tun haben und nahm sich vor, überzusiedeln.«

Alle im Boot wußten nicht, was Mr. Wellhorn meinte. Gespannt lauschten sie seinen Worten.

»Felicitas hatte ihre Krankheit nicht annehmen können, und so schwamm sie zu der Insel, die ich auf dem Globus immer angesehen habe.« sagte Mr. Wellhorn melancholisch.

»Was für eine Insel ist das?« – Mrs. Greenwood konnte es nicht abwarten.

Mr. Wellhorn sah diese Frau still an. Mit dem Fuß scharrte er dann auf den Bodenplatten und betrachtete danach seine Schuhsohle. Irgend etwas murmelte er dabei in sich hinein, dann blickte er wieder zu der Journalistin.

»Es ist die ›Insel des letzten Grußes‹!« erwiderte er der Frau.

Alle schwiegen.

»Felicitas kroch an diese Insel heran und legte sich in einen Priel. Zum Himmel blickend weinte sie und wünschte sich, daß alles schnell ging. Aber es ging nicht schnell. Immer wieder hatte sie Schmerzen, die die Qualen endlos machten, und sie wußte nicht, wie sie diese Stunden überstehen sollte. Felicitas war durchtränkt mit Angst und Hoffnungslosigkeit. Sie hatte sich zum Gegenteil von dem gewandelt, was sie einmal war und wofür sie so geschätzt wurde. Immer wieder weinte sie – natürlich still, weil sie ja keine Stimme mehr hatte! So lag sie lange, lange Zeit in diesem Priel und erduldete die Qualen ihrer Krankheit. Dann, als sie es nicht mehr aushielt, kam plötzlich eine Strömung und spülte sie an Land. – Direkt an den Strand der Insel.«

Käpt'n Oila wurde traurig und rieb sich die Augen wie ein müder Junge.

»Felicitas lag also im Sand und ließ die heiße erbarmungslose Sonne auf sich strahlen. Diese Hitze war so stark, daß sie von innen zu schmelzen glaubte – und es war ja tatsächlich so! Die Sonne verbrannte ihr ganzes Fleisch, so daß nur die Schale der Wellhornschnecke übrig blieb und als einziges Stück an Felicitas erinnerte.

Und diese Schale war der letzte Gruß von Felicitas.

Eine leere Hülle, in die sich der Wind bohrte und den Sand hineintrieb. Wie sägende Kieselsteine purzelten die Sandkörner in den gedrehten Muschelkörper, der das Pfeifen des Windes in sich aufnahm und ihn konservierte. Der grausame, qualvolle Tod war vollbracht.«

Die Zuhörer im Boot schwiegen wie Taubstumme. Die Geschichte der Wellhornschnecke berührte ihre Seelen zutiefst.

»Woran«, fragte zögernd Mrs. Greenwood, »woran ist denn diese Felicitas gestorben? Wodurch wurde sie krank?«

Mr. Wellhorn klopfte wieder mit der Pfeife gegen das Rohr und ließ schweigend Minuten vergehen. Dann, nachdem er aus dem Fenster geblickt hatte, rief er die Antwort lautstark heraus: »Es ist die Umweltvergiftung! Der Schaden durch die Menschheit! Felicitas war nicht die einzige! Auch alle anderen Wellhornschnecken schwammen zu dieser Insel und ließen sich verbrennen, weil sie so krank wurden, daß ein Leben unerträglich wurde! Alle Wellhornschnecken sind diesem Schicksal zugeteilt! Es gibt fast keine mehr von ihnen! Die Wellhornschnecken sterben aus! Ihr Ruf durchdringt die Gegenwart!«

Mrs. Greenwood notierte sich diese hämmernden Sätze auf dem letzten Bogen Papier, den ihr Notizblock hergab. Dann klopfte sie mit dem Stift auf den Block und machte ein nachdenkliches Gesicht, so als würde sie über einer schweren Mathe-Prüfung brüten.

»Ich glaube, ich weiß jetzt, wie Sie es meinen!« sagte Mrs. Greenwood leise, die urplötzlich dachte, Mr. Wellhorn verstehen zu können. »Ich fühle es ganz deutlich: Der Antrieb des Wellhornbootes ... die toten Seelen ... die Wellhornschnecken! Ihr U-Boot fährt mit der Kraft der von den Menschen verursachten Toten! Die Macht

der armen, toten Seelen treibt tatsächlich dieses Tauchboot an – habe ich recht?«

Mr. Wellhorn nickte stumm. Dann ging er zum Fenster und blickte hinaus.

Mrs. Greenwood fühlte sich traurig wie ein kleines
Mädchen, dem man das Spielzeug weggenommen hat
- tief versunken in der Sackgasse, aus der es kein Entrin-
nen gab. Sie glaubte, am Ende ihrer Fragen zu sein und
wollte nur noch hinausgehen.

Dann aber, als sie sich gesammelt hatte und alles noch
einmal im Geiste durchgegangen war, schlug es wie ein
Blitz in ihrem Kopf ein: »Mr. Wellhorn!! Können Sie das
alles beweisen!?«

Der Wärter und der Oila-Kapitän blickten in dieser
Sekunde Mr. Wellhorn an, von dem sie jetzt eine klare
Antwort erwarteten. Hellwach waren sie in diesem
Augenblick, in dem Mrs. Greenwood die Beweisfrage
stellte.

Mr. Wellhorn schwieg. Stumm wie ein Stein blickte er
aus dem runden U-Boot-Fenster.

»Mr. Wellhorn!« rief die Journalistin ihn an. »Mr.
Wellhorn! Können Sie uns Ihre Behauptungen beweisen!? Gibt es Dinge, die uns die Geschichten von Charlie
und Buddy bestätigen?«

Mr. Wellhorn brubbelte etwas in sich hinein und
schloß die Augen für kurze Zeit. Dann richtete er seinen
Blick zu Mrs. Greenwood und kratzte sich den Hinterkopf. »Schauen Sie sich doch einmal um!« sagte er dann
mit geheimnisvoller Stimme.

Mrs. Greenwood und auch die beiden Männer blickten im Boot umher, aber sie fanden nichts, was sie nicht

schon die ganze Zeit gesehen hätten. Sie erspähten die weiße Hängematte, den Globus, das Steuerrad und das Regal, auch an der Kiste blieben ihre neugierigen Blicke hängen – aber sonst glaubten sie, nichts Besonderes zu entdecken. Jedenfalls nichts *neues* Besonderes.

»Was sollen wir erspähen?« erkundigte sich die Journalistin und wurde vom Wärter unterstützt: »Ja, genau! Was meinen Sie?«

Mr. Wellhorn ging langsam nach hinten und klopfte auf eine Tafel, an der Lampen befestigt waren. Die meisten dieser Lampen blieben dunkel, nur wenige brannten, manche flackerten wie eine Kerze.

»Sehen Sie diese Lichter?« fragte Mr. Wellhorn seine drei Zuhörer.

»Ja, was soll mit denen sein?« brachte sich der Oila-Kapitän ein.

Mr. Wellhorn klopfte nochmals auf diese Tafel, dann hustete er und murmelte in seinen Bart.

»Sie müssen deutlicher sprechen!« forderte der Wärter ihn auf.

Mr. Wellhorn nickte. »Diese Lampen hier«, sprach er, »diese Lampen sind die Lebenslichter der Seetiere. Vor allem der Wellhornschnecken! Jede Lampe, die dunkel ist, symbolisiert eine gestorbene Wellhornschnecke, und jede Lampe, die brennt, zeigt eine Schnecke, die noch lebt.«

»Es sind aber wenige Lampen hell!« sagte Mrs. Greenwood. »Und was ist mit den Lampen, die ständig flackern?«

Mr. Wellhorn machte ein nachdenkliches Gesicht. »Die flackernden Lampen zeigen die Wellhornschnecken, die krank sind, und die bald sterben werden!«

Mrs. Greenwood staunte. So etwas hatte sie zuletzt in einem Märchen gelesen.

»Jede Lampe, die dunkel ist, also eine gestorbene Wellhornschnecke zeigt, bedeutet neuen Antrieb für mein Wellhornboot!« rief der U-Boot-Mann mit rauher Stimme.

Mrs. Greenwood rieb sich das Kinn, als wollte sie eine schwierige Aufgabe lösen. »Sie müssen ja glücklich über den Tod der Wellhornschnecken sein – schließlich bedeutet er ja, wie Sie ja gerade eben wieder sagten, neuen Antrieb für Ihr U-Boot!«

Mr. Wellhorn verzog sein Gesicht zu einer strengen Miene. Dann holte er tief Luft, als ob er die Rohre durch Pustekraft verbiegen wollte.

»Ja, glauben Sie denn im Ernst, daß mir das Spaß macht, auf Kosten der Wellhornschnecken durch die Gegend zu schippern? Meinen Sie nicht, daß ich mir eine bessere Welt wünsche, und daß es mir lieber wäre, wenn ich nicht umherfahren müßte, um die Dinge ins Reine zu bringen?« brüllte er voller Wut und Verbitterung.

Die drei Zuhörer regten sich nicht. Wie Schüler, die bei einem Streich ertappt wurden, hockten sie still auf den Bänken und blickten Mr. Wellhorn ängstlich an.

»Ich möchte irgendwann diese Aufgabe erledigt haben! Ich will noch erleben, daß diese Welt ins Lot kommt und ich mich zur Ruhe setzen kann!« rief Mr. Wellhorn. »Dabei denke ich nicht an mich, nicht in erster Linie, sondern an die Seetiere und ihr Meer!«

Mrs. Greenwood, die etwas Zeit brauchte, um die Erregung dieses Mannes zu verarbeiten, wagte eine neue

Frage: »Sie sprechen von einer Aufgabe und davon, etwas ins Reine zu bringen! – Ist die Zerstörung der Stadt wirklich Ihre Aufgabe gewesen und glauben Sie wirklich, daß man Böses nur mit Bösem vergelten kann?«

Mr. Wellhorn regte sich nicht, blickte wieder aus dem Fenster in das Grün des Meeres. In seine Lungen ließ er langsam den Atem fließen, so als ob das Wellhornboot schon tagelang unter Wasser wäre und der Sauerstoff zu Ende ginge.

»Ich komme vom Meer!« sagte er dann in die Stille des Bootes.

»Hören Sie«, erwiderte Mrs. Greenwood, »diese Tafel mit den Lampen ist für mich kein Beweis! Die könnten Sie auch selbst gebastelt haben und Sie könnten uns an der Nase herumführen. – Haben Sie nicht handfeste Beweise, damit wir auch überzeugt sind?«

Der Wärter und der Kapitän der Oila nickten. »Genau, Beweise!« forderten sie energisch.

Mr. Wellhorn nahm die Pfeife und zog mit den Lippen an ihr, obwohl sie keinen Tabak enthielt. Dann ging er zum Globus und berührte die eingezeichnete Insel.

»Dieser Fleck hier«, sagte er dann, »dieser Fleck ist die ›Insel des letzten Grußes‹. Wenn Sie wollen, fahre ich Sie alle morgen dorthin!«

Die Zuhörer waren erstaunt über dieses Angebot und wußten nicht, ob sie darauf eingehen sollten. Zwar waren sie gespannt auf diese Insel, zwar forderten sie Beweise – aber sie wußten auch, daß sie während dieser U-Boot-Fahrt in der völligen Gewalt von Mr. Wellhorn wären.

Deshalb schauten sich alle drei Gäste verunsichert an,

und sie fühlten, daß ihnen dieselbe Frage auf der Zunge lag.

»Wer garantiert uns, daß Sie uns nicht umbringen!? Draußen, wo es niemand sieht!« sagte Mrs. Greenwood mit strenger Stimme.

Mr. Wellhorn streichelte die Insel auf dem Globus, lächelte in sich hinein und richtete dann sein Gesicht zur Decke, als wollte er magische Kräfte des Himmels in den Zeugenstand bitten.

»Ich komme vom Meer!« murmelte er nochmals und kaute an der Pfeife.

Mrs. Greenwoods Blick war sehr nachdenklich, als sie genau wie die beiden Männer wieder draußen auf dem Asphalt stand und froh darüber war, die Enge des Wellhornbootes verlassen zu haben. Alle drei atmeten die frische Luft ein, die trotz des Gestanks um ein vieles besser zu sein schien als der Sauerstoff im U-Boot.

»Was ist?« fragte sie die beiden Männer. »Kommen Sie morgen mit?«

Der Wärter nickte und antwortete nach einer besinnlichen Minute: »Mir ist zwar unwohl dabei, mit diesem Typen aufs Meer – oder besser *ins* Meer – zu fahren, aber andererseits bekommen wir vielleicht so wirklich den Beweis für seine Behauptungen. Und schließlich sind wir ja zu dritt – sollte dieser Mr. Wellhorn einem von uns etwas antun, können die anderen beiden zu Hilfe eilen!«

»Meinen Sie wirklich, daß wir echte Beweise zu sehen bekommen?« fragte Käpt'n Oila den Wärter.

»Wir müssen es versuchen!« erwiderte er und schaute die Journalistin an.

»Der Wärter hat recht!« sagte Mrs. Greenwood. »Wenn wir diesen Versuch nicht machen, wenn wir diese Insel ignorieren, dann haben wir das Gefühl, die Sache nicht bis zu Ende verfolgt zu haben! – Wir müssen da hin!«

»Genau so ist es!« fügte der Wärter hinzu und blickte dabei auf das Wellhornboot.

Die drei trennten und verabredeten sich für zehn Uhr morgens. Genau zu dieser Stunde wollten sie sich im Hafen am Wellhornboot treffen und die Reise zu der ›Insel des letzten Grußes‹ antreten.

Und so ging jeder zu seiner Bleibe und wartete mit Spannung auf die Nacht. Aber es war vor allem die Spannung auf den nächsten Tag, die sie umhüllte und die sich immer fester zu krallen schien.

*

Die Ruinenstadt wurde vom Vollmond in ein milchiges Licht getaucht, als die Zeiger der Armbanduhr des Wärters die Ziffer Zwölf erreichten. Es war Mitternacht.

Der Wärter wachte immer wieder auf und glaubte, die letzte Nacht seines Lebens zu verbringen. Dabei dachte er an seinen Sohn, der noch immer nicht heimgekehrt war, und er meinte, sofort sein Testament schreiben zu müssen.

Er war traurig. Nicht nur, weil ihn diese Gedanken quälten, sondern auch, weil er außerstande war, den Fluß der Sorgen endlich einzudämmen. Immer wieder drängten sich diese Gedanken an die letzte Nacht des Lebens auf, und so ließ der Wärter sein bisheriges Leben Revue passieren.

Er fragte sich dann, als ihm bewußt wurde, in welch schönem Haus er lebte, ob er nicht der Reise fernbleiben sollte. Er hatte es doch gut! Schließlich verschonte die Flut seine Bleibe, und seinen Sohn konnte er auch noch zu den Lebenden zählen, weil er ja rechtzeitig den Ort verlassen hatte.

Er dachte an die vielen schönen Gegenstände, die seine Zimmer zierten, er dachte an die vielen Erlebnisse, die er gehabt hatte – vor allem an die positiven. Warum also sollte er sich in das Wellhornboot zwängen und diese Wahnsinns-Reise mit diesem Wahnsinns-Typ mitmachen?

Der Wärter konnte sich seine Frage nicht beantworten, aber er fühlte, daß er eine gewisse Mitverantwortung trug. Wenn er nicht mitfahren würde, wäre eine Person weniger dabei, die etwas Rettendes tun könnte, falls Mr. Wellhorn Böses treiben wollte. Wie sollte Käpt'n Oila diesen Walfischmützen-Typ alleine überwältigen, wenn Mrs. Greenwood von ihm angegriffen würde – und er, der Wärter zu Hause bliebe?

Nein, nein – der Wärter spürte sein ›Muß‹, und dieses Gefühl half ihm, der Reise etwas mutiger entgegenzusehen. So legte er sich auf die Seite und versuchte, die letzten Stunden der Nacht schlafend zu verbringen. Und als er so einige Minuten verweilte, schob sich der Vorhang der Müdigkeit vor sein Gesicht.

Auch der Kapitän der Oila schlummerte auf seinem Tanker und ließ diese Nacht die Flasche Alkohol unberührt. Er wußte, daß diese Reise, auf der er nur als Gast mitfahren sollte, eine wichtige Rolle für ihn spielen könnte. Und er wußte, daß er trotz seiner passiven Rolle an Bord des Wellhornbootes seinen Verstand schärfen mußte, um alle Details dieser Reise mitzubekommen.

Und so geschah es, daß er schlecht schlief. Der fehlende Alkohol machte ihm zu schaffen, aber nicht nur das Fehlen dieser in den Schlaf wiegenden Flüssigkeit war die Ursache dafür, sondern auch die Sorge darüber, vielleicht nur als toter Mann zu seiner Oila zurückkehren zu können.

»Es wird schon klappen!« sagte er sich immer wieder und erinnerte sich daran, ein gestandener Seebär zu sein.

Der Ruf einer Silbermöwe war es, der Mrs. Greenwood aus dem Schlaf riß und hochfahren ließ. Sie erschrak. Was war das für ein Sirenenton?

Mrs. Greenwood brauchte eine gewisse Zeit, bis sie

begriff, daß es sich um eine Möwe handelte, und als sie zum Fenster ging, sah sie den weißen Vogel vom Fensterblech davonfliegen.

›Merkwürdiges Tier‹, dachte sie und gähnte dabei sehr laut. Dann ging sie zu der Stehlampe und knipste das Licht an, um in ihren Büchern zu blättern – denn sie wußte, daß sie für die nächste Stunde schlaflos blieb.

Als sie dann eine Weile in ihrer Lektüre gelesen hatte, fiel ihr das Gespräch mit Mr. Wellhorn ein. Sie konnte sich trotz des umfassenden Wortwechsels im U-Boot keinen Reim aus allem machen. Wenngleich sie manches nachvollziehen konnte, als sie auf dem Wellhornboot war, wurde ihr jetzt in dieser Nacht die Unglaubwürdigkeit der ganzen Sache klar.

Sie fragte sich, welcher Teufel sie geritten habe, Beweise einzufordern. Beweise von einem alten schrulligen Mann, der scheinbar eine Macke hatte. Und sie fragte sich, ob es nicht besser wäre, die ganze Aktion abzublasen und mit dem bisherigen Material zur Redaktion zu gehen. Vor allem aber fragte sie sich etwas anderes: Nämlich warum sie im Wellhornboot gesagt hatte: »Ich weiß jetzt, wie Sie es meinen! Ihr U-Boot fährt mit der Kraft der von den Menschen verursachten Toten. Die Macht der toten Seelen treibt das Tauchboot an«.

Sie wußte nicht, was in sie gefahren war, als sie diesen Ausspruch wagte. Denn wenn sie ehrlich in sich hineinhorchte, verstand sie das alles immer noch nicht. Zwar hatte sie vom Gefühl her eine Brücke bauen können – ihr Kopf aber, der Verstand streikte bei der Aufforderung, jene Worte für bare Münze zu nehmen.

War es Mr. Wellhorn, der sie in einen Rausch versetzt hatte?

War es das Wellhornboot, das magischen Einfluß auf sie ausübte?

Oder bildete sie sich gar alles nur ein?

Mrs. Greenwood verscheuchte alle ihre Gedanken und konzentrierte sich auf den nächsten Tag. Da sie nicht schlafen konnte, ging sie zum Schrank und packte in eine kleine Tasche all das ein, was sie unterwegs zu benötigen glaubte: Pullover, Ersatzhose, Regenjacke, Papiere und die Fotoausrüstung. Sorgsam ordnete sie auch die Filmbüchsen, kontrollierte die Fotoapparate und legte sich neben den bereits vollgeschriebenen Notizblock einen neuen, leeren dazu. Dann atmete sie tief durch und blickte nochmals aus dem Fenster, auf dessen Blech diesmal keine Möwe hockte.

»Es wird schon klappen!« sagte sie in die Stille der Nacht und ging dann mit der Hoffnung ins Bett, endlich einschlafen zu können. Aber erst nach einer Weile entspannte sie sich, während der Vollmond in ihr Zimmer schien. Sodann dauerte es nicht mehr lange, und Mrs. Greenwood schlief tatsächlich ein.

Heulend bohrte sich der Wind durch den lückenhaften Leuchtturm, der im Herbststurm zu zittern schien. Diese Heultöne waren es, die die Ruinenstadt noch unheimlicher wirken ließen, und so mancher Vogel machte deshalb kein Auge zu. Vielleicht war auch die Möwe auf Mrs. Greenwoods Fensterblech ein solcher Vogel, der sich durch die Turmgeräusche gestört gefühlt und deshalb das Weite gesucht hatte.

Der Vollmond schien sehr hell auf die Stadt und erzeugte lange Schatten, die sich in den verwinkelten Gassen der ruinierten Häuser abzeichneten. Kein Mensch. Kein Leben. Nur der Ruf eines Austernfischers, der sich noch nicht zum Schlaf eingefunden hatte, durchdrang die Stille.

Das Wellhornboot lag still im Hafenwasser und glänzte im hellen Mondlicht. Aus den Fenstern drang Licht. Mr. Wellhorn hatte sich seine Seekarten zurechtgelegt und studierte die Route, die er am nächsten Tag einschlagen wollte. Obwohl er den Weg auswendig kannte, und obwohl er sein Boot alles alleine machen lassen konnte, fühlte er sich verantwortlich dafür und spürte die Pflicht des Kapitäns. Schließlich ist ein U-Boot komplizierter als jeder andere Pott, der im Meer umherschwimmt und auf sich hält.

Nach einer längeren Zeit knipste Mr. Wellhorn das Licht aus und ließ die Dunkelheit im Boot von den wenigen Lebenslampen der Tafel erhellen.

»Der Ruf der Wellhornschnecke« murmelte er in die Stille der Nacht hinein.

*

Am nächsten Morgen frühstückte Mrs. Greenwood sehr bedächtig. Irgendwie konnte sie sich nicht von dem Gedanken befreien, daß es ihre Henkersmahlzeit sein könnte. Aber sie versuchte trotzdem, diese Sorge zu vergessen, indem sie ein paar kräftige Schlucke aus der Orangensaft-Flasche trank und somit hoffte, ihren Quälgeist wegspülen zu können.

Es blieb ihr mulmig im Magen. So etwas hatte sie lange nicht gespürt – sie, die doch schon öfter mit unangenehmen Dingen konfrontiert wurde. Schließlich gehörte das zu ihrem Beruf. Aber wenn es letztlich um das eigene Leben ging, sah die Sache doch etwas anders aus!

Sie ging auf ihr Zimmer und blickte in die Runde. Nicht nur, weil sie prüfen wollte, ob sie nichts vergessen hatte, sondern auch, weil es vielleicht der letzte Blick sein könnte, den sie ihrem Zimmer gönnen würde.

Sie wanderte durch die Stadt. Überall blickte sie umher, nahm nochmals bewußt die zerstörten Häuser wahr und vergaß dabei nicht, auf den unebenen Weg zu achten. Schließlich lag noch alles herum – und so schien es für immer zu bleiben.

›Ein Glück, daß ich hier bald wegkann‹, dachte sie und freute sich trotz aller Sorge auf ihre neue Heimat, in der sie für das Magazin arbeitete. Und genau dieser Gedanke war es, der sie vorantrieb. Nicht nur der Wunsch, diesen Mr. Wellhorn zu durchleuchten, sondern eben auch die Freude auf das Zuhause, das sie hoffentlich wiedersehen konnte. Denn sie wußte: Wenn auch Skepsis und Aussichtslosigkeit die Herrschaft im Kopf übernahmen, so mußte sie diesen Kräften ihre eigene Zuversicht, die Hoffnung, eben die Freude entgegensetzen. Und so marschierte sie.

Die Luft war ruhig. Die Stadt kannte kein Geräusch mehr, das von Menschenhand geschaffen wurde. Nur der Wind und das immer wiederkehrende Rufen der Möwen durchbrachen die Stille der Trostlosigkeit, und für einen Augenblick glaubte Mrs. Greenwood, stärker als sonst von fern das Rauschen des Meeres zu hören.

Es war zehn Minuten vor zehn Uhr, als Mrs. Greenwood das Hafengelände betrat und mit festem Blick das Wellhornboot betrachtete. Friedlich – scheinbar friedlich – lag es im Hafenwasser und glänzte im Tageslicht.

Mrs. Greenwood staunte. Nicht nur das U-Boot sah sie, sondern auch die beiden Männer, mit denen sie für zehn Uhr verabredet war. Sie hatte es nicht erwartet, daß der Wärter und der Oila-Kapitän genau wie sie schon vor der vereinbarten Zeit am Wellhornboot standen. Strammen Schrittes lief sie zu ihnen hin und spürte dabei große Freude, daß sie in Begleitung dieser beiden Männer die U-Boot-Fahrt mitmachen konnte.

»Tag die Herren!« rief sie den müde wirkenden Gefährten zu, und der Wärter war es, der als erster den Gruß erwiderte: »Hallo, Mrs. Greenwood! Haben Sie gut geschlafen?«

»Es ging so einigermaßen«, entgegnete sie leise, »und wie war es bei Ihnen?«

»Ganz genauso!« sagte der Wärter, während er Käpt'n Oila anblickte.

»Wir haben eben etwas Besonderes vor, und ich meine, daß wir noch lange an diesen Tag zurückdenken werden!« brachte sich der Oila-Kapitän ein und schaute dabei zum Wellhornboot.

»Lassen Sie uns hineingehen!« – Mrs. Greenwood wollte damit nicht nur ihre Gefährten, sondern auch sich selbst ermutigen, den Gedanken Taten folgen zu lassen.

Die beiden Männer nickten. Sie spürten, daß es ihnen wenig bringen würde, auf diese Fahrt zu verzichten.

Sie würden zwar kein Risiko eingehen, wenn sie an Land blieben, doch hätten sie dann noch immer die Ungewißheit, das Gefühl, umsonst ihre Zeit diesem Mr. Wellhorn geopfert zu haben. Schließlich hatten sie ja Beweise gefordert, die ihnen auch versprochen wurden.

Mrs. Greenwood betrat als erste das Bootsdeck und klopfte gegen die Stahlwand des Wellhornbootes. »Wir sind da und können losfahren!« rief sie gegen diese Wand und hoffte, daß Mr. Wellhorn sie hörte.

Das Turmluk quietschte. Große kräftige Hände legten den mit einem Handrad versehenen Deckel bis zum Anschlag, dann kam das bärtige Gesicht von Mr. Wellhorn zum Vorschein. Er trug seine Kapitänsmütze schräg auf dem Kopf, und genüßlich zogen seine Lippen an der qualmenden Pfeife.

»Da sind Sie ja!« zischte er mit kritischem Blick. »Hätte nicht gedacht, daß Sie kommen!«

»Wir haben uns das eben vorgenommen, und ich habe schließlich einen Auftrag zu erfüllen!« sprach die Journalistin in der Hoffnung, genauso sicher wie dieser Walfischmützen-Typ zu wirken.

»Soso. Auftrag.« murmelte Mr. Wellhorn. »Na, dann müssen Sie ja! Die Insel wartet auf Sie!«

»Wir können es kaum erwarten!« behauptete der Wärter und war damit nicht ganz ehrlich.

»Sie wollen also wirklich auf die ›Insel des letzten Grußes‹. Oder auch auf die ›Insel der letzten Stunde‹, wie ich oft zu sagen pflege!« – Mr. Wellhorns Augen verrieten, daß er sich auf diese Fahrt in einer Art freute, die Unbehagen bei seinen Passagieren auslöste.

»Mir ist ganz seltsam im Magen!« flüsterte der Wärter zu der Journalistin, die sich ebenfalls wunderte, daß diese Insel auch die der ›letzten Stunde‹ genannt wird. Alle spürten, daß es auch *ihre* letzte Stunde werden könnte.

»Lassen Sie uns losfahren!« rief aufmunternd Mrs. Greenwood, die jeden unliebsamen Gedanken, wie ein nasser Hund das Wasser, abschüttelte und sich dabei den Oberkörper rieb, so als würde sie frieren.

Mr. Wellhorn nickte und schaute dann zum Himmel. »Einsteigen!« rief er im Befehlston und kroch in das Wellhornboot hinein.

Mrs. Greenwood folgte als erste. Mit ihrer kleinen Tasche war sie nicht sonderlich beweglich, als sie die Stahlleiter hinunterkletterte und schließlich die Bodenplatten erreichte.

Ihr folgte der Wärter, dem so feierlich zumute war, daß er fast glaubte, zu einem Fest zu gehen. Er sah sich zwischen Skepsis und einer gewissen Erwartungshaltung, die trotz aller Unheimlichkeit auch eine gewisse Vorfreude brachte.

Käpt'n Oila betrat als letzter die Bodenplatten des Wellhornbootes, und Mr. Wellhorn nickte zufrieden. In jedes Augenpaar seiner Fahrgäste blickte er kurz, als müßte er sich noch einmal überzeugen, dann kletterte der Walfischmützen-Typ die Stahlleiter hinauf.

»Klarmachen zum Auslaufen!« rief er dann, stellte sich oben auf die Stahlleiter und hakte sich mit den Ellenbogen am Rand des Turmes ein. So konnte er geschützt, nur mit dem Oberkörper im Freien, auf den Bug seines Tauchbootes blicken und das Hafenbecken überschauen.

Die drei Fahrgäste waren verunsichert. Sie blickten sich an und beäugten dann die Handräder, die überall im Boot angebracht waren.

»Was bitte sollen wir klarmachen?« rief die Journalistin den U-Boot-Turm hinauf.

Mr. Wellhorn schwieg sich zunächst aus, was seine Fahrgäste nicht sonderlich wunderte. Dann bückte er sich und rief durch den röhrenartigen Turm ins Wellhornboot hinunter: »Das ist so eine Angewohnheit! Wenn ich ›klarmachen zum‹ sage, meine ich, daß niemand von Ihnen das Boot verlassen darf, weil jetzt eine Aktion kommt, in der sich das Boot verändert! Das ist vor allem wichtig, wenn es ums Tauchen geht!«

Die drei Fahrgäste guckten sich an und mußten lächeln. Sie waren erleichtert, daß sie keinen Handgriff tun mußten, der immer der falsche sein könnte, weil sich niemand von ihnen mit dem Tauchboot auskannte.

Das Boot schaukelte. Rückwärts brachte es sich aus dem Hafenbecken heraus und drehte dann um neunzig Grad. Kurz rumpelte der Bootskörper, dann schwamm das Boot ohne ein Geräusch mit mittlerer Kraft ins Meer hinaus.

Die Passagiere schauten aus den runden Fenstern und sahen das bewegte Wasser, das immer wieder den Blick zum Himmel freigab, weil das Boot nicht nur nach vorne und hinten, sondern auch seitlich schwankte.

»Wir werden doch wohl nicht noch seekrank werden?« fragte Mrs. Greenwood ihre Begleiter, die sich ebenfalls unsicher im Boot fühlten, das sie bisher nur in der Ruhelage kannten.

»Ich bin's ja gewöhnt, dieses Schaukeln! Aber Sie, die

Journalistin, und Sie, der Wärter – na ja, ich weiß ja nicht…«, sagte Käpt'n Oila mit dem zufriedenen Gefühl, der Erfahrenste unter ihnen zu sein.

Das Boot schwankte immer stärker, und alle mußten sich irgendwo festhalten. Dabei hatten sie Angst, versehentlich ein Handrad zu bewegen, das dann eine unliebsame Wirkung auslösen könnte – zum Beispiel eine Schlagseite oder gar ein Sturztauchen. Folglich setzten sie sich auf die Bänke, die seitlich befestigt waren und versuchten, es sich bequem zu machen.

»Klarmachen zum Tauchen!« rief Mr. Wellhorn in das U-Boot hinunter, und die unten Sitzenden spürten dabei einen unangenehmen Druck im Magen.

Mr. Wellhorn schloß das Turmluk, das dabei wieder quietschte und kletterte die Stahlleiter hinunter. Als er dann die Bodenplatten betrat und das Steuerrad in die Hände genommen hatte, strahlte sein Gesicht den Unternehmensgeist eines Abenteurers aus, und sodann setzte er sich auf die Bank, berührte mit den Füßen die Pedale und brachte das Boot zum Kippen.

Alle rutschten mit ihrem Hintern Richtung Bug und hielten sich reflexartig an der Bank fest. Der Wärter schluckte, als hätte er einen Kloß im Hals stecken – ihm war es unheimlich, mit dieser Maschine, die ja das Unwetter ausgelöst hatte, in die Tiefe des Meeres hinabzugleiten, aus der er sich nie wiederkehren sah. Wieder plagten ihn Ängste, die ihn schon in der vergangenen Nacht heimgesucht hatten – nämlich die qualvolle Vorstellung, jene Nacht als die letzte erlebt zu haben und jetzt in diesem U-Boot zu seiner eigenen Hinrichtung zu fahren.

Mrs. Greenwood blickte auf die Bodenplatten und

schien in eine geistige Abwesenheit gefallen zu sein. Vielleicht war sie müde, vielleicht machte sie sich ebenfalls Sorgen – vielleicht aber dachte sie nur darüber nach, wie sie ihren Bericht fortsetzen könnte.

Käpt'n Oila fühlte sich ebenfalls nicht ganz wohl. Wenngleich er versuchte, die Fahrt zu genießen, spürte er noch immer die Unheimlichkeit des Tauchbootes, und manchmal wünschte er sich, auf seiner Oila zu sein.

Die Bordwand knirschte. Das Blubbern umschloß den ganzen Bootskörper, und die Fenster waren von der endlosen Tiefe des Meeres in ein gefährliches Schwarz verwandelt worden. Für einen Augenblick glaubte der Wärter, daß sich die Decke über ihm etwas eingedrückt hätte, doch er dachte sich dann, daß er vielleicht nur zu sensibel war und folglich alles intensiver empfand. Schließlich hatte er schon Schlimmes genug auf seinem Leuchtturm erlebt.

Das Boot blieb in der Schräglage und tauchte immer tiefer in das Meer, so daß die Wände laut knackten und knirschten. Alle zuckten vor Schreck zusammen, nur Mr. Wellhorn lächelte zufrieden.

Wollte dieser Walfischmützen-Typ sie in die Hölle bringen und im Meer vergraben? War das jetzt das Ende? Der Tod in seiner grausamsten Vorstellung, vom hereinbrechenden Wasser zermalmt zu werden und qualvoll zu ersticken?

Mr. Wellhorn blickte seine Gäste an. Jeden einzelnen musterte er und ließ ein mildes Lächeln erstrahlen. Dann schaute er wieder auf sein Steuerrad und hustete etwas.

»Ist nur das Gebälk!« erklärte er seinen staunenden Fahrgästen.

»Gebälk?« fragte der Wärter verängstigt.

»Genau! – Gebälk!« wiederholte Mr. Wellhorn und ließ dann einige Sekunden des Schweigens folgen, das alle wie endlose Minuten empfanden.

»Gebälk!« wiederholte Mr. Wellhorn nochmals. »Dieses Boot ist ein Zweihüllen-U-Boot!«

»Zweihüllenboot?« Die Journalistin griff sich ihren Notizblock.

Mr. Wellhorn lenkte mit dem Steuerrad und veränderte leicht die Fahrtrichtung des Tauchbootes, das noch immer in Schräglage nach unten tauchte. Dann, als der Bootskörper zu beben anfing, drückte er die Pedale in die Waagerechte und hakte einen Hebel fest. »Zweihüllenboote haben, wie der Name schon sagt *zwei* Hüllen!« sprach Mr. Wellhorn wieder wie ein Lehrer bei einem Klassenausflug. »Das bedeutet, daß das Boot einen Druckkörper hat, der jedem Druck der Wassermassen standhalten kann. In diesem befinden wir uns. Außen herum ist dann die zweite Hülle, die nur stromlinienförmig zu sein braucht und die Sie vom Hafen aus gesehen haben. Dazwischen sind dann die Tauchtanks, die mit Wasserzunahme das Boot schwerer machen, so daß wir prima tauchen können!«

»Und was ist nun das Gebälk?« – Mrs. Greenwood notierte sich wieder alles im Steno-Stil.

Mr. Wellhorn stand auf und ging zum Bug des Bootes, das seit dem Beben in seiner Horizontalen lag und gut justiert geradeaus durchs dunkle Meer fuhr. Dann legte er sich in seine weiße Hängematte und machte es sich dort gemütlich.

»Wollen Sie jetzt schlafen, wo wir uns der dunklen

Ungewißheit des Meeres ausliefern?« fragte der Wärter und guckte dabei auch Mrs. Greenwood und Käpt'n Oila an, die diese Frage mit Kopfnicken bekräftigten.

Mr. Wellhorn schwieg wieder, so drang nur das Blubbern, diesmal dumpfer, als einziges Geräusch in das U-Boot, in dem es spärlich beleuchtet war, was das bedrükkende Gefühl noch verstärkte.

»Sie brauchen sich keine Gedanken zu machen!« erwiderte Mr. Wellhorn gähnend. »Dieses Boot kann alleine fahren, ich kann ruhig ein Nickerchen machen, wenn ich es will – es passiert nichts!«

»Das Wellhornboot findet alleine zur Insel?« erkundigte sich Käpt'n Oila, der glaubte, einen Scherz gehört zu haben.

»Haben Sie etwas an den Ohren?« – Mr. Wellhorn schien von der Frage genervt zu sein und wollte seine Ruhe haben. »Ja! Das Wellhornboot findet alleine zur Insel. Wenn ich es will, kann ich die ganze Zeit faulenzen!«

Die drei Fahrgäste nickten stumm. Mrs. Greenwood überblickte ihre Notizen und atmete tief ein. Es war, als würde die Luft im Boot immer geringer werden, und so glaubte die Journalistin, bald ersticken zu müssen.

»Reicht die Luft lange? Ich meine den Sauerstoff, den wir einatmen!« fragte sie den Walfischmützen-Typ.

Mr. Wellhorn drehte sich liegend in die Richtung seiner Fahrgäste. Dann blinzelte er und kraulte sich seinen Bart: »Die Luft, der Sauerstoff reicht genau so lange, wie wir tauchen! Es gibt keine Grenzen, dieses Boot ist anders!« Seine Stimme klang ruhig und er hoffte, nun in Ruhe gelassen zu werden.

Die Journalistin nickte und versuchte, zufrieden zu wirken. Dabei beobachtete sie ihre beiden Gefährten, die genau wie sie froh darüber waren, nicht allein als Passagier im Boot zu sein.

»Sie haben uns noch nicht gesagt, was das Gebälk ist!« forderte die Journalistin den U-Boot-Mann auf.

Mr. Wellhorn stöhnte. Mit genervtem Gesicht blickte er die Frau an, die ihn schon so vieles gefragt hatte. »Das Gebälk ist der begehbare Aufbau, das Oberdeck!« erwiderte er dann und legte sich sogleich auf die Seite zurück.

Mrs. Greenwood notierte sich den Ausspruch des Walfischmützen-Typs. Dann legte sie ihren Schreibkram zur Seite und schaute sich im Boot um.

›Wahnsinn‹, dachte sie, ›dieses U-Boot ist voller Geheimnisse und sieht doch nur wie ein übergroßes Blechspielzeug aus‹.

Es dauerte nicht lange, bis in der Luft ein stetes Schnarchen lag, das von Mr. Wellhorn kam. Leicht schaukelte die Hängematte dabei, nicht aber wegen der Wasserströmung, die das Tauchboot in eine Bewegung zwang, sondern weil der tiefe Atem dieses U-Boot-Mannes dieses Schaukeln unumgänglich machte. Tief war das Wellhornboot getaucht – tief schlief Mr. Wellhorn und war in seinem ureigensten Element.

Käpt'n Oila nutzte diese Ruhe, um seinen Gedanken freien Lauf zu lassen: »Jetzt, wo dieser Mr. Wellhorn schläft, haben wir die Macht im Boot, und wir könnten ihn überwältigen!«

Für einen Moment schwiegen alle und lauschten der Stille, die nur durch das dumpfe Blubbern des dunklen

Wassers und durch das Schnarchen des Walfischmützen-Typs unterbrochen wurde.

»Und was hätten wir davon?« stöhnte der Wärter in die Runde.

Käpt'n Oila schwieg. Dann atmete er tief ein und sagte: »Weiß nicht? – Vielleicht könnten wir ihn fesseln und ihn bedrohen, erpressen? Wir könnten ihn dann dazu zwingen, die Stadt wieder aufzubauen!«

»Kein schlechter Gedanke!« entgegnete Mrs. Greenwood mit einem siegessicheren Lächeln. »Nur glauben Sie allen Ernstes, daß Mr. Wellhorn darauf eingehen würde? Wie sollen wir denn von hier aus kontrollieren, ob er auch wirklich die Stadt mit seinen Zauberkräften aufbaut? Er würde uns doch garantiert austricksen und sich dann an uns rächen!«

Der Wärter nickte. Auch der Oila-Kapitän ließ seinen Kopf sachte hoch- und runterwippen. »Verstehe«, sagte er dann, »das wäre dann wohl eine Sackgasse!«

Der Wärter schaute sich zaghaft um und prüfte mit einem kurzen Blick, ob der U-Boot-Mann auch tatsächlich schlief. »Halten Sie es für möglich, daß Mr. Wellhorn nur so tut, als ob er schläft? Er könnte uns doch testen wollen!« mahnte er mit flüsternder Stimme.

»Mir wird ganz schaurig bei dem Gedanken, was dieser Mann schon alles angestellt hat!« sagte Mrs. Greenwood und schüttelte den Kopf.

»Vielleicht hätten wir doch in der Stadt bleiben sollen!« entgegnete der Wärter und starrte den Oila-Kapitän an.

»Was gucken Sie mich da an? Glauben Sie, daß ich für das alles hier verantwortlich bin?« – Käpt'n Oila war erregt, als er dies sagte.

»Ist schon gut!« beruhigte ihn der Wärter. »Wir müssen zusammenhalten, sonst bringt das alles nichts!«

Mrs. Greenwood stimmte zu. Auch sie wußte keinen anderen Weg, als Mr. Wellhorn schlafen zu lassen und sich ihrem Schicksal auszuliefern.

Wie ein geheimnisvolles Gespenst fuhr das Wellhornboot durch das trübe Wasser, das von dem Bootskörper vorne gespalten wurde und das sich achtern wieder zusammenschweißte. Die dunkle schwarze Wand des U-Bootes streichelte das Meer, und für eine Zeit schien es, als ob das Wasser dies dankbar annahm, indem die Blubbergeräusche stärker wurden und dies wiederum durch das Knarren der Außenbordwand quittiert wurde. Es war etwas Feierliches, Pathetisches, das das Boot umhüllte und von keinem Menschen verstanden werden konnte. Nur derjenige, der dem Meer echt verbunden war, konnte dieses Pathos nachempfinden und sich selbst darin wiedererkennen.

Mrs. Greenwood schlief ebenfalls ein. Sie konnte die anfängliche Erregung nicht aufrechterhalten, und so machte sich die Müdigkeit in ihr breit. Sie spürte mit der Zeit, daß die Wahrscheinlichkeit, in eine Gefahr zu laufen, gering war und verließ sich auf die beiden Männer, die mit ihr ins Boot gestiegen waren.

Auch der Wärter konnte seine Augen nicht mehr offenhalten. Zwar dachte er hin und wieder an seinen Leuchtturm, den er noch immer vermißte, auch an sein selbstgebasteltes Notizbuch erinnerte er sich, doch ließen ihn diese Gedanken schließlich auch nicht mehr wach bleiben, und so schlummerte er ein.

›Feige Bande‹, dachte Käpt'n Oila, der als einziger noch

wach blieb, ›die müßten mal viel öfter zur See fahren, dann würden die erst mal sehen, was 'ne Harke ist!‹ So blickte er in das Dunkel der runden Fensterscheibe und hoffte, seine Oila bald wieder betreten zu können. Denn die Oila, die war sein Leben.

Es dauerte nicht lange, bis Käpt'n Oila ebenfalls einnickte und sich somit schlafend dem Rhythmus seiner Weggefährten anpaßte. Er konnte sich doch nicht lange wachhalten, obwohl er ein gestandener Seebär war und eben noch gedanklich über seine Mitfahrer gelästert hatte.

War es die seltsame Luft im U-Boot, die sie müde machte oder waren sie tatsächlich nur von den letzten Ereignissen ermattet?

War es die Macht des schwarzen Tauchbootes, die sie umhüllte?

War es vielleicht das stete Schnarchen des Walfisch-mützen-Typs, das sie wie leicht trommelnder Regen auf einem Fensterblech in den Schlaf wiegte?

Die Fragen waren nicht zu beantworten. Das Wellhornboot besaß ein Geheimnis, und dieses Geheimnis war nie aufzuklären.

Der Schlaf der Fahrgäste wurde jäh durch einen lauten dumpfen Knall beendet. Wie von einem starken Stromschlag getroffen, schreckten sie hoch. Das Boot zitterte und ächzte, so daß der Wärter echte Panik bekam. Angstschweiß stand ihm auf der Stirn. Seine Hände zitterten. Die Augen waren weit aufgerissen, als wollten sie sich aus dem Kopf quetschen.

»Was war das?« fragte er mit heller Stimme.

Auch der Oila-Kapitän war kreidebleich im Gesicht und konnte sich den Knall nicht erklären. Erschrocken starrte er im Boot umher und klammerte sich an der Sitzbank fest.

Mrs. Greenwood sah wie ein Schaf aus, das statt Wasser Alkohol getrunken hatte und durch die Wiesen gejagt wurde.

»Vielleicht sind wir gegen ein Riff gefahren?« brachte sie mit zittriger Stimme aus sich heraus.

Alle schwiegen. Nur das Blubbern und das Schnarchen durchkreuzten die Stille.

»Wie kann der da noch schlafen?« fragte der Wärter, der dabei war, sich aufzurichten, um Mr. Wellhorn zu wecken.

»Lassen Sie ihn!« rief Mrs. Greenwood. »Es ist doch vorbei! Das war bestimmt nichts Schlimmes!«

Genau in diesem Augenblick krachte es nochmals, so daß die Wand zitterte und ächzte.

Alle drei schrien! Sie spürten, daß etwas Unheimliches im Gange war und daß dies ihr letzter Augenblick sein könnte! »Hilfe!!!« schrien sie wie aus einem Mund.

Mr. Wellhorn aber schlief weiter in der nun stärker schaukelnden Hängematte.

Beklemmung und Todesangst machten sich in den Gemütern der drei Fahrgäste breit. Erstarrt und unfähig, eine Bewegung auszuführen, saßen sie auf ihren Bänken. Würde die Stahlwand halten? Oder würden die Wassermassen sie brechen? Was war geschehen?

Zunächst war Ruhe. Nur die Stille herrschte, die vom Blubbern und von dem Schnarchen aus der weißen Hängematte unterbrochen wurde.

»Wir müssen auftauchen!« rief der Wärter und betrachtete die Handräder.

»Lassen Sie die Finger davon!« warnte Käpt'n Oila und stand auf, um den Wärter, der tatsächlich ein Handrad umklammerte, am Drehen zu hindern. »Wir müssen die Nerven behalten!«

Mrs. Greenwood stand ebenfalls auf und ging wie ein Indianer, der sich davonschleichen wollte, zu der weißen Hängematte, um Mr. Wellhorn aufzuwecken.

Gerade in diesem Augenblick ließ der Wärter einen noch nie gewesenen Schrei in die Stille schmettern, und dabei blickte er wie festgenagelt zu dem runden Fenster.

»Sehen Sie!! Dort!! Das Fenster!!« brüllte er, so als würden seine Mitfahrer meterweit weg sein.

Mrs. Greenwood und Käpt'n Oila hielten sich an den Handrädern fest, als wollten sie verhindern, von irgendeiner Kraft weggerissen zu werden. Auch diese beiden schrien wie ein harpuniertes Tier!

»Das ... das ist ... ein Auge!!« rief der Wärter und zeigte auf das runde Fenster.

Ein Auge!

Für kurze Zeit waren alle wie gelähmt und fühlten sich mit den Bodenplatten fest verwurzelt. Keine Hand rührte sich. Der Atem stand still. Dann ging Mrs. Greenwood langsam zu der weißen Hängematte und blickte dabei kurz zu dem runden Fenster zurück, durch das das große Auge stierte, dessen Pupille hin- und herwanderte.

Das Boot vibrierte, weil wieder ein Schlag gegen die Bordwand schmetterte.

»Ein Monster!!« rief Käpt'n Oila. »Ein Monster!!«

»Hiiilfeee!!« schrie der Wärter und war dabei, die Stahlleiter hinaufzuklettern.

»Mr. Wellhorn!« rief die Journalistin. »Mr. Wellhorn! Wachen Sie auf! Wir werden bedroht!« – Dabei stieß sie gegen die Hängematte und rüttelte den U-Boot-Mann hin und her.

»Was … was ist denn?« fragte Mr. Wellhorn murmelnd und rieb sich die Augenlider.

»Schauen Sie! Das Fenster! Ein Auge!!!« kreischte Mrs. Greenwood in das Ohr des Walfischmützen-Typs.

»Auge? Ein Auge?«

Mrs. Greenwood schwieg und zeigte zu der runden Scheibe. Dabei zitterte ihre Hand sehr stark, so als hätte sie lange Zeit nichts gegessen.

Mr. Wellhorn blickte lange zu der Scheibe und betrachtete das bewegte Auge. Dann stand er auf und ging mit seinen schweren, müden Beinen über die blechern klingenden Bodenplatten zu dem runden Fenster. Als er dann vor diesem Fenster stand und sich gegen die Bordwand gelehnt hatte, klopfte er gegen die Scheibe und fing an zu lachen.

»Sie … Sie lachen!?« fragte Mrs. Greenwood mit entsetztem Gesicht.

Dann schüttelte Mr. Wellhorn den Kopf und gab sich große Mühe, sein Lachen abzuschwächen. Dabei blickte er der Journalistin lange in die verängstigten Augen.

»Das ist doch nur Berta!« sagte er dann mit ruhiger Stimme seinen Fahrgästen.

»B… Berta?«

»Genau. Berta!« – Mr. Wellhorn schwieg wieder eine

Weile und setzte sich auf eine Bank. Dann schloß er die Augen und summte leise ein Lied.

»Können Sie uns vielleicht mal erzählen, wer Berta ist und was das für uns bedeutet!?« keifte Mrs. Greenwood den Walfischmützen-Typ an und war fast dazu imstande, ihm einen Knüppel über die Rübe zu ziehen.

Mr. Wellhorn nickte und blickte wieder zu dem Fenster. Dann stand er auf und ging zu dem Auge, das an der Scheibe zu kleben schien.

»Ist schon gut, Berta!« sprach er wie ein geistig Verwirrter zu der Scheibe und streichelte sie dabei. »Ich hab's jetzt gesehen! Nun darfst du wieder wegschwimmen!«

Sofort löste sich das Auge von der Scheibe, blinzelte und entschwand dann in die Dunkelheit des Meeres.

»Berta«, erklärte Mr. Wellhorn dann schmunzelnd, »Berta ist ein Wal. Ein weiblicher Wal. Ich hatte ihr mal das Leben gerettet, und jetzt besucht sie mich immer, wenn ich diese Strecke fahre. – Vielleicht sollte ich ihr mal sagen, daß sie sanfter gegen die Bordwand klopfen soll, ich kann doch schließlich nicht jeden Monat neue Farbe auf die Stahlwand pinseln!«

›So ein Gauner‹, dachte Mrs. Greenwood, ›an die Farbe denkt er, aber nicht an uns‹.

»Also war das keine Gefahr?« fragte der Wärter, weil er sichergehen wollte und keinen Zweifel duldete.

»Keine Gefahr!« wiederholte Mr. Wellhorn und blickte Käpt'n Oila kritisch an.

»Ich hab's begriffen!« sagte dieser unaufgefordert. Wahrscheinlich wollte er sich als Kapitän eines Tankers keine Blöße geben, wenngleich er dachte, einen bösen Traum geträumt zu haben und gleichsam fürchtete, seinen Verstand zu verlieren. Deshalb lag ihm sehr wohl die Frage auf der Zunge, ob es wirklich ein Wal und keine Gefahr war – aber er verkniff sie sich.

»Sie können sich noch ein bißchen ausruhen!« empfahl Mr. Wellhorn. »Bald sind wir da!«

Mit verwirrten Gesichtern und der Angst, noch weitere Konfrontationen durchstehen zu müssen, begaben sich Mrs. Greenwood, der Wärter und der Kapitän der Oila auf die Sitzbänke. Dann starrten sie auf die Bodenplatten und hofften, bald das Ziel ihrer Reise erreicht zu haben. Der Wärter betrachtete immer wieder die Rohre und Hebel, die Handräder gleichsam wie die Pedale, als ob er sich ausmalen würde, was er tun müßte, wenn Mr. Wellhorn nicht im Boot wäre und er, der Wärter, das Boot zum Auftauchen bringen sollte. Dann blickte er auf die Lebenslampen der Wellhornschnecken und meinte, daß die Zahl der leuchtenden Glühbirnen geringer geworden ist.

Der Wärter schüttelte den Kopf und versuchte so, die Gedanken aus dem Schädel zu jagen. Er dachte, daß er in letzter Zeit viel erlebt hatte und daß das Auge am Fenster ihm den letzten Nerv geraubt haben muß – und so redete er sich ein, einem Irrtum zu unterliegen. ›Bestimmt‹, so hoffte er, ›ist die Zahl der brennenden Lebenslampen gleich geblieben.‹

Ruhig fuhr das Wellhornboot durch das dunkle Meer, vollkommen von den Wassermassen umhüllt. Hin und wieder knarrten die Stahlwände, und das Blubbern war stets das Hintergrundgeräusch.

Mr. Wellhorn blätterte in einigen Unterlagen, verglich die Buchtexte mit den alten Seekarten und schaute immer wieder zum Globus, der vorne im Bugbereich stand. Auch die anderen versuchten sich zu beschäftigen, indem sie ihre Kleidung begutachteten oder, so wie Mrs. Greenwood ihren Notizblock durchlas, sich durch Betrachten der Hebel und Gerätschaften ablenkten. So verging eine Stunde nach der anderen in gleichmäßiger Eintönigkeit, und diese Stunden fühlten sich bald wie ganze Tage an.

Mr. Wellhorn ging zum Kompaß und starrte auf die Nadel. Dann griff er das Sehrohr und blickte hindurch. Er sah nichts als Wasser. Denn die ursprüngliche Funktion eines Sehrohrs, unter Wasser einen Blick über Wasser zu werfen, hatte er vervollständigt, indem er damit auch unter Wasser alles beobachten konnte. So vermochte Mr. Wellhorn besser einzuschätzen, was sich um das getauchte Boot herum abspielte, und er war flexibler. Schließlich waren die runden Fenster an der Bordwand starr – das Sehrohr aber konnte er in alle Richtungen drehen und somit seinen Blickwinkel verändern.

»Klarmachen zum Auftauchen!« rief er dann in die Stille, und alle stießen in dieser Minute einen lauten Seufzer der Erleichterung aus.

Genau in diesem Augenblick stiegen im Meerwasser große Luftblasen auf. Sie blubberten an die Wasseroberfläche und kamen an der Luft frei. Immer und immer wieder quollen sie, eine größer als die andere, hervor und versetzten das kabbelige Wasser in eine noch größere Unruhe. Zwar verging auch eine Pause, dann aber schnellten mit starkem Getöse mehrere Luftblasen auf einmal nach oben, und so schien es, als würde das Wasser umgegraben.

Das Wellhornboot tauchte auf, so wurden der Turm mit seinem Sehrohr und das Oberdeck mit seinen Verstrebungen sichtbar. Glänzend perlte das Wasser an der Bordwand herunter und vermischte sich wieder mit dem Meer.

Das Turmluk quietschte. Große Hände bewegten es bis zum Anschlag, und ein bärtiger Mann mit Pfeife kletterte heraus.

»Wir sind da!« rief Mr. Wellhorn und kraxelte den Turm außen hinunter, um auf das Oberdeck zu gelangen.

Zaghaft, als würden sie der Sache nicht trauen, krochen Mrs. Greenwood, der Wärter und der Oila-Kapitän aus ihrer Höhle heraus. Mit unsicheren Handgriffen klammerten sie sich von dem Turm auf das Oberdeck hinunter, dabei hatten sie Angst, der Nässe wegen auszurutschen und ins Meer zu fallen.

So verteilten sich die drei Fahrgäste mit weichen Knien auf dem Wellhornboot und kniffen fast ganz die Augen zu, weil das Tageslicht sie blendete. Dann, nachdem sie sich an die Helligkeit gewöhnt hatten, blickten sie zum Horizont.

Alle schwiegen. Mrs. Greenwood bekam die Kinnlade nicht mehr zu, und die Augen des Wärters waren inzwischen so weit aufgerissen, als ob er Streichhölzer zwischen die Lider geklemmt hätte. Auch der Oila-Kapitän konnte nur ergriffen schweigen.

»Was … was ist das?« fragte Mrs. Greenwood erstaunt.

Mr. Wellhorn schwieg. Tief atmete er die frische Luft ein und schien sich ebenfalls darüber zu freuen, aufgetaucht zu sein. Er, der doch mit dem Meer so verwachsen war … Dann schaute er jeden seiner Fahrgäste lange an. Dabei kraulte er sich den Bart und hustete etwas.

Stille lag in der Luft. Kein Ruf. Kein Geräusch – nur das Klatschen des Wassers an die Bordwand war zu vernehmen.

»Das ist«, sagte Mr. Wellhorn, »das ist die ›Insel des letzten Grußes‹, oder auch die ›Insel der letzten Stunde‹.«

Alle schwiegen ergriffen. Mrs. Greenwood mußte sich auf den nassen Boden des Wellhornbootes setzen, weil sie außerstande war, stehend den Anblick zu ertragen. Auch der Wärter versuchte, es sich bequem zu machen, lehnte sich an den Turm an und schüttelte mit verzweifeltem Gesicht den Kopf.

»Das ist ja furchtbar!« stöhnte Mrs. Greenwood und schaute Mr. Wellhorn an, der inzwischen wieder auf den Turm geklettert war und nach unten herabblickte.

»Sie wollten ja Beweise!« entgegnete Mr. Wellhorn und machte ein triumphierendes Gesicht. Dieser zufriedene Gesichtsausdruck aber verschwand sehr schnell, da Mr. Wellhorn auf die Insel guckte und sich ihrer Bestimmung wieder zu erinnern schien. Finster schaute er auf diese Insel und brubbelte leise in seinen Bart hinein.

Mrs. Greenwood war schockiert. Alles, was dieser U-Boot-Mann erzählte, schien sich zu bewahrheiten!

Die Insel war groß, sie schien sich über viele Kilometer in die Länge zu ziehen. Und die Insel war vollkommen schwarz. – So schwarz wie das Wellhornboot!

Dann sah Mrs. Greenwood auf dieser schwarzen Insel ein weißes, teilweise zerfallenes Skelett, das übergroß war und nach hinten abflachte.

Kein Ruf. Kein Tier. Dafür überall umgeknickte Balken, die mahnend in den Himmel ragten. Diese Balken waren über die ganze Insel verteilt, und es sah so aus, als ob kein Fleckchen Erde frei von diesen Pfählen wäre.

»Was ist das?« fragte Mrs. Greenwood ängstlich.

Mr. Wellhorn blickte die Frau kritisch an: »Ich sagte doch, daß das die ›Insel der letzten Stunde, des letzten Grußes‹ ist!«

Mrs. Greenwood nickte, während Tränen über ihr Gesicht rannen. »Ja aber«, schluchzte sie, »aber was ist das für ein Skelett und was bedeuten die Pfähle?«

Mr. Wellhorn ließ die Frau in ihrer Traurigkeit. Er spürte, daß er gewonnen hatte. Dann, nachdem er den Schiffslack überprüft hatte, brach er die Stille und sagte: »Dieses Skelett war ein Wal, der vor einiger Zeit hier seinen Tod fand. Ich muß ihn noch beerdigen. Und diese Pfähle da, die Sie überall sehen, sind Kreuze – die Gräber der Tiere, die durch Menschenhand gestorben sind! Hier ruhen sie in ihrer Endlichkeit, die sie zu früh heimgesucht hatte!«

Mr. Wellhorn machte eine kurze Pause, damit seine Zuhörer das alles verarbeiten konnten. Zwar hatte er schon in den vergangenen Tagen so ziemlich alles erzählt, jetzt aber, wo sie direkt vor der Insel lagen und diese mit eigenen Augen sehen konnten, bedurfte es doch einer stärkeren inneren Andacht.

»Die Pfähle«, fuhr Mr. Wellhorn fort, »diese Gräber sind überall verteilt. Die Todesbetten sind so zahlreich, daß wir dieses traurige Eiland nicht mehr betreten können. Es ist kein Platz mehr, wir können also nicht anlegen!«

»Liegt dort auch Charlie? – Und Buddy, liegt der auch dort?« fragte der Wärter.

Mr. Wellhorn nickte. »Hier liegen alle Meerestiere, die durch Menschenhand gestorben sind! Alle! Auch Charlie, auch Buddy, auch Felicitas!«

Mrs. Greenwood griff sich ein Taschentuch, um sich die Tränen abzutrocknen. Sie war über sich selbst erstaunt. Sie dachte, daß sie sich im Griff haben könnte, jetzt, wo sie doch alles überstanden hatte – auch die Zerstörung ihres alten Hauses. Nun aber, wo sie das bisher Gesagte vor ihre eigenen Augen bekam, wo sie etwas sah, das alles bestätigte, was Mr. Wellhorn erzählt hatte, konnte sie ihre Gefühle nicht mehr steuern. Und so weinte sie sehr laut in die Stille des traurigen Tages, aus der kein Funke Zuversicht entgegenkam.

Aber auch Käpt'n Oila und der Wärter verharrten in der lähmenden Niedergeschlagenheit, die sie wie ein Schiffstau umwickelte und sich immer fester zuzog. Zwei gestandene Männer und eine Frau überließen sich ihrer Depression, nur Mr. Wellhorn starrte scheinbar regungslos in die Unendlichkeit des Himmels.

»Wie wollen Sie eigentlich«, fragte Mrs. Greenwood, nachdem sie sich etwas beruhigt hatte, »wie wollen Sie eigentlich das Wal-Skelett beerdigen, wenn Sie die Insel nicht mehr betreten können? – Sie sagten doch, daß wir nicht anlegen können, weil kein Platz ist!«

Mrs. Greenwood putzte sich die Nase und blickte dabei Mr. Wellhorn lange an. Dieser schaute finster in das

Seewasser, das noch immer kabbelig an die Bordwand schlug. Dann, nachdem er durchgeatmet hatte, blickte er die Journalistin an und ließ gedehnt die Antwort vom Stapel: »Ich komme vom Meer!«

Mrs. Greenwood nickte und holte ihren Fotoapparat hervor.

»Sie wissen noch nicht alles!« sagte Mr. Wellhorn mit strenger Stimme. »Diese Insel ist wie gesagt überfüllt mit Gräbern – wohin also mit den nächsten Tieren, die durch Menschenhand sterben werden?«

Mrs. Greenwood zuckte mit den Schultern.

»Ich sage es Ihnen!« rief Mr. Wellhorn. »Hinter dieser Insel entsteht eine Sandbank. Dort wird also eine zweite Insel dieser Art wachsen! Dort können dann Ihre Toten – jawohl! Ihre Toten! – auch noch Platz bekommen! Denn es werden immer mehr Tiere, die diese Endstation benötigen!«

Mrs. Greenwood verstand sofort, was Mr. Wellhorn mit ›Ihre Toten‹ meinte. Natürlich waren nicht ihre Verwandten dafür auserkoren, sondern die Tiere, die auch künftig durch Menschenhand – also im übertragenen Sinne auch durch die Hand einer Journalistin – umgebracht werden.

Mrs. Greenwood fotografierte die ganze Insel, soweit sie das vom Wellhornboot aus tun konnte. Dann nahm sie sich ihren Notizblock und schrieb ein paar Zeilen auf.

»Ich weiß jetzt, was ich tun werde!« sagte sie mit sicherer Stimme. »Ich werde diese Fotos meinem Bericht hinzufügen und eine große Reportage machen. Dann werden die Menschen das Elend hier sehen und endlich verstehen, um was es wirklich geht! Dann werden sie mit neuen Bildern konfrontiert und müssen etwas ändern! – Ja, sie müssen!«

Mrs. Greenwood atmete auf und schaute auf die Gesichter der beiden Männer, die ihren Blick von der Insel nicht lassen konnten.

Der Wärter riß sich dann langsam aus seiner Verharrung und nickte der Journalistin bestätigend zu: »Ich werde meinen Leuchtturm wieder aufbauen und ein Museum daraus machen«, sagte er betont langsam, damit es jeder deutlich hören konnte, »dort können Sie, Mrs. Greenwood, auch Ihre Fotos ausstellen – und zwar für immer!«

Der Wärter ballte dabei entschlossen seine Faust – er spürte, daß eine große Aufgabe vor ihm lag, und daß diese Herausforderung ihn ganz ausfüllen werde.

Genau in diesem Augenblick drehten sich alle zu dem U-Boot-Turm hin, von dem ein dreimaliges Klopfen drang. Der Oila-Kapitän machte sich bemerkbar und hustete, als wollte er eine lange Rede halten: »Ich habe auch noch etwas vor!« sagte er dann seinen neugierigen Zuhörern. »Ich werde mit meinem Reeder sprechen, der soll die Oila endlich aus dem Verkehr ziehen und ein neues Schiff kaufen! Dann ist die Oila keine Gefahr mehr, und das Öl richtet keinen Schaden mehr an! Es ist höchste Eisenbahn!«

Stille.

Nur das kabbelige Wasser, das die gewölbte Bordwand des Wellhornbootes unaufhörlich zu bezwingen versuchte, brachte die Gewißheit, nicht vollends von der Welt abgeschnitten zu sein.

Die drei Fahrgäste blickten erleichtert, weil sie durch
ihre Vorhaben ein gutes Gewissen bekamen. Sie reichten
sich die Hände und schauten zu dem U-Boot-Mann hinauf, der noch immer oben im Turm stand, und dessen
Bart im hellen Tageslicht glänzte.

»Klarmachen zum Tauchen!« rief Mr. Wellhorn und
lächelte zufrieden.

*

Anmerkung des Autors

Als ehemaliger Pfadfinder beobachte ich die Dinge aus einem anderen Blickwinkel, als es viele Leute möglicherweise tun. Deshalb habe ich dieses Buch geschrieben.

Der Roman »Das Wellhornboot« und dessen Figuren sind von mir allein erfunden worden. Das Manuskript habe ich mit einer Schreibmaschine getippt. Die sieben Zeichnungen wurden von mir freihändig mittels verschiedener Stifte angefertigt und sind ebenfalls Zeugnis meiner Phantasie.

Ich danke an dieser Stelle Heinz-German Fischer und Erika Fischer, die mein Manuskript korrekturgelesen haben.

Als 1970 Geborener bevorzuge ich die alte, in einzelnen Fällen auch die gemäßigte neue Rechtschreibung.

Kay Fischer   Berlin, 2003/2007

Kay Fischer

Zeit im Sand

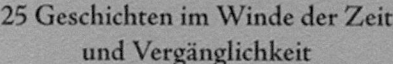

25 Geschichten im Winde der Zeit
und Vergänglichkeit

Lesen Sie auch

«Zeit im Sand»

25 Geschichten im Winde der
Zeit und Vergänglichkeit

von

Kay Fischer

Zeit im Sand

Man kann Zeit in Vergangenheit, Gegenwart und Zukunft aufteilen und damit den Versuch unternehmen, sie aus dem Abstrakten in ein „griffiges" Verständnis umzuwandeln. Diesen Versuch unternimmt Kay Fischer. In 25 Geschichten, die er selbst belletristisch nennt, die aber durchaus über diese Literaturgattung hinausgehen, setzt er sich mit dem Begriff Zeit auseinander. Er erzählt Parabeln, greift aber auch zu Mitteln des Skurrilen, der Philosophie, des Phantastischen und des schwarzen Humors. Daneben stehen Geschichten, die jedem von uns heute oder morgen passieren können oder gestern passiert sein könnten. Manches erscheint surrealistisch wie „Ein Sack Zeit"; in einigen Geschichten verblüffen die Schlussfolgerungen, so z. B. in „Perpetuum Mobile", welches so eine Art Mechanik der Zeit, ja die Zeit selbst darstellt. Allen Geschichten ist jedoch eines gemeinsam: Sie symbolisieren Zeit als eine Art Geschenk.

Hans Renz
MARKUS
Zeitung der Ev. Markus-Kirchengemeinde Berlin